LE MUR, ETC.

Hamutal Bar-Yosef

LE MUR, ETC.

Hamutal Bar-Yosef

 SAMUEL WACHTMAN'S SONS

 DEKEL PUBLISHING HOUSE

Le Mur, Etc.

par Hamutal Bar-Yosef

Copyright © 2019
Dekel Publishing House
www.dekelpublishing.com

International distribution by
Samuel Wachtman's Sons, Inc.
ISBN 978-1-941905-26-5

Traduction Française: Esther Ifrah
Mise en page et Couverture: Giulio Venturi

Pour tous renseignements, contactez:

Dekel Publishing House
P.O. Box 6430, Tel Aviv
6106301, ISRAEL
Fax: +972 3604-4627
Email: info@dekelpublishing.com

Samuel Wachtman's Sons, Inc.
2460 Garden Road, Suite C
Monterey, CA 93940, U.S.A.
Fax: 831 649-8007
Email: samuelwachtman@gmail.com

TABLE DES MATIÈRES

LE MUR

Le salaud, le voilà qui écrit : « Ma colombe à moi », « vie de famille normale » et, bien entendu, « formulaire de demande», car officiellement nous sommes encore mariés et quant à Baroukh, lui ne sait rien, bien sûr, de même que personne n'est au courant ici, à part Nadiaejda, bien entendu. Les petits-enfants, il n'en parle même pas, ce salaud et, pour sa fille, il demande seulement si Nadiaejda a maigri en Israël et si c'est vrai qu'elle a arrêté de fumer. Pourquoi est-ce que, là-bas, tout le monde pense que quand on émigre en Israël c'est bon pour cesser de fumer ? Et, d'un autre côté, il parle dans sa lettre, ce salaud, car il me connaît bien, de la possibilité de gagner sa vie en enseignant la musique . Le regard de Véra s'attarde sur ce dernier mot comme s'il s'agissait d'un mot affectueux qu'un être aimé aurait particulièrement inventé pour elle.

Les sons émis par l'accordéon électronique de Nadiaejda l'empêchent de mener une réflexion logique, tellement ils sont désagréables et, surtout, stupides, vraiment stupides. Qui aurait crû qu'une fillette surdouée comme elle, et qui, étant donné ses capacités, aurait pu devenir une célébrité mondiale, tiendrait entre ses mains cet engin auquel on peut difficilement donner le nom d'instrument de musique, et qu'elle en jouerait, avec le sourire, des chants d'anniversaire pour des enfants qui font encore pipi dans leur culotte ? Lorsqu'elle aura fini, je pourrai alors lui parler calmement de cette lettre, sans nous disputer, surtout sans nous disputer. Après tout, c'est son père.

Au moment où l'accordéon s'arrête, Vera met « La voix de la musique » et respire à fond. Il est à présent possible de réfléchir. C'est le concert de…voyons, c'est ce que nous avons écouté au dernier concert où je suis allée avec Baroukh. Est-ce que c'est

Mendelssohn, Nadia ? Nadiaejda dit patiemment, d'une voix rauque de fumeuse, que c'est le quintette pour clarinette K. 581, et se demande combien de fois il faut entendre un morceau avant de pouvoir le reconnaître et comment il est possible de confondre Mozart et Mendelssohn. Vera est tout à fait prête à admettre et à déclarer que, pour la musique, elle n'a pas de mémoire, qu'elle n'en a jamais eu. Elle le dit avec la même insouciance obstinée que celle d'un malfaiteur qui refuserait de regretter son acte. En revanche, je me souviens parfaitement du visage des gens, mieux que d'autres ; même si quarante ou cinquante ans sont passés, je m'en souviens comme si c'était aujourd'hui. Elle revoit devant ses yeux les taches brunes de vieillesse marquant le visage du vieux violoniste qui avait joué dans le parc qui surplombe le fleuve à Kiev, enveloppé d'une nuée qui montait du fleuve et flottait dans les cieux en larges trainées, comme si elle avait aux pieds des patins à glace. J'avais apparemment trois ans lorsque Maman m'a emmenée au concert pour la première fois. Ça, c'était de la musique.

Et, en attendant de pouvoir parler avec Nadiaejda sans se disputer, Vera met la table pour trois. Baroukh vient toujours le samedi midi et accepte en quelque sorte de goûter au poisson. Un shabbat sans poisson, c'est comme un visage sans sourire, dit-il, avec un accent qui tente d'être français, mais demeure yiddisho-lithuanien, cet accent typique de certains juifs américains. C'est un homme délicat. Son éducation, il ne l'a pas reçue en Suisse, mais voilà un homme qui émigre en Israël afin de vivre de sa retraite américaine et travaille comme volontaire à Yad Vashem. Un homme à principes. Nadiaejda dit qu'en principe le moment est venu de te marier avec Baroukh, et c'est tout, et que le moment est venu de lui dire quelque chose à ce sujet, et c'est tout. Allons, c'est peut-être comme ça que ça se passe en Israël. Moi, j'ai le temps d'attendre que ce soit lui qui décide et lorsqu'il me demandera ma main, je réfléchirai, je consulterai la famille. C'est qui, la famille ? Voyons, qui est-ce, en vérité ? Je ne sais pas pourquoi tu te mets toujours en colère, Nadiaenka ? Je ne fais rien sans te consulter. Alors, qu'est-ce que tu dis maintenant, qu'est-ce que je vais répondre à ton père au sujet de cette lettre ? Tu comprends … C'est comme s'il voulait que nous nous remettions à vivre ensemble et il me demande de lui envoyer une invitation de la famille. Tu aurais pu croire qu'une telle calamité nous attendrait ?

Vera regarde sa fille dans les yeux, sa fille qui est déjà elle-même maman, et s'efforce de sourire, afin que ce ne soit pas trop dur. Cette coupe que son mari lui a faite ne lui a pratiquement pas laissé de cheveux. C'est peut-être beau mais, malgré tout, c'est un peu effrayant.

Nadiaejda s'oblige à regarder sa mère et à admettre qu'elle est habillée avec goût, et que sa taille est restée aussi mince que celle d'une jeune fille. Un léger duvet blond apparaît entre les longs doigts bronzés de la main de sa mère. Elle a les lèvres charnues d'une statue africaine, et ce n'est qu'à la commissure gauche qu'apparaît une ride verticale. La vieillesse est bien visible dans ses yeux et cette habitude qu'elle a de fermer un œil quand elle réfléchit ne contribue pas à sa beauté. Nous en avons fini avec le fait qu'elle m'entraîne tout le temps à l'intérieur de sa propre vie. Moi, j'ai une autre vie, un point c'est tout. Le passé, c'est le passé.

Vera pense : Alexandre, encore une fois ; qui aurait pu croire que cette calamité nous attendrait ? Vingt ans se sont écoulés depuis qu'il m'a abandonnée, Monsieur l'artiste, avec la gosse et le tas de cahiers sur la table. C'est comme ça que je restais assise, devant les cahiers toutes les nuits, et lui revenait de son concert au petit matin, avec une odeur d'alcool et de vomi dans les cheveux. Il me forçait à coucher avec lui comme si j'étais une vache. Il haletait bruyamment, pleurait. Impossible de ne pas s'apitoyer. Le matin, il me fallait secouer la tête de toutes mes forces afin de revenir à la normalité, et cela même avec la migraine. Un cours, ce n'est pas un concert, ce n'est pas pareil, et pourtant une enseignante se doit d'être affectueuse, drôle, et même surprenante et passionnante, et ça, c'est dur-dur après une nuit comme celle-là, alors qu'une sensation dégradante de malpropreté te prive de toute créativité et, de façon générale, jusqu'au désir de vivre. Comme il est difficile d'enseigner un poème de Pouchkine dans cet état et de voir, en retour, les élèves écarquiller les yeux, pleins d'une admiration intérieure comme si, l'espace d'un instant, ils étaient plongés dans un rêve…Et puis, retourner de l'école vers la maison commune, une chambre à coucher et un salon où le piano, le fauteuil et la table de la salle à manger se touchent, et où la porte ne cesse de grincer avec un son plaintif. Lui, le grand monsieur, est assis sur le fauteuil à côté de la radio ; c'est là qu'il reste vautré toute la journée, devant un tas de mégots de cigarettes, un journal de mode à la main. Bonjour, professeur, dit-il, en imitant une petite voix d'élève, à l'instar de ceux qui aiment énerver pour faire rire les copains. Et quand il revient à sa voix normale, il dit : Et pourquoi tu vas au travail habillée comme une paysanne ? Tu n'as qu'à te coudre, par exemple, une cape comme celle-ci ou un chapeau comme celui-ci. Ce qu'il lui montre sur le magazine est sidérant. C'est sidérant que ce genre de choses puisse plaire. Mais si c'est ce qui lui plaît, à quoi bon discuter. Elle balaie les mégots de cigarettes sur le parquet et dit : Aliosha, je t'ai acheté un cendrier pour ton anniversaire. Et il dit : Que ceux qui n'ont pas de talent travaillent. À quoi bon discuter ? Elle sait qu'elle a peu de cheveux et, avec ces lunettes rondes, son visage, dans le miroir, ressemble à celui d'un poussin effarouché. Il parlerait autrement si j'étais jolie. Il apprend à la petite des mots grossiers pour introduire un peu de joie dans l'atmosphère de la maison. En tant qu'artiste, il a besoin de joie.

L'autre, elle était chanteuse d'opéra, contralto ; elle aussi, certes, était juive mais elle riait toujours. Des cheveux noirs bouclés, un manteau d'astrakan frisé et on avait le droit de la toucher partout ; en particulier, quand elle chantait Schubert, il éprouvait le désir de lui mettre la main partout. Lorsqu'il l'accompagnait au piano, les sons résonnaient légers et transparents comme les foulards d'une danseuse orientale. À la maison, quand il s'exerçait, ce n'était pas la même chose. Il la suivait de ville en ville et, de temps en temps, il envoyait à la maison des savonnettes à l'odeur acidulée. Et, chaque dimanche, elle astiquait le piano avec de l'encaustique, elle astiquait en pleurant. « Ma bonne amie, la musique m'appelle et elle est plus forte que moi », avait-il écrit sur une carte postale qu'il avait envoyée pour le nouvel an civil. Elle avait déchiré la carte postale en petits morceaux et, comme ceux-ci n'étaient pas assez petits, elle les avait encore coupés avec les dents avant de tout jeter dans le poêle. Seule la haine lui donnait la force de s'occuper de la gamine et encore heureux qu'elle s'en était sortie comme ça… Sur les documents administratifs l'attendait la case « situation familiale » et, avant de remplir la case, le stylo avait tourné en rond dans sa main comme les bras d'un nageur sur le grand plongeoir.

Il y avait une seule consolation dans sa vie : le talent musical de l'enfant. À l'âge de six ans, après une année d'étude, Nadiaejda jouait déjà une sonatine de Scarlatti dans un concert à l'école. Avant chaque leçon, Vera astiquait le parquet autour du piano puis entrait dans la chambre à coucher afin de ne pas déranger. Entièrement concentrée, entièrement tendue tandis que l'enfant s'efforçait de produire le son juste, le plus beau. Le professeur lui avait conseillé de surveiller les exercices de l'enfant et, à partir de ce moment-là, sa vie était devenue claire et organisée. Sur le chemin de la maison, lorsqu'elle revenait du travail, résonnaient déjà fortement à ses oreilles les exercices pour les doigts tirés du livre de Tcherni que nous allions jouer aujourd'hui. Jour après jour, elle essayait de prolonger un peu, de dix minutes, le temps d'entraînement de l'enfant. Aujourd'hui, nous nous devons d'atteindre deux heures et quart, et les cahiers peuvent attendre. Les assiettes dans l'évier attendront aussi. Le talent a besoin de soutien et d'attention. L'artiste a besoin d'une oreille attentive. Si vous avez un enfant doué pour la musique, achetez-vous une paire de menottes, disait le professeur de musique de la fillette avec un sourire mystérieux.

Elle ferme les yeux et les sons font presque disparaître son mal de tête. Les phrases musicales symétriques se prosternent devant elle avec grâce et courtoisie et l'invitent - avec quel respect, quelle délicatesse - à monter sur un carrosse tiré par des chevaux d'ébène : elle ferme les yeux et monte. « Mon ange, mon ange à moi », dit-elle à l'enfant après chaque exercice de doigts, et elle lui embrasse la tête.

-Maman, peut-être que, toi aussi, tu pourrais prendre des cours d'instrument ? demande soudain Nadia, et elle répond :

-Mon ange, tu es tellement gentille, tellement intelligente. Mais, tu sais, pour la musique, je n'ai pas de mémoire. Une fois, j'avais commencé. J'ai étudié pendant un an, je n'ai pas réussi à apprendre quoi que ce soit par cœur.

À la réunion des professeurs, au milieu du débat sur la baisse subite, dans tous les domaines, de Volodia de la classe de cinquième, elle s'est levée, poussée par une pulsion insupportable, et a couru à la maison pour vérifier si Nadiaejda avait bien rempli son programme d'étude quotidien pendant qu'elle était seule à la maison. D'une manière générale, elle essayait de se soustraire aux réunions de professeurs qui se tenaient l'après-midi, aux sorties de classe, aux fêtes. Elle a commencé à s'intéresser aux professions des parents de ses élèves : ainsi, pour Natacha, il était possible de noter d'une manière un peu plus indulgente ; son père faisait des décors de théâtre et pouvait nous procurer des billets pour tous les concerts qui avaient lieu dans la salle de spectacle du centre ville.

Les hommes qui la rencontraient lui disaient :

- Faire trop attention à sa ligne n'est pas sain, Véra. Vous n'avez pas l'air bien.

Quant à Nadiaejda, elle était devenue une enfant maladive et terriblement obstinée. Même lorsque la température descendait à trente-deux degrés au-dessous de zéro, elle refusait de mettre un bonnet ou de porter des gants. Afin qu'elle ait les mains gelées. C'était abominable ce qu'elle était capable de dire.

Elle s'asseyait sur le nouveau tabouret tournant pour commencer à faire ses exercices et, au lieu de commencer tout de suite ses gammes, elle se mettait à tourner sur le tabouret jusqu'à avoir mal à la tête.

-Ma petite maman, tu crois que le violet et le marron sont des couleurs qui vont bien ensemble ?

Violet et marron ? Et bien, pourquoi pas ? Nous en parlerons plus tard.

-Oui, mais Maman, Elvira est venue aujourd'hui en classe avec une jupe marron et une chemise violette et Oxana a dit que ça n'allait pas bien du tout ensemble.

Alors, moi, j'ai dit :

- Nadiaenka, il faut que tu commences à jouer, ma chérie.

-Oui, Maman, mais écoute ce qu'Oxana m'a dit finalement. Elle a dit que j'étais cosmopolite.

-Ce n'est vraiment pas très gentil. Pas gentil du tout. Nous en parlerons quand tu auras fini de jouer.

-Bien, Maman. Ma petite maman. Mets ta main sur mon front.

Elle a froncé les yeux immédiatement, essayant d'échapper à sa première pensée : demain, elle n'irait pas à l'école. Elle aurait toute la matinée pour s'exercer. Même quatre heures durant. Et, tout de suite : est-ce que je suis devenue folle ? Est-ce que je me réjouis que la petite soit malade ? Oui, oui, la maladie, elle en guérira…

Nadiaejda est tombée malade et a guéri et elle est retombée malade. Véra s'est souvent absentée de son travail et le directeur de l'école l'a convoquée dans son bureau pour lui parler. Malgré tout, il l'aimait bien, avait-il dit et, en la quittant, alors qu'ils étaient debout, il avait glissé ses doigts par derrière à l'intérieur de son col et essayé de lui lécher l'oreille gauche.

Elle faisait boire à Nadiaejda de l'huile de foie de morue et lui donnait à manger du foie d'oie au moins une fois par semaine. Après chaque concert, elle lui achetait du chocolat et des fleurs. Il fallait bien réfléchir à la façon de lui rappeler qu'elle devait s'exercer au moins quatre heures par jour sans s'énerver. Choisir ses mots. Sans joie, elle ne pouvait pas jouer, et tout ce qu'une mère savait faire, c'était gâcher sa joie.

Cela avait commencé comme une nouvelle angine : une forte fièvre, j'ai mal à la tête, j'ai la tête qui tourne. Mais, pendant la nuit, il y a eu des cris épouvantables et quand on a allumé la lumière, Nadiaejda était debout sur le lit, les yeux grand ouverts, les dents serrées, de la salive coulait de sa bouche et elle hurlait :

-Non, non !

Comme si quelqu'un allait la tuer. Avant tout, Vera a essayé de l'enlacer mais le corps de la fillette s'est alors tendu en arrière, comme un arc tandis que la salive coulait de sa bouche. Pendant un long moment, elle l'a couverte de baisers jusqu'à ce que tout son corps soit secoué de tremblements qui ont fini par s'atténuer, puis ont repris, comme par vagues. Maître du monde, maître du monde. Toute la nuit durant, elle lui a posé sur le front des serviettes imbibées d'eau glacée. On a administré à la fillette dix piqûres de pénicilline et ce n'est qu'à la sixième que la température a baissé puis est revenue à la normale. Le docteur a parlé d'un besoin de repos complet et on a décidé que Nadiaejda irait chez sa grand-mère à Odessa pour se reposer et se baigner dans la Mer Noire. Les exercices et les concerts, inutile d'en parler.

Lorsqu'elle est revenue d'Odessa, elle a raconté que Grand-père et Grand-mère mangeaient de la soupe aux choux de la même assiette. Grand-mère allumait des bougies le vendredi soir et, comme une magicienne, faisait tourner ses mains autour de la lumière, et celles-ci devenaient transparentes comme du verre teinté en rouge. Avant de manger et après, ils adressaient des bénédictions de grâces à l'Éternel notre Dieu car c'est Lui qui nous donne notre nourriture. Nadiaejda voulait maintenant être juive. Et alors, bien sûr qu'elle était juive, non ? Les plus grands interprètes étaient juifs : Yasha Hefets, Oistrakh, Menuhin.

-Oui, mais les juifs ne jouent pas le samedi.

-Comment ça ? Le samedi, on ne joue pas ?

- Non, c'est interdit.

-Ça n'existe pas, Nadiaenka. Jouer d'un instrument, c'est exactement comme prier. Le samedi, on prie et on joue. C'est la même chose.

- Maman, tu parles comme une idiote.

- C'est comme ça qu'on parle à sa mère, Nadiaenka ? C'est ça ce que je mérite ?

- Oui, tu es idiote. Papa a été assez intelligent pour te laisser tomber. Et moi, je ne vais plus jouer du tout.

Il y a eu un moment de vide, d'absence complète et après cela il y a eu quelques échanges, des larmes et des cris. Nadiaenka ne l'a pas laissée la toucher, l'enlacer ou l'embrasser.

-Éloigne-toi de moi et ne me touche pas !

Véra tirait sur ses pauvres cheveux et se donnait des gifles afin de calmer sa douleur intérieure. Les gifles résonnaient comme de grands éclats et la sensation de douleur sur les joues, les oreilles et le crâne ne soulageait pas vraiment l'épouvantable tension qui l'oppressait de l'intérieur et n'arrivait pas à exploser.

Pendant encore quelques mois elle a attendu que Nadia se reprenne. Lorsqu'elle rentrait du travail, il lui semblait entendre de loin les sons du piano enfouis dans l'air. Ce n'est que lorsqu'elle rentrait à la maison que l'air en était vidé. Nadia était allongée en diagonale sur le canapé du salon et lisait un livre : « Comment se faire de l'argent et des amis ? », un de ces livres américains. C'est incroyable ce que son corps était long ! Elle avait les pieds plus larges et plus grands qu'on ne pensait, couverts de bas blancs pas très propres, qui faisaient ressortir un gros orteil un peu tordu. Qui était cette petite fille ? À qui étaient ces pieds ?

Véra a obtenu un travail supplémentaire à la bibliothèque de l'école l'après-midi. Elle retrouvait Nadiaejda le soir. Après cela, c'était la correction des cahiers et Nadiaejda allait rejoindre Marc, le jeune homme boiteux qui enseignait à l'Institut Technologique et s'intéressait au sionisme. Il s'était laissé pousser la barbe et avait été licencié de son travail. Aux toilettes, la prof de physique Louisa Tchaslava, celle qui avait un mari tchèque, l'avait approchée et, après avoir jeté un coup d'œil dans toutes les directions, lui avait dit :

-Pourquoi restes-tu ici ? Pars en Israël. Comment peut-on vivre sans patrie ?

-Nous avons passé la guerre ici. C'est ici que j'ai étudié au lycée puis à l'université. Ma spécialité, c'est la littérature russe. J'ai besoin d'entendre de la musique russe, a-t-elle chuchoté, et elle ne savait déjà plus ce qu'elle disait.

En fait, il n'y avait pas de solution. Nadiaejda et Marc étaient déjà mariés et ils avaient déjà reçu l'autorisation d'émigrer en Israël. Comment est-ce possible de vivre sans fierté nationale ? disait Marc. Laisse tomber, disait Nadiaejda, il n'y a que la musique qui l'intéresse.

Avant de prendre la route pour Moscou, elle avait écrit à Alexandre qui habitait alors Moscou et gagnait sa vie en se produisant dans des cafés après le suicide de sa chanteuse. Bonjour, Alexandre Vigdorovitch, excuse-moi de te déranger. Il y a dix-huit ans que je ne t'ai pas vu et il se peut que je ne reconnaisse pas l'homme à qui je suis en train d'écrire. Je sais une seule chose : tu fais encore de la musique, c'est-à-dire qu'il te reste une étincelle divine. Et s'il en est ainsi, il se peut que tu veuilles venir dire au revoir à ta fille et à son mari avant leur départ en Israël. Et elle lui avait laissé une adresse.

Il est venu la veille du jour où ils devaient prendre l'avion, accompagné d'un chien, un saint-bernard grand comme un veau. La main qui a serré la sienne pour dire au revoir était légère et un peu molle, potelée, chatouillant un peu, le genre de chatouille que l'on éprouve sur des coutures dues à une opération. Il portait sur le nez des lunettes aux verres épais qui dépassaient de la monture et, derrière, apparaissaient des yeux immenses qui regardaient profondément dans le vide. Ses cheveux bouclés collaient à son crâne qui était rond comme une boule d'acier. Ce qui l'avait le plus étonnée, c'était le changement de sa silhouette : son ventre ressortait au-dessus de la ceinture de son pantalon et, lorsqu'il s'asseyait, on aurait dit que les coutures de son pantalon allaient craquer sur ses cuisses écartées. Même ses oreilles avaient grossi et étaient gonflées et poilues. Après avoir serré Nadiaejda et Marc dans ses bras, il a demandé à Vera si, par hasard, elle avait de l'argent pour acheter du fromage à pâte dure pour le chien.

Je suis resté sans un sou à cause de lui, s'était-il plaint. Je l'ai habitué à manger ce fromage, c'est la seule chose qu'il aime et pourtant ce n'est pas bon pour lui. Cela fait grossir. Qu'est ce que je peux faire ? C'est mon seul ami, un ami véritable.

-Alors, tu aurais pu croire qu'une telle calamité nous attendrait ? dit Vera à Nadiaejda sa fille, qui elle-même était déjà maman, et elle attendait d'elle qu'elle l'aide à prendre une décision. Après tout, c'est ton père.

- Maman, il faudrait peut-être que Baroukh lise la lettre de Papa et qu'il t'aide à décider, dit sa fille.

Vera observe la femme dodue aux lèvres épaisses qui porte des lunettes, dont le crâne rasé est rond comme une boule d'acier, celle qui autrefois était sa petite fille. Cette femme a un enfant et cela lui est bien égal qu'il joue d'un instrument. Un cauchemar, vraiment un cauchemar ! Elle a d'autres soucis. Marc veut divorcer. Il n'aime pas les femmes qui fument sans arrêt et, de plus, le salaire qu'elle perçoit pour faire de la musique dans des jardins d'enfants est ridicule. Marc prépare un doctorat en philologie sémitique ancienne ; il suit un cours d'informatique où il a rencontré une jeune blonde et il a déjà arrêté de faire à sa femme des coupes ultra-courtes. Baroukh est un homme délicat, généreux et très droit, mais quand ils vont au concert, il essaie de ne pas rencontrer ses amis afin qu'il ne soit pas obligé de la leur présenter. Qu'est ce qu'il y a ? Ce ne sont que des amis, ce ne sont pas ses parents, de quoi a-t-il peur ?

Baroukh lit la lettre et, de l'autre main, il secoue son nœud de cravate qu'il relâche pour libérer son cou. Finalement, il dit :

- Quand on est juif, on veut émigrer en Israël.

- Comme c'est simple et juste ! Véra s'émerveille de sa finesse et elle ressent une grande détresse. Ce qui lui fait dire :

- Il parle dans sa lettre de « gagner sa vie en enseignant la musique », alors peut-être pourrait-il enseigner à son petit-fils à jouer d'un instrument. Comment peut-on élever un enfant sans musique ? C'est un cauchemar !

-Et le saint-bernard ? demande Nadiaejda.

- Qu'est ce qu'il y a ? On lui achètera son fromage. En Israël ce n'est pas ce qui manque, dit Véra, et elle ne sait déjà plus ce qu'elle dit, mais elle dit quelque chose pour ne pas que Baroukh ne se doute pas de ce qu'elle ressent. Et Baroukh dit :

-Il vaudrait peut-être mieux que je cesse de venir ici tant qu'il n'est pas arrivé afin que la décision reste entre tes mains.

Véra dit :

-J'apprécie beaucoup ce que tu dis, Baroukh, tu es un homme intelligent et généreux. Tu comprends tout. C'est le dernier grand espoir que j'ai, que mon petit-fils apprenne à jouer d'un instrument. Nadiaenka, écris que nous allons lui envoyer une invitation, qu'ici nous n'avons pas de piano et qu'il apporte avec lui un violon un huitième.

Vera regarde longuement Baroukh, ébahie. Elle avait toujours senti qu'elle ne comprenait pas quelque chose chez lui mais elle ne savait pas quoi. Il ne faisait pas partie de l'*intelligentsia*, non. Il était intelligent, sensé, mais ce qu'était la musique, cela lui échappait. Il ne le sentait pas. Et puis Alexandre, c'était le père de Nadiaejda, et le grand-père de ce petit-fils qu'il ne connaissait même pas, mais c'était notre petit-fils. Et il fallait absolument qu'il reçoive une éducation musicale. Alors, Nadiaejda, écris à ton père : Nous allons t'envoyer une invitation. Nous allons essayer de refonder la famille.

ANASTASIA

J'éprouve quelquefois le besoin de prier Dieu, murmura-t-elle. Et, immédiatement, comme si elle chassait et repoussait de devant ses yeux quelque chose qui l'importunait, elle dit d'une voix réconfortante :

Nous aimons beaucoup la musique. Nous allons souvent ensemble au concert et à l'opéra. La semaine prochaine, nous avons des billets pour « La Khovantchina », mais Anastasia sera au kolkhoze. Vous voulez venir avec moi ? «La Khovantchina » interprétée par l'Opéra de Kiev, ça ne se rate absolument pas.

Olga m'invita encore chez elle à d'autres reprises. Là-bas, j'ai connu aussi Alexeï, un garçon musclé et bronzé au crâne massif et rond, aux cheveux coupés très court et aux yeux bleu acier brillants, qui buvait d'étonnantes quantités de vodka, fumait de grosses cigarettes françaises malodorantes et regardait Olga sans arrêt. Anastasia fuyait la maison et allait dormir chez des amies dès qu'Alexeï arrivait.

Environ un an après, j'entendis la voix fluette d'Anastasia au téléphone, chez moi à Jérusalem. En hébreu. Comment j'allais. Grâce à Dieu, elle, elle allait très bien. Elle s'était convertie à Ein Hanatsiv. Cela avait été merveilleux, très intéressant, comme c'est dommage que ce soit terminé. Elle avait rencontré là-bas des gens magnifiques. Maintenant, elle cherchait du travail. De préférence avec des enfants. Peut-être connaissais-je quelqu'un ? Le Ministère de l'Intérieur n'accordait d'autorisation qu'aux citoyens et la citoyenneté n'intervenait qu'après la conversion, alors c'était très difficile de trouver du travail. Si ce n'était pas possible avec des enfants, alors peut-être des ménages. Elle détestait ce genre de travail, un travail monotone mais, pour l'instant, elle n'avait pas le choix.

La sonnerie du téléphone qui me tira des délices de ma sieste provenait de la police israélienne, du district de Jérusalem. Qu'est-ce que j'avais à voir avec la police ? Dans la pénombre de l'hiver, je ne savais pas si on était le matin ou le soir. Une voix féminine laissa couler une bouillie de mots qui commençait ainsi : « Cela nous intéresserait de savoir si vous êtes disposée à identifier le corps d'une jeune femme retrouvée sans vie dans un appartement du quartier de Névé Yaakov . »

- Pardon ? Si je suis disposée à quoi ? Vous pouvez répéter et dire les choses d'une manière plus claire ?

- Nous vous demandons si vous êtes disposée à identifier le corps d'une jeune femme.

- Je demandai son nom.

La voix nasillarde répondit :

- C'est ce que nous voulons élucider, apparemment c'est une nouvelle émigrée de Russie. Peut-être Ruth Kotrelov.

- Je suis vraiment désolée mais je ne connais aucune femme de ce nom, dis-je sèchement.

La voix insistante dit que mon numéro de téléphone était inscrit sur son agenda et que personne d'autre ne pourrait identifier le corps. Je demandai de quoi elle était morte.

Le corps a été retrouvé sans vie dans l'appartement, il n'y a pas de signe de violence. Il y a un bébé en bonne santé dont on évalue l'âge à six mois.

Je demandai à quoi elle ressemblait. La policière feuilleta ses papiers et lut :

- Taille : un mètre soixante-treize, cheveux longs blonds et raides, yeux verts, cils très clairs, peau relativement mate, nez droit, taches de rousseur.

Je me réveillai complètement : Anastasia !

J'avais connu Anastasia lorsqu'on m'avait envoyée à Kiev pour donner une série de cours sur l'histoire de la littérature hébraïque.

Anastasia faisait partie de la douzaine d'étudiants qui s'étaient obstinés à choisir ce cours peu ordinaire né d'un mariage illégitime entre des fonds américains et le nationalisme ukrainien. Le cours avait lieu en salle 303, dans le bâtiment jaune de l'Université de Kiev, la plus ancienne de toutes les universités russes, antisémite par tradition depuis de longues années. Ils étaient assis en face de moi, méfiants, enveloppés de leurs manteaux, dans la salle de classe sombre. Dehors, une neige légère tombait sans arrêt. Ils avaient tous des noms russes, même si une partie d'entre eux- la majorité, peut-être - étaient, semble-t-il, juifs, demi-juifs, ou quart de juifs. « Il a un certain pourcentage de sang juif », faisait-on remarquer à Kiev, comme lorsqu'on disait, « il achevé un certain nombre d'années d'études», peut-être sous l'effet de la loi du retour.

- Alors, d'après vous, quel âge a la littérature hébraïque ? C'est ainsi que je commençai mon premier cours. Les évaluations oscillaient entre cinquante et cent ans. Je sortis le premier volume de la Bible accompagné d'une nouvelle traduction en russe, éditée par la fondation du Rav Kook et je leur demandai s'ils connaissaient ce livre. Deux d'entre eux répondirent : « Oui, ce sont les Psaumes de l'Ancien Testament que nous chantons maintenant à l'église. » Tous les autres ne savaient rien de l'Ancien Testament. Pas plus que du Nouveau.

- Bien, alors lisons, dis-je. Qui veut bien ?

Anastasia, une petite blonde, jolie comme une vedette de cinéma, aux yeux verts pétillants bordés d'épais cils dorés, chantonna en russe, d'une voix fluette presque sifflante, les mots : « Au commencement Dieu créa le ciel et la terre », comme si elle lisait une poésie de Lermontov, et il était évident qu'elle parlerait, jusqu'à la fin de ses jours, avec cette voix de fillette de six ans. Eliah - il m'apparut clairement après cela que chaque Eliah était un Elie – dit : « Et la terre était tohu-bohu et les ténèbres flottaient au-dessus de l'abîme et le souffle de Dieu planait sur la face des

eaux » comme en s'aidant d'un instrument, avec une douceur
où se mêlaient la suite pour violoncelle de Bach et des *responsa*
talmudiques. Un frisson me traversa la peau et ma tête fut saisie
d'un léger vertige à la pensée de ces jeunes juifs cultivés, étudiants
titulaires d'un diplôme de deuxième cycle, qui connaissaient la
littérature russe à fond et qui lisaient, pour la première fois de leur
vie, les premiers versets du livre de la Genèse. J'expliquai chaque
verset du premier chapitre avec respect, admiration, joie, fierté
et étonnement comme s'il venait de surgir des tréfonds de mon
corps.

Pour le deuxième cours, j'arrivai environ un quart d'heure avant
l'heure, je voulais être sûre d'avoir le temps de faire la queue avec
les autres maîtres de conférences dans la salle des clefs, prendre la
clef de la salle 303, signer que je l'avais prise, sur le registre de la
gardienne et trouver la salle de classe dans le labyrinthe du bâtiment.
Dans la salle, quelques étudiants étaient déjà assis et, parmi eux,
Eliah et Anastasia, lui, recroquevillé dans un manteau en feutre
gris foncé aux boutons métalliques et une écharpe en laine pleine
de trous, elle, dans une fourrure en zibeline qui descendait jusqu'à
ses hanches étroites, avec de longues bottes jaunes en daim sur un
pantalon en jean moulant. Tous deux s'approchèrent ensemble de
mon bureau qui était sur l'estrade.

Eliah me demanda s'il pouvait me poser une question avant le
cours.

- Pourquoi pas, dis-je, nous avons encore quatre minutes.

- Eh bien, voilà, nous habitons ici depuis plus de vingt ans
sans avoir la moindre connaissance dans le domaine religieux.
Nous avons étudié la littérature, l'art, les langues, la musique, les
sciences, la philosophie mais, la religion, ça, c'était formellement
interdit. Nos parents disaient : il vaut mieux ne pas parler de ça.
Mais maintenant, nous le savons : la religion, ça existe. Le judaïsme,
ça existe. Le christianisme, ça existe. Mais, quelle est exactement

la différence entre les deux - ce n'est pas clair. Est-ce que je serais disposée à l'expliquer ? Ils m'en sauraient gré.

Un éclair traversa les yeux d'Anastasia : nous mettons à l'épreuve ce professeur venu de l'étranger. Je dis que répondre à une telle question en trois minutes était complètement irresponsable et même impossible, je dis que les deux religions avaient subi de nombreuses modifications au fil du temps et qu'il y avait en chacune d'elles un grand nombre de versions et de nuances ; mais, tout en parlant, je sentis que c'était pour moi que je me faisais du souci, pas pour eux, et c'est d'une voix différente que je parlai : « Mais je ne vous laisserai pas sans réponse. Je vais vous dire quelque chose, comme ça, au pied levé, d'un point de vue très personnel et en fonction des circonstances. Vous vous souvenez de ce que nous avons étudié durant le premier cours - que chaque jour, presque chaque jour, Dieu vit ce qu'il avait créé sur terre et dit « que c'était bien » ? Il a dit « que c'était bien » à propos de ce qui existait sur terre : la lumière, les cieux, la mer, la végétation, les animaux, l'homme. Il me semble que ce sentiment de satisfaction au sujet de ce qui existe sur terre - que la vie, en particulier la vie de l'homme, est bonne et sacrée - est une des différences essentielles qui distinguent le judaïsme, surtout celui des origines, du christianisme.

Eliah me regarda avec une méfiance exempte de tout compromis. Anastasia dit :

Le christianisme, si on s'y engage complètement, est une religion suicidaire.

- D'où tiens-tu cela ? demandai-je.

- Je le sais trop bien, répondit-elle, et elle me fixa de ses yeux perçants et brillants comme des dagues.

Je répondis qu'aussi bien du point de vue du judaïsme que de celui du christianisme le suicide est un péché. Autour de nous, se réunirent encore une dizaine d'étudiants qui avaient d'autres questions et des certitudes au sujet des différences entre le judaïsme et le christianisme. Le deuxième chapitre de la Genèse, l'épisode du Jardin d'Eden, rétablit l'ordre dans le cours et dans ma conscience académique.

Anastasia vint m'informer, à la fin de la séance, qu'elle ne pourrait pas assister aux deux prochains cours car elle suivait également, en parallèle avec les cours de l'université, une formation d'institutrice et de jardinière d'enfants et qu'elle était enrôlée pour deux semaines dans un kolkhoze où on avait besoin d'aide. D'après ce qu'elle disait, sa mère voulait m'inviter à dîner. Est-ce que c'était possible ?

Ma solitude à Kiev était totale. La décision de dispenser des cours sur le judaïsme à l'université était venue d'en haut, contre la volonté du Doyen et du Recteur qui avaient été mes hôtes officiels et s'étaient empressés de m'abandonner après m'avoir invitée à un repas au restaurant qui comprenait, en tout, du vin trop doux, des tranches de saucisson pâles et grasses et des gâteaux couverts d'une crème colorée.

J'habitais dans le quartier de Podol qui se trouvait au-delà du quartier autrefois habité par des juifs fortunés et respectables, et qui était maintenant une zone abandonnée ou des croûtes de plâtre moisies se détachaient des moulures décoratives des murs des maisons aux couleurs passées.

La nuit tombait tôt sur la ville ; sur les trottoirs, les dalles étaient brisées, la serrure du palier était cassée, le papier peint au-dessus de mon lit était déchiré, l'eau ne descendait pas dans la cuvette des toilettes, la nourriture que je réussissais à acheter au marché se composait généralement de pommes de terre pourries, de pommes tavelées, de chou qui ressemblait à une tête guillotinée. Seul le pain noir que j'achetais à la boulangerie était superbe. Boire une vraie soupe me manquait. Je pris chez Anastasia le numéro de téléphone de sa mère, Olga Alexeïevna Kotreliova, et je l'appelai. Olga me dit qu'il ne lui serait pas difficile de me reconnaître : elle m'avait vue avec le Doyen et le Recteur lorsqu'ils m'avaient présenté le bâtiment de l'Université et la bibliothèque. Elle dirigeait le département des livres rares.

La mère d'Anastasia vint à ma rencontre à la station de métro, dans la salle du bas, afin qu'il me soit plus facile de me rendre chez elle. Elle avait à la main un œillet blanc. Olga Alexeïeva était une femme ronde et petite de taille, enveloppée d'un long manteau de fourrure sous lequel elle portait un ensemble en velours gris-verdâtre, cousu main. Elle était coiffée d'un joli chapeau du même tissu garni de fleurs blanches en velours. Sous son chapeau apparaissaient des cheveux blonds grisonnants coupés droit. Et, malgré le froid vif, elle avait aux pieds des chaussures en daim aux talons moyens et des bas de soie blancs. Elle m'adressa un sourire de ses lèvres charnues ; elle avait les dents espacées et ses fossettes étaient déjà devenues des rides. Elle avait des yeux verts bordés de cils blonds pâles et dont les paupières clignaient sans arrêt, des yeux enfoncés, rapprochés, entourés de cernes rosâtres et de nombreuses rides. Elle me prit le bras en l'entourant de son bras tiède et s'assura que je ne trébuchais pas dans la neige que le vent transformait en patinoire transparente. Et c'est ainsi qu'elle m'amena chez elle à Komunalka, deux petites pièces avec un W.C et une cuisine qui communiquaient. Nous bûmes, dans des petits verres en cristal, du vin de cerise qu'Olga avait fait elle-même car, en ce moment, on ne trouvait rien dans les boutiques. Dans des assiettes en porcelaine, avec des cuillers en argent travaillé, héritées de la famille, où fumait un borscht mémorable, brillaient des ravioles à la viande, des petits beignets de chou, puis une quiche aux pommes de terre croustillante à l'odeur appétissante.

Après avoir parlé de recettes et du manque d'éducation de la jeune génération, Olga me dit qu'elle était divorcée depuis vingt ans. Son ex-mari, philosophe et critique littéraire connu, habitait Moscou. Il était spécialiste de culture et langues sémitiques et écrivait des articles sur la civilisation au Moyen-Age. Il avait écrit un livre sur l'approche de la mort dans les cultures slaves anciennes, sur la tragédie du passage entre « ici-bas » et « là-bas » dans diverses cultures. Lorsqu'ils s'étaient rencontrés, elle était étudiante en haute-couture et lui était un jeune soldat qui avait perdu une jambe à la guerre. Sa spécialité, à elle, c'était la confection de chapeaux, mais qui avait besoin de chapeaux ? Même les épouses de membres importants du parti ne portaient de chapeaux qu'en hiver, en fait de simples bonnets en laine ou en fourrure. Elle travaillait à la maison, cuisinait, faisait le ménage et ça, elle en avait eu assez. C'était tout simplement monotone. Alors, elle était allée faire des études de bibliothécaire et avait obtenu une bourse de doctorat à Moscou. Pendant un an elle avait fait le va-et-vient entre Kiev et Moscou, avait rencontré beaucoup de gens intéressants. Puis, Svolod était devenu fanatique, ennuyeux, insupportable. Nous avons eu Anastasia après vingt ans de mariage, cela a été un miracle. Bien entendu, c'est une enfant gâtée, un peu capricieuse, mais c'est une enfant merveilleuse, elle est mon bonheur et mon espérance. Un jour, elle se mariera, et il y aura des petits-enfants…

Ses cils blonds comme des blés fanés se reposèrent un instant de leur mouvement de paupières perpétuel, comme s'ils caressaient un rêve.

- Il n'y a qu'un problème, vous comprenez – non, vous ne comprendrez pas : moi, à mon âge, une femme de soixante ans, je vis depuis trois ans avec un homme. Il s'appelle Alexeï. Il travaille dans des forages pétroliers en Sibérie et vient ici une fois tous les mois ou tous les deux mois. Vous ne me croirez pas. Il a dix-huit ans de moins que moi et cela ne l'empêche pas de m'aimer à la folie. Il boit, se soûle, fume. Anastasia se sauve de la maison lorsqu'il vient ici. J'espérais qu'ils finiraient par s'entendre.

Elle se tut et ses cils clairs, si délicats, tremblèrent un instant à une vitesse folle comme s'ils avaient subi un électrochoc. En parlant de cet homme, ses yeux étaient devenus humides et ses joues légèrement roses.

- Parfois, j'éprouve le besoin de prier Dieu, de faire le signe de croix, de supplier, murmura-t-elle.

Et immédiatement, comme si elle chassait et repoussait de son visage quelque chose qui l'importunait, elle dit d'une voix encourageante :

- Nous aimons beaucoup la musique. Nous allons souvent ensemble au concert et à l'opéra. La semaine prochaine, nous avons des billets pour « La Khovantchina », mais Anastasia sera au kolkhoze. Vous voulez venir avec moi ? « La Khovantchina » interprétée par l'Opéra de Kiev, ça ne se rate absolument pas. J'avais honte de dire à Olga que je n'avais vu d'opéras qu'au cinéma.

Lorsque nous nous sommes retrouvées dans le foyer de l'Opéra, Olga me mit dans les mains l'un des deux bouquets de fleurs qu'elle avait apportés avec elle. De nombreuses personnes dans la salle, même celles qui portaient de vieux vêtements élimés, avaient des bouquets de fleurs en main pour les jeter sur la scène à la fin de la représentation. A l'entracte, je demandai à Olga pourquoi Anastasia avait décidé de s'inscrire au cours d'histoire de la littérature hébraïque. Elle s'assombrit :

-Elle cherche toujours quelque chose d'autre, dit-elle sans sourire, elle fait toujours le contraire. Elle a toujours besoin de chercher quelque chose d'autre, de plus intéressant, dangereux même …Elle n'a peur de rien…Elle me rappelle ma sœur qui s'est suicidée… Elle aussi aimait les langues exotiques, elle s'intéressait aux premiers temps du christianisme.

Olga m'invita encore chez elle à d'autres reprises, et j'y fis également la connaissance d'Alexeï : un homme musclé et bronzé à la tête massive et ronde, aux cheveux coupés très court et aux yeux bleu acier, brillants, vêtu d'un tricot de peau moulant, et qui buvait des quantités étonnantes de vodka, fumait de grosses cigarettes malodorantes et dévorait Olga des yeux. Lorsqu'Alexeï arrivait, Anastasia s'enfuyait de la maison et allait dormir chez des amies. Lorsque je suis tombée malade - à Kiev, il n'était pas difficile de tomber malade, car l'air et l'eau étaient encore saturés des radiations qui avaient suivi la catastrophe de Tchernobyl - Anastasia était arrivée chez moi avec des médicaments, du lait, des céréales, des ampoules électriques - toutes choses qu'à cette époque-là il était impossible de trouver dans aucune boutique, même dans les boutiques de la « Bériozka », qui vendaient aux touristes des alcools, du chocolat et des cigarettes, en dollars. Avec fierté et une expression de mystère particulière, elle m'avait apporté un triangle de fromage dur. Son père n'avait pas signalé son divorce aux autorités pour que sa mère puisse continuer à acheter dans les boutiques réservées aux invalides de la deuxième guerre mondiale. Je la payais en lui donnant des cours particuliers d'hébreu et elles n'acceptaient aucun autre mode de paiement.

- Maman est une femme merveilleuse, dit Anastasia, il n'y a qu'Alexeï - et soudain, elle se mit à ricaner puis siffla à mon oreille : je le déteste ! Je le déteste ! Son visage pâlit et s'emplit de taches de rousseur au milieu desquelles roulaient ses yeux rougis et comme pleins d'un venin vert.

Environ deux ans plus tard, chez moi, à Jérusalem, j'entendis au téléphone sa voix fluette s'exprimant en hébreu. Est-ce que je pouvais lui dire si je me souvenais d'elle ? demandait-elle. Elle habitait à Jérusalem, à Guilo. Dans une chambre qu'elle avait louée. Est-ce que je pouvais lui dire s'il était possible qu'elle me rende visite ?

On aurait dit qu'elle avait vieilli de dix ans. Ses yeux paraissaient plus grands. Elle était pâle et les taches de rousseur étaient éparses sur son visage. Ses épaules s'étaient amaigries et ses hanches élargies. Elle marchait en se balançant un peu. Elle voulait se convertir. Il y avait longtemps qu'elle voulait se convertir. Oui, depuis qu'elle était encore à Kiev, oui, depuis ce temps-là. Elle avait eu à Kiev un ami juif dont elle avait beaucoup appris. Oui, Eliah. Lui, avait émigré en Israël et habitait à Dimona avec sa mère mais maintenant, ils étaient seulement de bons amis. Mon cours aussi avait eu une influence sur elle, je ne pouvais savoir à quel point. A présent, elle n'avait pas de petit ami attitré et elle voulait se convertir ; elle avait aussi grandement besoin de trouver du travail. Elle n'avait pas d'autorisation de travail car, tant qu'elle n'était pas convertie, elle était considérée comme touriste. Elle faisait des ménages dans des maisons ou nettoyait des escaliers mais elle aurait voulu travailler avec des enfants. A Kiev, elle avait terminé un séminaire d'institutrice et de jardinière d'enfants. Comment allait sa mère ? Bien, elles se parlaient au téléphone mais pas beaucoup, parce que cela revenait cher. Elle était toujours avec Alexeï.

- On peut aussi vivre sans mère, me dit-elle en me fixant d'un air entendu, elle sourit puis serra les lèvres. Je lui dis qu'à mon avis une préparation à la conversion dans un kibboutz était la meilleure solution pour elle ; je passai quelques coups de fil et elle choisit le centre de préparation de Ein Hanatsiv.

Environ un an après, elle retéléphona. Comment j'allais ? Elle, grâce à Dieu, elle allait très bien. À Ein Hanatsiv, cela avait été merveilleux, pas facile mais très intéressant, vraiment dommage que ce soit terminé. Elle avait rencontré là-bas des gens magnifiques, très intéressants, généreux. Maintenant, elle cherchait du travail. De préférence avec des enfants. J'avais peut-être une idée ? Le Ministère de l'Intérieur ne donnait pas encore son autorisation, alors c'était très dur pour le travail. Si ce n'était pas avec des enfants, alors peut-être quelqu'un qui avait besoin de ménages. Elle aimait travailler avec des gens, pas avec des machines, c'était horriblement ennuyeux mais, pour l'instant, elle n'avait pas d'autre solution. Sa mère viendrait lui rendre visite à Pâque, sans Alexeï, bien sûr, que Dieu en préserve. A Ein Hanatsiv, on avait beaucoup parlé des relations avec les parents après la conversion et dit que la conversion n'annule pas «Tu respecteras ton père et ta mère ». Comment éprouver du respect pour une mère qui avait complètement renoncé à sa propre dignité, qui se conduisait d'une manière tellement dégradante. Et pour couronner le tout, sa mère était devenue pratiquante, c'est-à-dire chrétienne, que Dieu miséricordieux nous en préserve, et elle voulait célébrer les Pâques chrétiennes à Jérusalem. A propos, on ne l'appelle plus Anastasia mais Ruth, en référence à Ruth la Moabite, bien entendu.

- Lorsque j'aurai un enfant, je l'appellerai David, dit-elle en riant, et dans mon imagination, je vis les premières ridules autour de ses yeux.

J'ai acheté un grand bouquet de fleurs et je suis allée accueillir Olga à l'aéroport. Je l'ai emmenée à la maison de Ruth à Guilo. Elle a ri et pleuré en silence tout le long du chemin en essuyant ses larmes avec un mouchoir en soie brodé plein de trous. Elle m'a parlé de la terrible mélancolie que lui causait l'absence d'Anastasia, de la religion qui lui avait appris à accepter avec amour les souffrances de la vie - de tout : de l'humiliation, de la culpabilité, de l'injustice, de la dégradation, de l'ennui… La pierre et la luminosité de Guilo lui plurent. Je l'emmenai à l'église du Saint Sépulcre et à l'église russe de Ein Kerem. Je l'emmenai à un concert de l'Orchestre Philarmonique.

Olga dit :

- Je pourrais peut-être venir habiter en Israël ?

Ruth répondit :

- Tu ne peux pas, tu n'es pas juive. Et que ferais-tu d'Alexeï ?

Olga resta trois semaines en Israël puis retourna à Kiev. Je lui parlai au téléphone une ou deux fois, par politesse, puis le lien fut rompu. C'était il y a un an et maintenant la police veut que j'identifie le corps. Qui le ferait à part moi ? Et il y a un bébé. De qui ?

Elle gisait couverte d'un drap à la morgue de l'hôpital, son nez plus long qu'à l'ordinaire, les lèvres pâles et jaunâtres entrouvertes comme si elle venait de voir quelque chose d'étrange, d'intéressant, et qu'elle voulait me dire quelque chose à ce sujet. Je m'arrachai avec difficulté de cette bouche bée muette. J'expliquai à la police qui elle était et je demandai à ce que quelqu'un prévienne sa mère à Kiev. Moi, je n'étais pas capable de le faire. Je demandai quelle était la cause de la mort.

- Ce n'est pas clair, fut la réponse.

- Est-ce qu'elle s'est suicidée ?

- Apparemment non, me répondit-on. Elle avait eu, semble-t-il, une forte fièvre due à de la diarrhée ou à de la dysenterie, et elle n'avait pas été soignée. De la déshydratation et en hiver, encore.

- Est-ce que je savais ce qu'elle mangeait ? Je ne savais pas. Est-ce qu'elle était membre d'une quelconque caisse de maladie, je ne savais pas, il me semblait que non. Est-ce que je savais si elle appartenait à une quelconque communauté ou synagogue ? Je ne savais pas. Elle n'avait personne à qui demander de l'aide ? Je ne savais pas.

Quelques jours plus tard je me tenais debout, les yeux baissés, près de la mère de Ruth, dans la salle funéraire à Jérusalem et j'essayai de l'embrasser. Elle n'a pas réagi. Le pullover gris qu'elle portait était déchiré. Son visage était devenu gris, elle avait les yeux rouges, sa lèvre supérieure était crispée et ridée. Elle me fixa, le regard vide, étonné et figé. Elle n'essayait plus d'essuyer les larmes qui coulaient sur ses joues et dégoulinaient de ses mâchoires, ni la salive qui coulait de sa bouche et de son nez. Autour du cercueil, il y avait, à part nous, une trentaine de jeunes gens et de jeunes filles de Ein Hanatsiv, ainsi qu'un jeune homme d'environ dix-neuf ans, un gars israélien sympathique aux cheveux longs qui portait une boucle d'oreille et pleurait sans arrêt. Ses parents aussi étaient là, debout à côté de lui, calmes et impuissants. Une des filles de Ein

Hanatsiv, une jeune fille ronde en jupe longue en jean, expliqua à son amie que les personnes qui étaient debout là étaient les parents du jeune homme responsable de sa grossesse.

- Ils avaient pensé à se marier mais lui n'était pas religieux et elle avait donc beaucoup hésité car, que feraient-ils le shabbat ? Alors, ils se sont séparés et elle a décidé d'élever le bébé en tant que mère célibataire. Ses parents à lui ont dit qu'ils adopteraient l'enfant. Il s'appelle David et, depuis la circoncision, nous n'avons plus entendu parler d'elle …

- Le bébé s'appelle David, dis-je à Olga. Elle ne semblait comprendre ni de quoi je parlais ni pour quelle raison.

DE BELLES CHOSES

Mon mari aime la mer.

- Regarde comme elle est belle. Chaque jour, elle est d'une couleur différente, elle a une odeur différente, me dit-il tous les samedis lorsque nous courons vers la plage à sept heures et quart du matin et il m'embrasse.

Il me dit cela presque tous les samedis mais, moi, je continue à aimer la ville qui est sur la montagne. Depuis le premier jour où je suis arrivée du village pour étudier à l'Institut Supérieur d'Agroalimentaire, c'était comme si l'air me soulevait toujours plus haut et me disait : Voilà. Il me semblait que je vivais un rêve. Pas de tracteurs, pas de grosses mouches. Tout était en pierre. Mais mon mari aime la mer et, en dehors de cela, il travaille dans une usine locale de climatiseurs, et nous habitons dans un ensemble de maisons près de la mer. Un jour, je lui ai dit :

- Ca suffit. Je deviens folle. Il n'y a rien de beau ici. Déménageons. Dans la ville qui est sur la montagne, je rajeunirai rien qu'en y respirant l'air, cet habitat ne convient pas à ma personne, je vis ici comme si j'habitais un désert. Quel genre de vie avons-nous ? ai-je dit en larmes et tout en fumant. Tu feras une à deux heures de trajet pour aller au travail et en revenir. Le samedi, on ira à la mer.

Notre enfant aime le Coca-Cola, le chien et les activités scoutes. Je lui ai promis que sur la montagne, il y avait aussi du Coca-Cola et des scouts. Je lui ai promis que le chien aimerait la ville sur la montagne. Je lui ai promis de la neige. J'ai essayé de lui faire admettre que, là-bas aussi, il aimerait de belles choses.

Dans la ville sur la montagne, le train sifflait comme dans les films. L'air était pur et frais. Le vert des cyprès était gris, de la même couleur que la pierre. La sonnerie de notre pendule a soudain résonné comme une cloche. Mon mari a dit que c'était parce que le plafond de la maison que nous avions achetée était plus haut. Le premier jour, le chien s'est enfui et lorsqu'il est revenu, nous avons compris qu'il avait été empoisonné. Puis, nous avons eu aussi une longue discussion au sujet de la couleur des grilles. Finalement, il a été d'accord avec moi sur le fait que le noir est plus chic que le bleu. Il était déjà tard le soir, et le lendemain il devait se lever très tôt pour prendre la route pour aller au travail à l'usine de climatiseurs.

- Je n'aime pas les disputes, a-t-il dit en me tournant le dos.

Après cela, nous avons entendu, au-dessus du plafond, des bruits étranges qui nous ont empêchés de dormir. C'était comme si quelqu'un construisait une tour avec des cubes en bois, la détruisait et la reconstruisait. Nous sommes montés au deuxième étage. La jeune fille qui était près du lavabo, portait un walkman, un bikini, un tablier et des sabots blancs, mâchait du chewing-gum et se balançait au rythme de la musique. Elle tapait sur le sol avec ses sabots et le jeune homme était en caleçon noir et sabots blancs lui aussi, la tenait à la taille, par derrière. Je me suis présentée poliment comme étant la nouvelle voisine et mon mari a proposé que nous leur achetions à tous les deux des chaussures de sport pour que nous ayons un peu de tranquillité. Le jeune homme a écouté respectueusement, est resté silencieux un instant et, à la fin, il a dit lentement et d'une voix qui semblait venir du nez :

- Il n'en est pas question. Nous avons toujours été en sabots et nous ne changerons pas. C'est notre style.

La jeune fille a dit :

-C'est ce qui convient à notre personnalité et elle mastiquait son chewing-gum la bouche fermée.

Et le jeune homme a dit :

- C'est ce que nous aimons. Pour nous, c'est ce qui nous plaît. On n'y peut rien.

Le lendemain matin, j'ai entendu dehors, depuis les cimes des
pins, des cris de corbeaux et, en même temps, des bruits plus forts
mais également très stridents : piou, piou, piou. Je suis sortie dans
le jardin et des miettes de pain se sont répandues sur ma tête. En
levant les yeux, j'ai vu que la voisine du troisième étage secouait
divers objets. Elle a secoué sa chemise de nuit d'un rose fané qui
tirait vers le jaunâtre. Après cela, elle a secoué deux petits sacs en
plastique. Après cela, un soutien-gorge de taille respectable, après
cela une grande boîte en métal, une boîte de biscuits apparemment.
Chaque objet qu'elle secouait produisait son propre bruit. Elle
a souri et ses fausses dents ont brillé au soleil. Quand elle a fini
de tout secouer et aérer, elle a déversé dans le jardin une bassine
pleine de pâte à pain fraîche et elle s'est remise à appeler : piou,
piou, piou !

-Tu pourrais peut-être arrêter ça, de secouer et d'aérer, de
secouer et d'aérer ! C'était la voix d'un vieux monsieur, à l'intérieur
de la maison.

-Qu'est ce qu'il y a ? Quel mal y a-t-il à secouer et aérer ?
Ce n'est pas bien ? Moi, j'aime ça ! Moi, j'aime ça! A-t-elle
répondu d'une voix forte et stridente. C'est un homme incapable
d'apprécier les bonnes choses, a-t-elle dit en s'adressant à moi du
haut de son balcon, ni les gâteaux, ni les beignets, uniquement la
soupe de légumes et le petit lait. C'est tout ce qu'il aime manger.
Il ne peut rien manger d'autre. Vous auriez dû voir comment
mon père mangeait : il mettait, sur une brochette de poisson à
la saumure un anchois piquant, puis la tournait et la retournait
sur le feu avant de l'avaler, il se remplissait un verre à thé de
pastis et l'avalait. Celui-ci, de bon matin, il dit qu'il a comme des
pierres dans le ventre, un mauvais goût dans la bouche et qu'il est
déprimé. En dépression permanente. Il ne sait pas ce que c'est
de rire, il ne sait pas ce que c'est de s'amuser. Ce spectacle lui est
complètement étranger.

-Ne faites pas attention à ce qu'elle raconte, m'a dit son mari qui, à son tour, est sorti sur le balcon. C'est une malade mentale à soixante-dix pour cent. Garanti. J'ai besoin de faire du régime et elle ne fait que des beignets qu'elle fait frire dans de l'huile brûlée. Comme si je n'existais pas. Une fois, j'ai failli exploser avec ça. Maintenant, chaque fois qu'elle se met à hurler, je quitte la maison, je vais à la synagogue, je vais chez mon ami, le cordonnier. Qu'est ce qui me retient à la maison ? Faites comme moi.

À côté de moi, sur le trottoir, sa bouche exhalait le genre d'acidité qui émane d'un vase de fleurs dont on n'a pas changé l'eau. Il a continué :

-Comment puis-je apprécier la nourriture ? Tout me fait mal lorsque je mange. J'ai mal à la bouche. Regardez ma langue. Naa...

Il a fermé les yeux en tirant dans ma direction une langue grisâtre de la couleur d'une souris.

Et depuis le troisième étage ses cris à elle le poursuivaient :

- Qu'il aille rendre visite à ses amis, cet homme qui ne sait rien apprécier, à part les disputes. C'est la seule chose qu'il aime. Moi, tout le monde m'aime. L'enfant dont je me suis occupée l'année dernière m'a dit : quand on sera grands, on va se marier. Mon père, lui, m'aimait vraiment. Je marchais sur le trottoir en revenant de l'école et mon père, qui était sur le trottoir d'en face, sans même m'appeler, se contentait de marcher et de me regarder : voyez, vous tous, comme ma fille est belle. Avant sa mort, il m'a raconté ceci : j'avais alors seize ans. Lorsque je marchais dans la rue, toujours lorsque je marchais dans la rue, je savais qu'il marchait et me regardait depuis l'autre trottoir et il pensait : voyez tous comme ma fille est belle. Et moi, même maintenant, mes joues ont de belles couleurs. Qui peut dire que j'ai soixante-sept ans ? Moi, j'ai l'intention de vivre encore jusqu'à cent vingt ans même. Qu'est-ce qu'il y a ? Ce n'est pas bien ? Ce n'est pas beau ?

Le soir, elle a frappé à ma porte, ses cheveux gris en bataille, les lèvres tremblantes, elle a bredouillé :

-Téléphone, hôpital, ambulance…

J'ai téléphoné aux premiers secours et je suis montée avec elle au troisième étage. Il y avait là une forte odeur, étrange, pas une odeur de soupe aux boyaux de poulet ou de pâte levée qu'on a oublié de mettre au four, pas une odeur d'étable où les vaches sont malades, je ne sais pas quel genre d'odeur c'était. Sur les murs couverts de taches, étaient collés des morceaux de papier peint déchiré, sur lesquels il y avait des photos floues de personnages qui se tenaient debout et souriaient avec arrogance. Sur le sol, il y avait une petite flaque de sang à l'endroit où se tenait le voisin en train de remonter, les mains tremblantes, la fermeture éclair de son pantalon. Je vais mourir, me dit-il. J'ai déjà les jambes froides.

On aurait dit qu'elle tapait des mains et elle a commencé à se donner des claques : comme ci et comme ça, encore, encore, bientôt moi aussi je vais perdre du sang, moi aussi, je vais bientôt mourir. Tu vas voir ! Tu ne vas pas me laisser seule ! Et elle s'est mise à l'enlacer en le traînant, avec mon aide, sur le palier. Il avait la tête posée sur son épaule les yeux fermés. Ses pieds n'avançaient pas mais traînaient sur le sol comme s'ils étaient liés.

L'ambulance attendait déjà près du trottoir. Il a ouvert les yeux, a enlevé sa montre et la lui a donnée à garder. Il a hésité un instant pour les lunettes et finalement, les lui a également données. Elle s'est affolée et s'est mise à l'embrasser de toutes ses forces.

-Je te jure sur ma vie que tu vas me revenir, tu entends! a-t-elle soudain hurlé de toutes ses forces.

-Je te jure sur ma vie que tu vas me revenir ! a-t-elle repris en sanglotant et en l'entourant de ses bras à la taille et au ventre. Un de ses pieds reposait déjà sur la marche de l'ambulance et, de ses deux mains, elle s'est soudain emparée de sa tête, lui a tourné le cou et l'a embrassé sur la bouche, sur les lèvres, un long baiser intense, collant ses lèvres aux siennes et suçant comme si elle voulait en extirper ce goût de bourbe et le garder pour elle.

-Je te jure sur ma vie que tu vas me revenir ! a-t-elle continué à gémir lorsqu'elle a vu l'ambulance s'éloigner, et elle s'est mise à tournicoter la tête comme une arroseuse mécanique.

-La seule chose que j'aime c'est qu'il soit à la maison, a-t-elle sangloté à mes oreilles. Vous savez, nous ne sommes même pas mariés. C'est à cause de la sécurité sociale. Si on s'aime, on s'aime, c'est une question de personnalité, n'est-ce pas ? a-t-elle dit en allumant une cigarette et, soupirant profondément, elle a aspiré la fumée et l'a rejetée. J'ai senti que j'avais le vertige et que, moi aussi, j'avais besoin de fumer. Je lui ai pris une cigarette, elle a replié son bras autour du mien et elle s'est serrée contre moi.

Samedi, il a neigé. Je suis restée debout toute la matinée près de la fenêtre avec le gosse et j'ai allumé cigarette sur cigarette. Mon mari a dormi jusqu'à midi. Notre fils était malade, il avait une angine comme pour faire le deuil du chien qui avait été empoisonné. Je lui ai proposé un Coca-Cola mais il n'a pas voulu. Nous avons observé les vapeurs qui s'élevaient doucement depuis le tronc d'arbre coupé de la cour, et j'ai eu un sentiment de légèreté comme si, nous aussi, nous étions en train de nous évaporer.

Au petit supermarché Baroukh

- Dites-moi, vous croyez que j'ai besoin de vous apprendre à me voler ?

Cette réponse du directeur de la banque au téléphone lui est revenue à l'esprit et a produit dans le corps de Baroukh de petites ondes semblables à un courant électrique ou à un début de forte fièvre et, plus il essayait de se concentrer sur son travail, plus elle revenait et le faisait sursauter et, en même temps, il s'entendait aussi rire doucement, avec la voix du directeur de la banque qui montrait à présent son visage diabolique, ce salaud et, ces rires qui lui avaient fait monter les larmes aux yeux, il lui fallait y mettre fin de toutes ses forces et se calmer. Essayez toujours, dans ce pays, de faire des affaires dont vous puissiez peut-être être fiers! Essayez toujours de monter une succursale de petit supermarché - pas le genre de boutique de luxe pour faire sensation - avec des légumes bio, des CD et des bijoux et tout ce qui peut sauver l'honneur de cette ville minable, et qui donne aux gens le goût de ce qu'est le paradis, qui leur donne un peu de foi, de foi dans le fait d'investir, au moins ! Alors quand vous essayez d'investir dans la bonne impression des acheteurs, pas dans les vitrines, que vous mettez en place un service de livraison direct des marchandises jusque dans le coffre de la voiture, et que vous essayez d'obtenir un crédit, alors le fils de p… vous dit, dites-moi, vous croyez que j'ai besoin de vous apprendre à me voler et il se moque de vous comme si vous étiez un petit merdeux.

La colère avait été salutaire. Il ressentait à présent une grande chaleur au niveau de la tête et des yeux, il attendait qu'elle régresse et qu'il puisse agir de façon normale. Il a entendu les deux téléphones sonner, puis s'arrêter, il a entendu la voix de la caissière qui essayait de préciser le prix d'un compte-gouttes électronique, il a entendu la voix du responsable de la sécurité l'appeler pour quelque chose d'urgent- et il n'était pas capable de bouger. Qu'est-ce qui lui arrivait ? C'était comme ça qu'il s'était senti au lycée lorsqu'un des membres du groupe, celui qui avait la guitare électrique, avait partagé avec ses deux cousins, celui qui jouait du saxophone et celui qui jouait de la basse, tout l'argent que le propriétaire du café avait fini par accepter de leur payer, alors que c'était lui qui avait tout organisé, composé la musique et l'avait jouée sur ce foutu piano du café. C'était sa vocation d'être hors jeu le temps d'un siècle ou deux pour ainsi dire. Il était assis, ne faisait rien et il regardait tout comme on regarde un DVD.

Grâce aux trois caméras de surveillance dont les images parvenaient à son bureau, Baroukh pouvait voir et savoir ce qui se passait à chaque endroit du petit supermarché. Tout n'était pas si ennuyeux ou répétitif. Sur l'un des écrans, il a vu une cliente, une femme extrêmement jolie, pas plus de la trentaine qui, pour comparer les prix et les quantités, sortait d'un étui en velours rose des lunettes à monture rose et les remettait dans l'étui. Elle s'est dirigée vers la caisse sur ses hauts talons, avec son joli derrière, petit et rond, des boucles d'oreille en perles pendantes et un bébé d'un an peut-être perché à l'avant du caddie qui était plein à ras bord. Elle a payé, laissé glisser son portefeuille dans le sac en plastique, fouillé dans sa poche pour prendre les clefs de la voiture et, les yeux profondément enfoncés sous des paupières asiatiques, elle a avancé avec quatre sacs en plastique bourrés de marchandises et son sac en cuir vers la porte vitrée automatique. Le bébé qui était resté sur le caddie levait les bras pour que quelqu'un le prenne mais, la cliente suivante a bougé le caddie et s'est mise à déposer ses marchandises sur le tapis roulant. Baroukh a arrêté la musique de fond et allumé le haut-parleur : « Madame, vous avez oublié votre bébé ?» Sa voix a résonné dans tout l'espace du petit supermarché et toutes les femmes se sont mises à regarder dans toutes les directions à la recherche de bébés. La femme qui était déjà près de la porte automatique a fait quelques pas en arrière et s'est retournée en trébuchant sur son talon gauche, a penché la tête sur le côté dans un geste de profond désespoir et Baroukh a trouvé qu'elle n'était attirante que de dos. Elle s'est adressée à la caissière en lui disant quelque chose du genre : « Quelle agitation, on croirait que j'ai volé quelque chose » et la caissière a répondu quelque chose du genre : « Ecoutez, c'est notre directeur, on n'y peut rien, il se mêle tout le temps de tout inutilement pour faire de l'effet. Il est habitué comme ça depuis l'armée et il croit que chacune d'entre nous est sa secrétaire particulière : compose-moi ce numéro par ci, compose-moi ce numéro par là.

Baroukh a continué de s'étonner face aux trois écrans des caméras de surveillance et il a senti le sang lui monter à la tête comme chaque fois que la bêtise des gens devient complètement incompréhensible et déprimante jusqu'à l'écœurement. Maintenant, les voilà tous qui entrent et regardent autour d'eux. Ils croient que tout leur appartient ici et qu'ils n'ont qu'à tendre la main et mettre dans leur panier. Et s'ils n'ont pas assez d'argent pour acheter tout ce qu'il y a dans le petit supermarché, cela veut dire que le directeur du supermarché les a roulés. Alors que, lui, il met toute son âme dans son petit supermarché - et pas pour faire impression- mais parce que c'est comme ça qu'il est, il met du cœur à tout ce qu'il fait, il veut qu'une fois la journée de travail finie, il ne se contente pas de mettre l'argent dans la caisse, ce n'est pas le plus important pour lui, l'important pour lui c'est de pouvoir se dire à la fin de la journée, qu'il a fait du bon travail. Que ce soit avec les légumes et les fruits ou avec les produits laitiers, ou bien le rayon d'électronique, peu importe, car ce que tu fais c'est ce que tu es, tu vois ce que tu as fait et tu te vois.

Ces pensées et le bébé ayant apaisé Baroukh, il décida de répondre au téléphone qui n'avait pas arrêté de sonner mais, au même moment, sur la caméra qui était dirigée vers l'entrée, il a vu Yona, oui, sur la caméra et pas en rêve. Yona ! s'est-il écrié, comme on crie dans un rêve, un cri intérieur qu'on n'entend pas. Il avait rêvé d'elle à plusieurs reprises ces dernières années. Sept ans qu'elle ne lui avait pas donné l'occasion de la voir, à part deux fois sur la caméra du supermarché, hier et avant-hier, et même de lui parler au téléphone, elle n'acceptait pas. Yona qu'il avait élevée comme si elle n'avait jamais eu de mère, qui ne mangeait que lorsque c'était lui qui tenait la cuiller, qui n'avait appris à marcher qu'à l'âge de trois ans car il était toujours prêt à la porter sur ses épaules, qui n'acceptait de rire que lorsqu'il la soulevait en l'air, qui ne laissait personne d'autre lui donner son bain, et la mettre au lit non sans lui avoir raconté une histoire avant de dormir et qui, à l'âge de la *bat-mitsva*, s'asseyait encore sur ses genoux et lui demandait de jouer avec elle. « Joue avec moi », disait-elle et il lui écrivait sur le dos des mots qu'elle devinait d'une voix douce et hésitante, mais avec une précision totale, tous les noms, et elle avait un sourire mystérieux, plein de délicatesse et d'intelligence qui faisait déborder son cœur d'amour.

Dans son rêve, elle était assise sur ses genoux dans le bureau du petit supermarché Baroukh et, ensemble, ils regardaient sur les écrans de surveillance comment une femme blanche nue, aux cheveux blonds et fins, conduisait un caddie et y empilait des ananas, des mangues, des cerises, des pistaches et des récipients en pyrex, des saucissons français, des produits cosmétiques et électroniques, des DVD et que sais-je encore, et lorsqu'elle est arrivée à la caisse et qu'on lui a donné son ticket, elle s'est mise à regarder dans toutes les directions en cherchant de l'aide, après quoi elle a déchiré le ticket, a jeté toutes les marchandises du caddie

---

*   Bat-mitsva : majorité religieuse des filles, à l'âge de douze ans.

et s'est mise à crier : « Pourquoi tout est si cher ? » Et les récipients
en pyrex se sont cassés, écrasant les cerises et les mangues et Yona
sautait sur ses genoux et riait à gorge déployée, comme il aimait, et
il riait avec elle bien que cela ne l'amusât pas tellement.

Avant-hier, elle était venue pour la première fois après sept ans.
Là aussi, c'était comme ça qu'il l'avait vue, dans la caméra et il avait
voulu crier, il avait voulu descendre mais il avait attendu. Après
tout, pendant ces sept ans, pour elle, c'était comme s'il était mort ;
elle ne voulait même pas échanger un mot avec lui. Et pourquoi ?
Pourquoi ? Bon, aujourd'hui, on ne demande pas pourquoi les
enfants font ce qui leur passe par la tête, les garçons comme les
filles. D'accord, elle était très insolente et, lui, faisait semblant de
ne rien entendre. Elle ne s'habillait pas pudiquement, n'aidait pas à
la maison, ne faisait pas ses devoirs, ne se conduisait pas gentiment
avec ses amies - et il se taisait. Elle apportait à la maison de la
musique bruyante et l'écoutait lorsque tout le monde dormait. Il
se taisait pour tout. Mais un jour, elle avait quatorze ans, elle était
revenue de l'école sans ses nattes. Depuis sa naissance, on n'avait
pas touché à ses cheveux, on les lui avait laissé pousser jusqu'aux
genoux, on les lui frictionnait avec de l'huile d'olive, avec de l'huile
d'amande douce, de la bière, avec des gouttes de vitamines qui
venaient de l'étranger. Lorsqu'elle défaisait ses nattes et qu'elle
les peignait en les lâchant, on aurait dit qu'elle était enveloppée
d'un vêtement noir brillant. Rien qu'en voyant ça, on avait le cœur
en joie. Alors, un jour, elle était revenue de l'école, la tête rasée.
Elle était revenue tard, après qu'ils aient dîné. Il était encore en
train de regarder la télévision, allongé sur le canapé vert, avec les
chaussures en dehors pour ne pas salir le tissu. Et elle était entrée,
la tête semblable à celle d'un mannequin de vitrine, blanche comme
de la chaux, comme le squelette d'un mort sorti de sa tombe. Et
elle avait souri de son sourire intelligent et mystérieux qui était
maintenant le sourire d'une personne sortie de la tombe, et dont

la bouche sourit mais pas les yeux, et elle avait dit : « Comment je suis ? N'est-ce-pas que je suis grande ? » Voilà, c'est ça toute l'histoire. Il l'avait battue de toutes ses forces jusqu'à ce qu'elle ait du sang sur le visage, elle avait alors pris un couteau à la cuisine et avait dit : « Essaye seulement de t'approcher de moi. » Il ne lui avait pas parlé pendant une semaine, elle avait quitté la maison et depuis, pour elle, c'était comme s'il était mort. Il lui avait écrit et elle n'avait pas répondu, lui avait téléphoné et, lorsqu'elle avait entendu sa voix, avait raccroché le récepteur, il lui avait envoyé des cadeaux et elle les lui avait retournés ou n'était pas allée à la poste les chercher. Tous les jours, il va au petit supermarché, regarde les écrans des caméras en espérant l'y voir. Il y a une semaine, elle est apparue, comme si elle tombait du ciel. L'image n'était pas très bonne et il n'était pas vraiment sûr que c'était elle. Lorsqu'il s'en est assuré et qu'il s'est même senti paralysé par l'immense désir de descendre l'embrasser, il a continué à la regarder en enregistrant chacun de ses gestes. Elle avait la tête rasée. Elle portait un manteau de cuir noir. Elle n'avait pas de caddie, mais elle s'était dirigée avec une grande légèreté vers le rayon des cosmétiques et là, elle avait pris quelques crèmes parmi les plus chères et les avait mises dans la poche du manteau en cuir noir, puis elle était passée au rayon des bijoux, celui dont il était le plus fier, elle avait pris quelques chaînes et des montres, les avait mises dans l'autre poche et, avec la même légèreté avait dirigé ses pas vers la caisse. Et lui, assis devant l'écran, avait l'impression qu'un balcon s'était écroulé sur lui et il avait observé comment la caissière l'avait arrêtée et avait appelé le responsable de la sécurité et comment le responsable de la sécurité l'avait emmenée vers la petite pièce, et comment elle en était sortie les mains dans les poches vides du manteau en cuir, le sourire mystérieux aux lèvres qui étaient plus fines et maquillées avec un rouge à lèvres foncé, mais pas les yeux. Il lui avait téléphoné le soir et lui avait dit : « Yona, si tu as besoin d'argent, dis-le. C'est pour ça que je suis ton père. » Elle n'avait pas raccroché, mais n'avait pas répondu. Dans le silence, il avait tendu l'oreille aux grésillements du téléphone et dit : « Yona, pourquoi ne parles-tu pas ? » Elle avait alors raccroché. Le lendemain, elle est de nouveau apparue avec le même manteau en cuir accompagnée d'un jeune homme affublé de nombreux anneaux aux oreilles et au nez. Ils se sont tous deux assis par terre au rayon des légumes bio, ont sorti des papiers à cigarettes, se sont mis à les rouler, à fumer, et les allumettes, ils les ont jetées sur le tapis, encore allumées. L'agent de la sécurité les a emmenés tous les deux au bureau de Baroukh et celui-ci a dit : « Il n'y a pas de problème, je les connais. Mettez-les dehors discrètement.» Le soir, il lui a retéléphoné en criant : « Yona, qu'est-ce que tu me fais ? Yona ? Tu veux me tuer ? Yona ? » Il y a eu un long silence, et finalement il a entendu sa voix. Elle a dit : « *This is a good idea* », c'est ce qu'elle a dit avec l'accent de quelqu'un qui voit beaucoup de films.

Maintenant, il l'avait revue. Elle n'était pas avec le jeune homme et elle ne portait pas le manteau en cuir mais seulement une robe et il a vu qu'elle était enceinte. Enceinte. Enceinte. Il voulait faire entrer ces mots dans sa tête comme lorsqu'on enfonce des clous dans du béton. C'était comme si le ventre de sa fille contenait une grosse mangue. Elle déambulait entre les étagères du rayon de vêtements pour bébés comme sur une plage et elle se balançait comme un canot sur les vagues. Baroukh est sorti du bureau, a descendu l'escalier et est arrivé près d'elle, alors qu'elle était de dos et regardait des chaussures pour les premiers pas, des chaussures minuscules comme des jouets de poupée.

-Yona, a-t-il dit, dis-moi seulement de quoi tu as besoin.

Elle l'a regardé et on aurait dit qu'elle ne lui répondrait jamais.

-J'ai besoin de partir d'ici, a-t-elle dit, à la fin, de sa voix qui était moins douce, un peu enrouée à cause de la cigarette, sans doute. « Je pars bientôt », a-t-elle ajouté.

Baroukh s'est efforcé de parler d'une manière naturelle.

-Ah, et où vas-tu, Yona ?

Il y a eu de nouveau un long silence et son visage, dénué de toute expression et comme figé avait une apparence de nacre. Ensuite, elle a dit :

-Aux Caraïbes je pense, nous n'avons pas encore vraiment décidé.

Baroukh ne pouvait déjà plus parler d'une manière naturelle.

-Aux Caraïbes ? Et pourquoi précisément là-bas ? Puis, essayant de se radoucir, il a dit : « Pourquoi pas en Thaïlande ou au Brésil ?

Est-ce que ses oreilles avaient entendu qu'elle avait dit : « Parce que là-bas il n'y a pas de petit supermarché Baroukh » ou bien est-ce qu'il lui avait seulement semblé qu'elle l'avait dit ?

Baroukh a ressenti une fois de plus cette vocation d'être hors jeu pendant un siècle ou deux, assis, les yeux rivés sur l'écran à, attendre quelque chose de meilleur, à attendre que cette sensation se dissipe, et qu'il puisse alors faire du bon travail avec une sensation de satisfaction.

LE MUR DE SÉPARATION

Vers trois heures du matin, on entendit de l'autre côté de la fenêtre de ma chambre à coucher un bruit d'explosion assourdissant et, tout de suite après, l'écho d'un souffle puissant comme si une cascade avait surgi dans la cour et que ses eaux coulaient avec force sous ma fenêtre. Dehors, c'était la tempête. En me traînant, je suis sortie de sous la couette et j'ai tâtonné dans l'obscurité de la chambre à coucher, du salon et du studio jusque vers l'extérieur en me dirigeant vers l'endroit d'où venait le bruit. Tout bougeait dans l'obscurité : les cimes des palmiers washingtonia et du néflier s'agitaient violemment, des feuilles et d'autres objets qu'il était impossible d'identifier flottaient dans le vent. Sur le sol, gisait l'immense réservoir de fuel entouré d'une petite flaque brillante et, à côté, sous la fenêtre du couple de petits vieux dont l'appartement jouxtait le mien au premier étage, gisait la citerne de gaz géante des nouveaux voisins qui habitaient au-dessus de chez nous, un jeune couple qui parlait avec l'accent américain. La citerne de gaz était couverte de débris de béton provenant du mur de séparation qui s'était écroulé sous l'effet de la tempête. Un bruit intense emplissait l'espace. L'air était imprégné d'une odeur bizarre.

Je me suis souvenue que lorsqu'Amnon venait de déménager il y a six mois pour venir habiter avec moi, il m'avait dit :

-Un jour, le mur va s'écrouler dans ta cour. Tu ne vois pas qu'il penche ?

C'est curieux comment deux personnes peuvent regarder le même objet et l'un des deux peut voir ce que l'autre ne voit pas du tout. C'est la même chose quand nous jouons aux échecs. Amnon voit des possibilités qui s'offrent à moi alors qu'il me semble être arrivée à une voie sans issue et c'est ainsi qu'il gagne presque toujours. Quand j'étais au lycée, je ne m'apercevais pas que les garçons qui étudiaient à l'école professionnelle essayaient de me faire la cour. Et maintenant je suis justement amoureuse d'un homme de ce genre. Ce mur de séparation, je ne l'avais pas du tout remarqué jusqu'à présent. Maintenant, je l'observais. Il était fait de pierres calcaires irrégulières marron foncé, de tailles différentes et, entre les fentes qui les séparaient et qui autrefois étaient peut-être emplies de boue et de chaux, s'entremêlaient les grosses racines d'un figuier géant qui, en hiver, était nu mais, en été, était couvert de feuilles qui faisaient de l'ombre au-dessus du banc et de la petite table en marbre de mon jardin et produisait aussi des figues savoureuses - quel arbre intelligent ! Le vieux figuier poussait vraiment à l'intérieur du mur.

-Pourquoi faire avons-nous besoin de ce mur ? ai-je dit, furieuse. Il est tellement bas qu'il n'empêche même pas le caniche des voisins de le franchir pour venir faire ses besoins dans mon jardin. Il ne les a pas gênés pour agrandir leur belle maison jusqu'à presque le toucher. Il n'empêche pas leur chahut de pénétrer à l'intérieur de ma maison et me réveiller de mon sommeil. Moi qui aime tellement dormir ! Je ne leur parle pas mais j'entends tout ce qu'ils disent au téléphone. Drôles de gens ! Qu'est ce que j'ai à voir avec eux? Des gens sans éducation, ça ne m'intéresse pas.

Pour calmer l'humeur d'Amnon et préserver son implication dans ma vie, j'ai quand même téléphoné à ces voisins qui habitent de l'autre côté du mur et dont la vie ne m'intéresse pas, pas plus qu'ils ne m'intéressent eux-mêmes, et j'ai dit :

-Mon ami dit que le mur qui sépare notre maison de la vôtre menace de s'écrouler, alors il faudrait peut-être faire quelque chose.

-Et alors, a-t-il dit.

Qu'est-ce qu'on peut faire ? a dit Gaby d'une voix apaisante, comme lorsqu'on ne veut pas faire d'effort, ou ne pas payer...Je l'ai entendu dire à quelqu'un au téléphone que je suis une femme bizarre qui change tout le temps de petit ami, que j'écoute de la musique et joue de la flûte à des heures bizarres auxquelles les gens normaux dorment déjà. Apparemment, il pense que s'il a une très belle villa au centre ville avec un grand jardin et un jardinier, il n'a pas besoin de se préoccuper d'une femme comme moi qui habite une maison en copropriété. Est-ce qu'on peut lui dire quelque chose?

J'ai également téléphoné aux voisins qui habitent au-dessus de chez nous, Abigaïl et Jerry, un couple de jeunes américains religieux et sportifs. Comme d'habitude, je n'ai eu que le répondeur. Ce n'est pas que cela m'intéresse de leur parler ou de les connaître. Je suis israélienne, laïque et je ne suis pas sportive. Qu'est-ce que j'ai à voir avec eux ?

Amnon n'a pas cédé. Il y a une semaine, il a proposé d'apporter des barres de fer adaptées pour essayer de pousser progressivement le mur jusqu'à le redresser. Quelle bonne idée ! J'étais contente qu'il s'intéresse à mon mur. Cela m'a pris du temps de comprendre que chacun exprime son amour à sa manière. Vers trois heures et quart du matin, lorsque le mur s'est écroulé sur le réservoir de fuel qui se trouve à côté de ma bonbonne de gaz, Amnon a aussitôt bondi de dessous la couette et a couru dehors en caleçon, directement dans le noir. Lorsqu'il est revenu, il a fermé la fenêtre de la chambre à coucher et a dit :

-Nous ne cèderons pas. Le mur s'est écrasé sur le réservoir et le gaz fuit. Est-ce que toutes les fenêtres sont fermées ? Dans peu de temps ce sera fini. Il s'est de nouveau glissé sous la couette, replié comme un grand fœtus. J'aime sa façon de s'impliquer dans ce qui se passe. J'ai pensé : j'ai de la chance que ce mur ne soit pas seulement mon problème à moi. Maintenant, c'est aussi le problème d'Amnon et celui de tous les voisins également. Bon, les voisins âgés sont malades et il ne faut pas s'adresser à eux. Gaby dira : qu'est-ce qu'on peut faire ? Avec les nouveaux voisins, il est impossible de parler, pas même au téléphone. Drôles de gens !

Alors, qu'est-ce qui va se passer ? Ce n'est que le matin que j'ai réussi à m'endormir.

Vers midi, j'ai rencontré dans l'escalier Abigaïl, la jeune voisine à l'accent américain qui habite au-dessous de chez nous dans l'immense appartement que ses parents ont acheté. Je lui ai demandé si elle avait du gaz et elle m'a dit qu'elle ne comprenait vraiment pas pourquoi son gaz s'était terminé si vite. Je lui ai expliqué ce qui s'était passé. Elle m'a regardé avec ce même regard offensé qu'ont les gens qui apprennent qu'ils vont avoir à débourser de l'argent. Son mari Jerry m'avait également regardée de cette manière lorsque j'avais émis l'idée qu'ils prennent part aux dépenses pour le jardin qui est devant la maison et dont je m'occupe. Après tout, avais-je dit pour me plaindre, j'achète de l'engrais, des plants et je paye le jardinier Razi qui vient une fois par mois. Il a compati à mes ennuis mais n'a rien dit.

À midi, j'ai entendu Gaby se promener sous ma fenêtre et parler au caniche non loin de moi :

-Viens près de moi, viens, nous allons voir ce qui s'est passé ici dans la nuit.

J'ai jeté un coup d'œil par la fenêtre et je lui ai dit :

-Vous voyez ce que c'est ? C'était vraiment dangereux. Imaginez seulement ce qui serait arrivé si le fuel avait pris feu avec le gaz !

Je n'ai pas fait allusion à notre précédente conversation.

-Qu'est-ce qu'on peut faire ? a-t-il dit de sa voix apaisante, nous sommes obligés de réparer le mur.

-Je ne crois pas que nos voisins, ceux qui sont âgés, pourront participer, ai-je encore osé lui dire. Ils ne vivent que des assurances sociales.

Amnon est sorti et a dit que s'il en était ainsi le compte serait simple : le mur sépare deux maisons. Donc les propriétaires de la villa paieraient la moitié et l'autre moitié serait à partager entre les voisins de la copropriété.

Gaby a réfléchi un peu puis a dit :

-Oui, c'est clair. Qu'est-ce qu'on peut faire ? Vous avez un entrepreneur ?

-Moi ? Un entrepreneur ? Qu'est-ce que j'ai à voir avec les entrepreneurs ?

Après quoi, j'ai dit :

-Jerry et Abigaïl ont un ouvrier qui s'occupe de l'entretien. Il s'appelle Baroukh. Nous pourrions peut-être lui demander. De cette manière, ils ne pourraient pas se soustraire au paiement.

Gaby a dit :

-Je compte sur vous pour tout.

Je n'aime pas qu'on me dise ça. Je lui ai dit :

-Gaby, je ne ferai rien sans avoir votre avis.

J'ai parlé à Jerry au téléphone. Il est resté muet comme on peut l'être quand on ne veut pas payer.

J'ai dit :

-Un mur entre deux maisons appartient à tous les occupants de la maison, qu'est-ce qu'on peut faire ?

Je lui ai également dit qu'on ne prendrait pas d'argent de nos voisins âgés qui habitent en bas et, après avoir un peu réfléchi, il a été d'accord. Il fréquente la même synagogue qu'eux. Il m'a donné le numéro de téléphone de Baroukh. Baroukh a précisé que déblayer le vieux mur et monter une murette en béton d'une hauteur de trente centimètres et la faire surmonter d'une grille reviendrait à vingt mille shekels, sans factures. J'ai apprécié le « sans factures », ça donne une impression d'économie. J'ai téléphoné à Gaby et il m'a dit à nouveau:

-Je compte sur vous pour tout.

Le lendemain matin, Baroukh est arrivé avec un container et deux ouvriers arabes, il les a laissés pour déblayer et il a disparu. À midi, deux inspecteurs se sont présentés et ont demandé à qui étaient ces ouvriers. Je leur ai donné le numéro de téléphone de Baroukh. Baroukh est arrivé et il y a eu des cris. Lorsque les inspecteurs sont partis, Baroukh m'a dit :

-Vous serez obligés de payer la TVA, qu'est-ce qu'on peut faire ? Les cernes foncés de ses yeux ont roulé vers le haut jusqu'à atteindre la partie supérieure des yeux. Il a fallu quatre jours aux ouvriers arabes pour déblayer les débris du mur. Baroukh a dit qu'on lui devait six mille cinq cents shekels pour ce travail et que la construction serait plus chère que ce qu'il avait prévu au début. Amnon a dit :

-Un jour de travail d'un ouvrier arabe, c'est deux cents shekels. Comment est-il arrivé à six mille cinq cents ? Et est-ce que tu es responsable s'il a pris des ouvriers illégaux ?

Je voulais vraiment montrer à Amnon que je le soutenais, que j'étais une femme qui s'y connaissait en argent et en affaires, je suis donc allée parler à Gaby. Je lui ai dit :

-Comment Baroukh est-il arrivé à six mille cinq cents ? Un ouvrier arabe, c'est deux cents shekels par jour ! Alors, combien coûte le container ?

Gaby a dit :

-Bon, mais qu'est ce qu'on peut faire ?

J'ai dit :

-Nous allons donner son argent à Baroukh et nous allons prendre un autre entrepreneur. Et nous n'allons pas nous contenter d'un mur de trente centimètres. C'est l'occasion de réduire l'intimité acoustique entre nous. Vous savez que j'entends chaque mot que Naama dit au téléphone. Vous savez que je sais tout de votre famille et de vos amis ? Alors, faisons un vrai mur.

Gaby m'a regardée d'une autre façon, m'a redit qu'il comptait sur moi pour tout et qu'il serait très heureux que je trouve un autre entrepreneur. J'ai demandé conseil à Razi le jardinier. Razi est le fils de Mahmoud Abou Razi de Beit-Tsafafa qui a été notre jardinier durant de nombreuses années. À présent, Mahmoud passe sa vieillesse dans les caisses de maladie et dans les hôpitaux ; Mahmoud avait l'habitude de nous apporter des olives et des raisins dans des boîtes en plastique avec des inscriptions en arabe, me serrait la main avec sa main flasque, immense comme un gant de boxeur et, de sa grosse voix, nous impressionnait avec des questions et des vœux au sujet de notre santé. J'avais donné la clé de la maison à Mahmoud pour qu'il puisse entrer dans le jardin même quand je n'étais pas là. Razi est plus grand de taille que son père et il me serre la main avec la prothèse de sa main droite car il a perdu sa main droite en même temps que son œil droit, Dieu sait où. Il nous a dit qu'il nous avait reçus en héritage de son père. Razi habite à Jérusalem à côté du Jardin de l'Indépendance et quand il a du temps libre, il lit de la poésie en hébreu, en hébreu et en anglais, boit de la bière et fume des joints, seul ou avec des amis dont certains sont juifs. Il a dit qu'il prendrait en charge la construction du mur, qu'il avait des amis. Il a suggéré de construire une séparation sur une base de béton à un demi-mètre de profondeur et sur une largeur de soixante centimètres constituée de blocs parallèles réunis à l'aide d'un produit isolant, sur une hauteur de deux mètres vingt, étanche et recouverte d'une couche murale spéciale, le tout pour vingt deux mille shekels. J'en ai parlé aux voisins. Jerry est resté silencieux un long moment et il a penché la tête comme s'il avait mal à l'oreille mais il n'a pas dit « non ». Gaby a dit :

-Qu'est-ce qu'on peut faire ?

Et moi, j'ai hoché la tête en signe d'acquiescement.

Je me suis assise avec Razi et nous nous sommes mis d'accord sur le fait qu'il recevrait le tiers de l'argent tout de suite pour acheter le matériel, un autre tiers lorsque la séparation arriverait à une hauteur d'un mètre cinquante et le reste à la fin. Razi a reçu l'argent puis a disparu. Le travail était censé commencer le lendemain mais pendant quatre jours nous n'avons vu ni Razi ni ses amis. Gaby et moi lui avons laissé des messages sur son téléphone portable mais il n'a pas répondu. Nous avons téléphoné à son père et là c'est une voix de femme qui a répondu qu'elle n'était au courant de rien.

Le cinquième jour, il est arrivé avec deux ouvriers et il a déposé dans la cour dix sacs de ciment et de sable et quelques paquets de longues barres de fer.

L'œil mort a paru s'enfoncer dans son visage qui s'est rétréci en se creusant de rides.

-Qu'est-ce qui est arrivé, Razi ? Où étais-tu ?

-Ça n'a pas d'importance.

-Nous avons cru que tu avais disparu.

-Qu'est-ce que vous avez cru, que j'allais laisser tomber un travail que j'ai reçu en héritage de mon père ? Maintenant, nous allons commencer le travail. Je vais aller à l'épicerie acheter de quoi manger. À midi, si ça ne vous dérange pas trop, faites-nous du café.

Les ouvriers s'appelaient Ahmed et Moshé. Ahmed était un cousin de Razi. Toutes les deux heures, il buvait du café, fumait un joint et, après cela, il travaillait comme un diable.

-On vit comme si on fonctionnait sur piles, a-t-il dit, quand je lui ai demandé comment il allait. Razi a raconté qu'il avait construit à Beit- Tsafafa toute une villa qui, avant cela, n'était qu'une remise - sans architecte, sans ingénieur, sans personne. Sur la façade, il avait construit un escalier circulaire en pierre et il l'avait conçu en s'aidant d'une corde attachée à un clou. Moshé était un kurde aux cheveux gris argent, âgé de soixante ou peut-être soixante-dix ans qui avait passé douze ans en prison à la suite d'un meurtre et qui, lorsqu'il en était sorti, avait divorcé et s'était remarié avec une femme qui auparavant avait été l'amie de Razi. Il était arrivé au travail en chemise blanche et il se déplaçait avec la souplesse d'une panthère. Ils ont creusé la terre ferme de Jérusalem avec un marteau-piqueur de la marque « Congo », réduisant en miettes l'ancienne base en ciment et ils se sont battus avec des racines d'arbres vieilles de vingt ans. En silence, ils ont transporté les détritus vers le container. Je leur ai expliqué qu'ils devaient respecter le silence à cause des voisins du premier étage qui étaient âgés et malades.

J'ai demandé à chacun d'entre eux quel genre de café il voulait et j'ai préparé le café sans le faire bouillir mais je me suis efforcée avant tout de verser de l'eau bouillante dans le verre afin de le chauffer et j'y ai ajouté ensuite une cuillerée de café turc avec du sucre, j'ai versé de l'eau très chaude et j'ai enfin remué énergiquement jusqu'à faire monter la mousse. S'il n'y a pas de mousse, il faut tout reprendre depuis le début. J'ai préparé quatre verres et je me suis assise avec eux.

-Alors, que s'est-il passé ? Où as-tu disparu, Razi ? Il t'est arrivé quelque chose de désagréable ?

-Peu importe, vraiment.

Pour creuser, il a fallu deux jours. Le troisième jour ils ont coulé le béton pour la base du mur. Le quatrième jour Razi a de nouveau disparu. Il n'a pas répondu aux appels téléphoniques toute la semaine. J'ai de nouveau appelé son père. Mahmoud Abou Razi m'a inondée de questions sur ma santé et au sujet de la vigne qu'il avait plantée deux ans auparavant.

-Qu'est-ce qui se passe avec Razi ?

-Vraiment, je ne sais pas. Je vais lui parler.

Le soir, Razi a téléphoné.

-*Ahlan**, Razi, qu'est-ce qui se passe ?

-Je veux vous parler.

-Très bien. Viens et nous allons parler.

Razi est venu. Il a demandé à s'asseoir à l'extérieur afin de pouvoir fumer. Il a demandé du café puis il a dit :

-Regardez, j'ai fait une erreur. J'ai fait une erreur. J'ai proposé un prix sans suffisamment m'informer. Lorsque j'ai vu que je

---

* Expression en arabe pour saluer quelqu'un qu'on a du plaisir à voir.

n'allais rien gagner comme ça, j'ai décidé d'aller acheter les matériaux dans les territoires. J'ai pris Ahmed avec son camion et nous sommes allés à Hizma. J'ai acheté tous les matériaux pour la base du mur. Nous avons payé trois mille shekels. Sans factures. Au premier barrage, on nous a demandé d'où nous venions. Nous avons répondu de Beit Shéan et on nous a laissés continuer. Mais soudain, une voiture de police nous a poursuivis et nous a arrêtés. Un policier et un homme en civil sont descendus et ils nous ont de nouveau demandé : « D'où venez-vous ? » Nous avons dit : « De Beit Shéan ». « Où avez-vous acheté cette marchandise ? » Nous avons dit : « À Beit Shéan ». « Vous avez des factures ? » Nous avons dit : « Non ». Ils ont dit : « Nous vous confisquons le camion avec les matériaux. Ou bien vous payez deux mille shekels de droits de douane, ou bien vous acceptez d'être poursuivis en justice ». J'ai dit : « Poursuivez-moi en justice et rendez-moi le camion. » J'avais déjà compris qu'il s'occupait des impôts sur le revenu ». Il a sorti un bloc-notes, a écrit je ne sais quoi puis il a dit à Ahmed : « Les matériaux, descends-les et laisse-les ici. Le camion, tu peux le prendre. » J'ai dit : « Un impôt sur quoi ? On peut voir une copie de l'acte d'accusation ? » Il a dit : « Qu'est-ce que vous croyez ? Que c'est une contravention pour que vous receviez une copie ? » J'ai dit : « Je n'ai pas besoin de savoir de quoi on m'accuse ? » Il m'a dit : « Vous le saurez bientôt ». J'étais content qu'ils n'aient pas confisqué le camion à Ahmed. Qu'est-ce que je dirais à mon père si on lui confisquait son camion ? Je suis arrivé à la maison et j'ai fait mes comptes. J'avais présenté une proposition trop bon marché. Maintenant, je dois acheter les matériaux à un prix élevé. Moshé et Ahmed, je dois leur payer deux cent cinquante shekels par jour. Pour quoi diable ai-je besoin de ce travail? Je suis allé à la maison, j'ai fumé un joint et j'ai dormi deux jours jusqu'à ce que mon père me téléphone. Il m'a demandé : « Qu'est-ce qui s'est passé ? » Je lui ai raconté. Il m'a dit : « Mon fils, tu as fait une erreur. Tu n'es pas un enfant. Tu es un homme. Le salaire d'Ahmed peut attendre un peu. C'est ton cousin et, l'argent pour les matériaux, je te le prêterai ». J'ai acheté des matériaux à Beit Tsafafa avec l'argent que mon père m'a prêté et nous avons commencé à construire la base. Et moi, pendant tout ce temps, je fumais des joints, je buvais de la bière, je n'avais pas envie de manger, je n'avais pas envie de me laver et je ne savais pas ce qui m'arrivait. Maintenant, je vais vous raconter quelque chose. Vous voyez ma main et mon œil ? Ça, ce n'est rien. J'ai la colonne vertébrale fracturée en haut, sous la tête, près de la nuque. À cause de quoi ? Peu importe. Et le docteur m'a dit : « Veillez à ce que vous n'ayez pas une inflammation à cet endroit. » Et voilà que je ressentais une très forte douleur à cet endroit et j'ai pensé : c'est ma fin. J'étais comme un fou. Pendant deux jours je suis resté au lit et je ne sentais que la douleur qui me parcourait peu à peu la nuque. Jusqu'à ce que mon père me téléphone et me dise : « Mon fils, comment vas-tu ? » Je lui ai dit ce qu'il en était. De Beit Tsafafa, il est venu chez moi et il m'a emmené au dispensaire. Vous voyez le pansement que j'ai sur la nuque ? Il y avait là un gros furoncle, et maintenant, après qu'on m'a soigné, je suis redevenu un être humain.

Il a un peu baissé le col de sa chemise en jeans et j'ai vu un gros morceau de gaze sur sa nuque collé au dos avec du sparadrap. Il m'a regardée fixement. Son œil avec lequel il voyait parut aussi enfoncé que son œil mort.

-Maintenant, dit-il, je n'ai pas d'argent pour acheter les blocs. Mon père a dit : « Qu'est-ce qu'on peut faire ? » La famille me fera un prêt et je ne te demanderai pas d'argent tant que le mur n'aura pas atteint la hauteur d'un mètre et demi. Mais moi je ne veux pas que la famille me prête de l'argent. C'est honteux. J'ai déjà cinquante ans, je ne suis pas un enfant. Alors, peut-être que vous pourriez me donner le deuxième tiers de la somme maintenant ?

Je lui ai dit que je ne pouvais pas lui répondre de moi-même, qu'il me fallait l'assentiment des voisins. J'ai téléphoné à Gaby. Il est resté silencieux un instant, après quoi il a dit :

-Bon, qu'est-ce qu'on peut faire ?

En même temps, Jerry et Abigaïl étaient à ce moment-là à l'étranger, en vacances aux Iles Bahamas. J'ai téléphoné au père d'Abigaïl et je lui ai raconté toute l'histoire avec force détails. Il a dit :

-Que l'Arabe attende que les enfants reviennent de vacances.

Je me suis mise en colère et je lui ai dit :

-S'ils ne sont pas d'accord, nous paierons leur part.

Lui aussi a dit :

-Bon, qu'est-ce qu'on peut faire ?

Nous avons attendu que Jerry et Abigaïl soient revenus des Bahamas. Ils n'étaient pas d'accord pour payer à Razi le deuxième tiers avant le moment fixé.

Razi ne répondait pas au téléphone. Son père a dit qu'il était malade. Le mur n'a pas été refait mais Gaby et sa femme nous ont invités à dîner avec eux vendredi soir et Jerry et Abigaïl ont commencé à nous dire « Bonjour, comment allez-vous ?» dans l'escalier. Lorsque nous sortons nous promener en voiture le samedi, au moment précis où eux sortent de la synagogue, ils nous disent : « Amusez-vous bien. » Peut-être qu'ils accepteraient de participer aux frais d'entretien du jardin. Alors, pour quoi faire avons-nous besoin d'un mur de séparation ?

L'HISTOIRE D'ADAM EINSAM

Je suis obligé de parler d'elle. Elle a changé tout le cours de ma vie. Huit années sont passées depuis. Je suis Adam Wolff, fils de Rivka et Nathan Einsam, né à Tel Aviv, habitant de Rishon Letsion, j'écris sur les évènements de ma vie et, quelquefois, il me semble que je ne les ai pas vécus, que je ne méritais pas d'avoir connu leur grandeur, leur force et leur signification. Il me faut en témoigner avec la même rudesse, le même sens de la responsabilité que ceux des plus grands historiens des évènements qui ont changé le sort de l'humanité. Lorsque je pense à une partie de ces évènements, je suis plein de honte mais je témoigne uniquement pour la quiétude de mon âme ! « De loin, tout paraît beau », a dit Tacite.

Mars 1973. J'étudie à l'université depuis un an et demi. Pour le moment, je suis auditeur libre. Je me suis inscrit pour faire plaisir à mes parents. Cette année, j'ai cessé d'aller chaque semaine au dispensaire psychiatrique et au lieu de cela je fréquente l'Unité de surveillance et d'assistance psychologique de l'université. J'étudie dans le département d'Histoire Juive et dans celui d'Histoire Universelle. Aux nouvelles, ils ont parlé de Nixon, de Kissinger, de Mao, de Brejnev, de Sadat et de Golda Méir. Il y avait un climat de puissance nationale avec une polémique aigüe entre les colombes et les faucons. Ils ont parlé de la candidature de Moshé Dayan au poste de Premier Ministre. Il fait beau, très beau même, et ce n'est déjà pas l'hiver froid et pluvieux qui enveloppe le campus dans le brouillard. Les journées sont fraîches, claires, les couleurs sont plus prononcées, les sons plus purs. L'allégresse du printemps proche pénètre partout même dans la Bibliothèque d'Histoire, même dans les livres d'Histoire sérieux dont émane une certaine spiritualité.

La joie règne partout sauf dans mon âme. Je suis assis et je lis mais les lettres n'adhèrent pas aux mots, ne forment pas de phrases, la lecture semble creuser un genre de puits profond dont ne remonte, en fin de compte, qu'un peu d'eau amère. Le chemin entre la pensée et la plume qui essaye de rédiger le résumé du livre passe par une espèce d'énorme labyrinthe de néant et, finalement, seuls quelques débris des passages significatifs du livre parviennent au cahier.

Je reste au lit jusqu'à la fin de la matinée et ne me réveille qu'à une heure de l'après-midi lorsque ma mère revient de sa thérapie. La maison est sale et fort négligée. Très souvent, j'ai faim car personne ne s'est donné la peine de faire les courses. Les querelles entre mes parents continuent de se faire de plus en plus violentes. Ils parlent, crient et pleurent en roumain afin que je ne comprenne pas et cela me donne mal à la tête et fait tinter mes oreilles. Du peu qu'ils disent en yiddish, la langue que je parle avec eux, je comprends qu'ils s'accusent mutuellement de la mort de mon frère qui a été tué pendant la guerre des Six Jours.- C'est toi qui a signé ! sanglote mon père. – C'est à cause de toi qu'il a quitté la maison, hurle-t-elle, « espèce de Nazi, Kapo » ! Moi, je réagis en éclatant en sanglots face aux malédictions et aux insultes. Mon père tourne dans la maison, se cogne la tête contre les murs, essaye de s'enfoncer le couteau à pain dans la poitrine, jette par terre les assiettes pleines de nourriture. Je refuse de me lever pour aller travailler. Le professeur Vissenbok envisage une hospitalisation de jour.

Je m'enlise lentement et d'une manière permanente à l'intérieur d'un abîme entouré de vapeurs suffocantes. Absence de l'aptitude à rire. Obscurcissement de toutes les couleurs en un écran où règne le gris dans toutes ses nuances. Les sons existent : les autobus, les voix humaines, les moyens de communication, les cris : comment ça va ? Porte-toi bien! Au revoir. Mais tout se produit à travers un écran de verre à moitié opaque qui dilue la voix et la transforme en quelque chose de frêle, de vague et de blasé qu'il vaudrait mieux ne pas entendre. Je rôde de plus en plus à l'université, en particulier dans la salle de reproduction et je regarde aussi les livres d'histoire, de littérature et de philosophie. Je suis connu là-bas, je suis incapable de lire parce que les lettres s'envolent, mais cela fait du bien d'échanger quelques mots avec des visages connus.

Je me trouve au milieu des gens. Il y a ici Avner, le sous-officier qui fait son service dans l'armée en journée et qui étudie l'Histoire le soir, Youssouf Maadjana, un étudiant arabe de Oum el-Fakhem qui loge dans les dortoirs, qui lit Cicéron en traduction arabe dans une édition libanaise, Bibi Berkovitz, l'albinos qui rédige un travail sur le sport dans la Rome antique, Amnon Ben Artsi, actif dans le mouvement « Conscience », qui travaille pour la libération des objecteurs de conscience, boit beaucoup de bière et séduit des femmes mariées. Et moi aussi, j'existe ici : étudiant en deuxième année d'Histoire, dix-neuf ans, taille moyenne, yeux marron, cheveux châtains, nez droit, lunettes à verres épais et à monture en plastique brun, pantalon en velours côtelé, qui rappelle ces jeunes juifs de Pologne des années vingt et trente du vingtième siècle, et ma façon de parler également - un mélange d'accent russe, roumain et yiddish - dénonce ma condition d'étranger. Je sais que ma façon de parler vient de la diaspora - pas seulement par mon accent mais aussi par mes intonations, mon rythme, le genre de mes plaisanteries et de mes traits d'esprit. Le yiddish que je parle avec mes parents transparaît dans mon parler.

Ma tristesse ne me permet pas de tisser des liens avec les gens qui m'entourent et ainsi je rôde le plus souvent seul dans les étages supérieurs du bâtiment pour l'éducation Sharett. Cette péripatétique entraîne de la fatigue et, de temps à autre, je me repose sur un des fauteuils en plastique noir et je regarde par les fenêtres les espaces de l'université. Mes pensées me portent vers le passé.

Mes études progressent lentement. En ce moment j'étudie des chapitres sur l'Histoire du judaïsme américain. L'an passé j'ai étudié l'Histoire romaine. Dans le département d'Histoire Juive, il y a davantage d'étudiantes, dont certaines sont mariées et il y a même des femmes plus âgées.

Le soir, je descends les trois séries de marches pour prendre l'autobus et rentrer à la maison, à Rishon Letsion. Quand est-ce que Caspi chante « Quand Dieu a créé pour la première fois » de Nathan Zakh ? Sa mélodie me transporte : « Quand notre Seigneur a créé le ciel Il n'a pas pensé, Il n'a pas pensé au sommeil, ainsi Je serai heureux, a dit en Son cœur ce Dieu de bonté, mais eux ont déjà commencé à penser à eux-mêmes, et dans leur cœur ils ont tramé un complot ». Il y a dans ce chant une mise en garde avec, en toile de fond, Tel Aviv, la nuit.

#

Un jour, je me suis joint à Amnon pour faire un tour du campus, au cours duquel il s'était dirigé vers un stand de vente de billets de théâtre à prix réduits afin d'acheter pour lui-même un billet pour un spectacle. Le stand où on vendait des journaux, des cartes d'autobus, des cigarettes et des billets de loterie se trouvait à l'entrée de la cafétéria principale. La table était verte et était garnie d'affiches sur les évènements. Amnon s'est arrêté et a acheté un billet, quant à moi j'ai profité de ce moment pour échanger quelques propos aigus au sujet de la situation de la ville et du monde avec les vendeurs. Sur la chaise devant moi se trouvait une jeune fille au visage un peu long, le front haut entouré de deux grosses mèches noires brillantes qui tombaient sur ses épaules et étaient tenues à ses tempes avec des pinces. Elle avait les yeux verts. Lorsqu'elle parlait deux rangées de dents carrées apparaissaient. Sa voix était déterminée lorsqu'elle donnait des instructions aux personnes qui étaient assises autour d'elle. De nombreux étudiants se tassaient là-bas et il y avait beaucoup de bruit. Nous avons poliment échangé quelques mots. Puis j'ai vu une large alliance à son doigt.

- Mariée ? ai-je demandé.

-Oui, mariée, dit-elle, et elle m'a regardé d'un air interrogateur, un peu soupçonneux.

Amnon a acheté ses billets et nous sommes retournés à la bibliothèque. Le même soir, lorsque j'étais à la maison j'ai pensé en moi-même : aujourd'hui, j'ai fait la connaissance d'une femme charmante. Après cela, je suis allé plusieurs fois au stand. À ce moment-là, je ne pouvais pas estimer - même pas rêver- que cette connaissance allait changer tout le cours de ma vie pendant les années suivantes, et qu'au bout de huit ans je serais obligé de le décrire et de parler d'elle. Elle est devenue depuis la personnalité la plus importante de mon histoire personnelle, la belle Hélène des guerres de ma vie.

#

Entre mars et octobre 1973, ma santé mentale n'a cessé d'empirer. La désintégration était très forte. Les fonctions de base de la pensée et de la mémoire avaient disparu. J'étais pris de violentes douleurs et surtout de maux de têtes. Le 6 octobre 1973, la Guerre de Kippour a éclaté. Le 16 octobre, le jour où le Canal de Suez a été franchi, je suis arrivé à l'hôpital psychiatrique et j'y ai rencontré Guila, l'infirmière. Guila a été effrayée par la force de l'émotion que je manifestais en face d'elle, et elle a pensé que nos relations pouvaient nuire à ma santé. Les difficultés de sa vie la couvraient d'un rideau de tristesse docile. Elle avait aussi commencé à fumer mais elle avait gardé son bon cœur légendaire. Je ne l'accuse pas. Elle était mariée et enceinte. Elle m'avait sauvé d'un sort cruel. Elle avait réussi à faire ce qu'un bataillon de soignants n'avait pas réussi à faire. J'avais demandé à Guila de m'apporter « Les Misérables » et j'avais réussi à le lire du début jusqu'à la fin. En classe de première, j'avais obtenu une excellente note pour mon compte-rendu sur ce livre. C'était l'inoubliable professeur Elisheva qui me l'avait attribuée et elle m'avait invité à un entretien chez elle car l'école n'était pas un endroit où il était possible de s'asseoir pour discuter au calme avec les élèves. C'était l'année où mon frère a été tué et, à la maison, c'était l'enfer. J'allais chez elle presque tous les jours jusqu'à ce qu'elle m'explique que son mari n'acceptait plus cela. Je disposais des fleurs à l'entrée de la classe. Je me sentais comme Jean Valjean qui avait soulevé une charrette pour sauver l'homme qui était écrasé en-dessous. Lorsque je lisais « Les Misérables » à l'hôpital psychiatrique, j'avais l'impression qu'elle était debout à côté de moi, qu'elle me parlait. Lorsque j'ai fini de le lire, je savais que j'étais en train de guérir. Après huit mois, le 16 juin 1974, j'ai été autorisé à sortir de l'hôpital. Dix jours plus tard, je me tenais dans le bureau de mon médecin de famille afin de récupérer les ordonnances pour les médicaments qu'on m'avait prescrits à l'hôpital. Pendant que j'attendais, j'ai entendu une voix derrière moi :

-Bonjour Adam, où étais-tu ?

C'était Amnon.

-J'étais en dehors de la ville, à la base militaire de l'arrière, dis-je.

Nous avons commencé à discuter de la guerre, de l'université, d'Histoire et alors il m'a dit :

-Tu sais, la jeune fille du stand des journaux a demandé après toi. Elle voulait savoir où tu as disparu.

-Quelle jeune fille du stand des journaux ?

-Celle de la cafétéria.

Et alors je me suis souvenu de la vendeuse de billets de théâtre, et je me suis étonné, je me suis beaucoup étonné jusqu'à en être stupéfait : si peu de gens se souvenaient de moi à cette époque-là. La guerre et la tristesse qui était apparue à sa suite, pour beaucoup d'entre nous, nous avaient éloignés les uns des autres. J'ai eu une drôle d'impression en retournant à la maison. Quelques jours plus tard je suis allé rendre visite à « la jeune fille des journaux » pour la remercier. Je savais maintenant qu'elle s'appelait Yaël, qu'elle habitait avec son mari dans un appartement en location près de l'université et que le stand était leur principale source de revenus. À elle aussi, j'ai raconté que «j'étais à l'armée ». Je ne me figurais pas ce qu'elle serait pour moi trois ans plus tard.

Dans cette vie, notre vie charnelle, qui comme l'a dit un de nos prophètes, n'est pas plus que du foin pour les animaux, une fleur des champs que le vent fait disparaître sur son passage, nous ne trouvons pas toujours le courage et la modestie de faire face à la plus profonde signification des choses. Nos relations avec les autres dépendent du hasard. Dans les études, au travail, dans les liens d'amitié, règne une discontinuité qui ne permet pas l'examen et l'observation. L'aphorisme de Buber (ou peut-être l'ai-je lu à un autre endroit, chez quelque Zen) « Quand je dis je, je pense tu » mérite de figurer dans un livre de philosophie à lire avant de dormir mais n'est pas un facteur qui motive la vraie vie.

Yaël n'était pas un hasard éphémère, un épisode appelé à finir dans un futur proche, et bien sûr, ce n'était pas une aventure. Tout cela aurait pu, dans d'autres circonstances, ne pas se produire. Mais du moment que c'est arrivé, je veux espérer, que ce qui a existé au moins dans la mémoire, se perpétuera le long de cette vie-là, et s'il y avait autre chose au-delà - s'il y avait un monde où le mal n'existe pas, je suis sûr que cela continuerait là-bas aussi.

#

Durant l'été 1974, après un contrôle chez un docteur irascible, et après que je suis retourné à l'hôpital pour y passer l'été et l'automne de la même année, on m'a envoyé dans un centre de réhabilitation professionnelle à Tel Aviv. On a ouvert un dossier à mon nom et j'ai découvert le diagnostic par hasard : il s'agissait d'une maladie mentale grave. Après des efforts qui méritent d'être décrits ailleurs, j'ai commencé à travailler, avec l'aide de membres du mouvement Loubavitch, au bureau du « Comité pour l'Intégrité du Peuple », mais encore sous l'obligation d'une médication stricte et avec une aptitude réduite à me souvenir des choses, encore incapable de réfléchir, de lire ou de m'organiser. Deux fois par semaine, je me rendais en autobus à l'hôpital psychiatrique, un trajet d'une demi-heure qui transporte un homme d'un monde à un autre. Une fois par semaine, j'allais au dispensaire de médecine mentale. Les pharmacies et les ordonnances étaient le seul monde qui existait pour moi, mon univers à moi : jusqu'à présent je dis quelquefois « chez nous » et je veux dire par là, l'hôpital psychiatrique. Parallèlement, je continuais à aller à l'université, à rôder entre les bâtiments, à fréquenter la bibliothèque. Il y avait une forte volonté, un véritable rêve, de recommencer à lire. Retourner à la situation où je pourrai tenir un livre en main et le lire dans son intégralité.

Le stand des billets de théâtre était le seul endroit où je pouvais parler à quelqu'un, le seul endroit où quelqu'un me parlait. La connaissance de Yaël se transforma petit à petit en un brin d'amitié. De plus en plus, j'étais reçu avec le sourire. Après quelques mois, nous avons commencé à marquer le début et la fin de nos rencontres avec une poignée de mains. Une fois, je suis venu à la table et elle n'y était pas. À sa place, il y avait un homme jeune aux cheveux noirs frisés. Ses boucles jouaient dans le vent. Il avait les yeux marron foncé, très foncé. Le son de sa voix était plus doux que celui de Yaël et il manquait, chez lui, son ton déterminé, à elle. Il était un peu plus grand de taille que moi et il était habillé d'une manière négligée. Il avait un regard un peu soucieux et il m'a semblé que c'était un sceptique avéré et, peut-être, pas très sûr de lui. J'ai demandé :

-Quand est-ce que la jeune dame viendra ?

Il a répondu que la jeune dame n'allait pas tarder et, en fait, la jeune dame est arrivée plus tard mais elle ne me l'a pas présenté.

#

En même temps, mes relations avec Yaël se sont resserrées au point qu'elle me demandait, de temps à autre, de surveiller la table lorsque l'employé qui était de service ou la propriétaire de l'affaire devaient se déplacer pour un appel téléphonique ou pour aller aux toilettes. D'une manière générale, lorsque je venais, je retirais ma *kippa* que je portais à cause de mon travail au « Comité pour l'Intégrité du peuple » et je disais que j'enlevais mes vêtements de travail, puis je jetais un coup d'œil au journal. C'est alors que j'ai vu pour la première fois l'écriture de Madame Yaël Yadid. Les lettres étaient plus grandes que celles de mon écriture et elles étaient dessinées avec des genres de courbes. Les lettres ne se ressemblaient pas entre elles. Les mêmes lettres étaient écrites de manières différentes. Elles n'avaient pas une base unique. Certaines d'entre elles reposaient sur la ligne et d'autres planaient en l'air. Il y avait en elles quelque chose qui indiquait de la rêverie, et était en contradiction avec sa détermination extérieure. Je l'ai invitée à prendre un café. Les premières fois, elle a accueilli mon invitation avec hésitation et elle a tenu à me payer, ensuite elle a cessé.

Il y avait en elle quelque chose comme de l'amour d'autrui, une espèce de volonté d'aimer et de se faire aimer.

De prime abord, lorsque j'étais assis près d'elle, je voyais de plus en plus les moindres oscillations de sa tête, sa façon d'arranger ses boucles ou de fouiller dans son sac. J'ai commencé à l'accompagner à la succursale universitaire de la banque lorsqu'elle s'y rendait chaque jour pour les questions d'argent. J'ai fait connaissance avec les autres employés et il me semble que j'ai réussi à me rendre sympathique. Ma présence à côté de la table était devenue évidente. J'ai arrêté d'aller aux cours et à la bibliothèque. Je n'allais à l'université que pour être à côté de la table. De temps à autre, je l'aidais à charger les paquets de journaux sur le chariot. Grâce à ma bonne connaissance du yiddish, j'ai tissé des liens cordiaux avec les employés du bâtiment universitaire voisin. Elle attirait vers elle de nombreuses personnes: employés de l'université, professeurs et étudiants avaient l'habitude de venir la voir près de sa table. J'étais quelquefois ébahi par la façon dont ils se conduisaient envers elle : les gens de la buvette lui apportaient du café, du bureau de l'intendant on lui envoyait des fruits, la banque la laissait faire des choses que le règlement n'autorisait pas et lui permettait d'y entrer à n'importe quel moment. J'ai vu qu'elle était entourée de beaucoup d'amour et je me posais des questions sur le revers de la médaille. J'ai vu qu'elle avait bon cœur et qu'elle savait écouter, et je me demandais si j'avais le droit de l'associer à mes problèmes personnels et d'étaler devant elle l'histoire de ma maladie et de ma souffrance. J'avais l'impression que l'affection qu'elle me portait, moi qui était une connaissance, était suffisamment solide. Je me suis dit : si elle rompt son lien avec moi parce qu'elle a peur d'entendre le mot « psychiatrie », nous n'avons rien gagné, dans ce cas, que faire ? Je l'ai invitée à prendre un café et sur la grande place qui sépare le bâtiment Sharett du bâtiment Récanati, je lui ai parlé en termes simples de moi-même et de mon passé. Il m'a semblé qu'elle a apprécié ma franchise. Je lui ai serré la main. Nous avons continué de nous rencontrer. Ses sourires étaient de plus en plus chaleureux. Je ne l'avais pas encore vue rire.

Une fois, elle m'a vu marcher d'un pas énergique vers la salle de reproduction. Je ne l'avais pas vue parce qu'elle était assise sur le banc de pierre. Soudain, j'ai levé la tête. Son sourire était franc, vivant et chaleureux. J'ai été envahi par le sentiment que le monde s'emplissait d'étincelles de lumière vertes. Ses yeux scintillaient d'une lumière olive et or. Je me suis arrêté, complètement abasourdi et, à cet instant, j'ai tout simplement oublié où je devais aller. Une autre fois, je montais les marches du bâtiment Sharett, la nuit, et nous nous sommes vraiment tamponnés dans l'obscurité.

Et une troisième fois, elle m'a raconté qu'à un bal masqué elle s'était déguisée en homme et son mari en femme. Le son de sa voix procurait un plaisir délicat. Elle m'a fait un clin d'œil et m'a raconté qu'elle n'avait dit mot pendant toute la soirée pour que sa voix ne la trahisse pas.

J'étais de plus en plus sensible à sa beauté, à sa stature et son port de reine, à sa silhouette si délicate et si fine, au contour de son profil qui laissait transparaître, sans la révéler, une constitution légère et fière. La plupart du temps, elle portait un pantalon en velours côtelé qui entourait des jambes longues, très longues. En été, elle portait une blouse nouée aux épaules par des lacets. Ses épaules nues avaient des formes aux lignes classiques. J'ai été frappé par leur verticalité, leur aspect vigoureux. Les bras laissaient apparaître des muscles féminins. Elle avait une poitrine au profil délicat et léger. Elle portait des chaussures marron aux bouts arrondis, presque toujours les mêmes chaussures. De temps à autre, des bottes à talons. J'ai observé son nez grec, droit et un peu tronqué au bout. Ses grandes dents m'ont impressionné. Les lèvres n'étaient ni trop fines ni trop épaisses mais il y avait quelque chose en elles qui montrait une personnalité sachant jouir de la vie. Dans mes rêves, mes mains fondaient et se transformaient en vagues marines qui l'entouraient de tous côtés lorsqu'elle entrait dans l'eau.

Cette année-là, 1975, j'étais presque arrivé à un état stable. Je travaillais au bureau du « Comité pour l'Intégrité du Peuple » tous les jours jusqu'à 13h30. Je me reposais l'après-midi. Je m'étais lié d'amitié avec Zohar, un gars que j'avais rencontré à l'arrêt d'autobus et à qui je rendais visite une fois par semaine. À Zohar - que j'appelais Jojo - j'avais tout de suite dévoilé les faits fondamentaux de ma vie. Le nom de Yaël n'est pas apparu dans ces conversations au cours de toute cette année-là et de celle qui a suivi. Ce n'est qu'à la fin de 1976 que j'ai commencé à lui parler d'elle comme d'« une bonne amie ».

#

J'ai été accepté à l'université comme étudiant autorisé à prendre part aux examens ! Je me sentais comme Churchill pendant la deuxième guerre mondiale, comme un homme qui a été capable d'accomplir l'impossible. J'ai montré les documents à Yaël. Elle a partagé ma joie. Je me suis préparé avec énergie aux conférences de l'année universitaire 1977.

Yaël m'a présenté son mari Yaïr. C'était ce même jeune homme qui l'avait remplacée à côté de la table. Il me faisait penser à de l'acier mou. Il était aimable mais un certain scepticisme, assez émouvant, révélait une personnalité qui n'avait pas une confiance totale en un avenir meilleur pour l'humanité et l'individu. Je l'avais entendu dire à plusieurs reprises : « Finalement, on sait bien où on va ». Son sourire, qui était placide et à l'opposé du sourire agité de Yaël, disait quelque chose du genre : « ne sommes-nous pas des êtres petits, et ne vaut-il pas mieux connaître sa place et ne pas se pousser vers de hautes sphères ? » Il aimait beaucoup se distraire en se livrant à des calculs mathématiques abstraits pour y trouver des significations qui lui dévoileraient ce qui arriverait dans le futur. Il lisait aussi des livres en français et essayait d'apprendre l'allemand. Il se plaignait parfois mais il était évident qu'il n'était pas vraiment en colère. Il m'a dit qu'il était officier dans une unité combattante et qu'il s'était battu pendant la Guerre du Kippour, mais il n'y avait pas du tout chez lui cette tendance à l'agressivité caractéristique des officiers. J'ai essayé de l'imaginer vêtu d'un uniforme et je n'ai pas réussi. Yaïr m'a parlé de la guerre sur le front et m'a décrit le combat comme « une progression au-delà de l'horizon avec des tirs à distance ». J'ai pensé que cet homme ne vivait pas dans le même enfer que moi, même si, parfois, il parlait de « fatigue », et ça je l'ai compris.

Chez Yaël, j'ai également rencontré sa sœur Téhila, âgée de seize ans. Elle était petite de taille, boulotte, et ses vêtements répondaient aux exigences d'une éducation religieuse. Elle me faisait penser à une montre de gousset sans couvercle. Son visage était potelé et ses yeux foncés reflétaient innocence et franchise. Dans ce monde qui festoie et s'agite comme un homme ivre, elle trouvait son bonheur dans les livres, auprès de ses amies, à l'école. Une certaine maladresse dans sa conduite suscitait en moi pure compassion. Elle avait l'habitude de venir chez Yaël et de lui raconter ses secrets les plus intimes ; elles chuchotaient, se concertaient et Yaël prenait part avec amour à cette vie innocente. De temps à autre, je surprenais ses yeux verts et brillants jeter un regard en direction de Téhila, surtout lorsque leurs propos passaient à des sujets délicats. À ces moments-là, je trouvais subitement un intérêt à quelque chose de plus lointain. Je sentais que les sœurs avaient besoin de rester entre elles.

À l'époque, je m'étais lié d'amitié avec un érudit non-voyant qui portait toujours un pullover vert et un pantalon foncé. Il avait une chienne d'aveugle couleur miel du nom de Doune. Il reconnaissait ma voix et se réjouissait de notre rencontre. Il rédigeait son travail de maîtrise sur la dualité du langage chez Beckett et s'étonnait de ce que je n'avais pas lu les œuvres de cet auteur.

#

En novembre 1976, j'ai commencé mes études à l'université en tant qu'étudiant autorisé à prendre part aux examens. La sensation était très exaltante. Quelques jours avant le début de l'année universitaire j'ai attrapé une bronchite spasmodique grave. Je suis allé au premier cours sur les « Grécos' » avec mes comprimés de Ventoline et des difficultés à respirer. J'ai ressenti un tremblement en entrant dans la classe. J'avais l'impression de bénéficier du même honneur que les Grecs et les Troyens aussi avaient fait à Hector après sa mort. Par excès d'émotion, je n'ai pas ouvert la bouche. Il me semblait que je rêvais et je sentais que j'étais susceptible de retourner à la réalité d'une soirée à l'hôpital. Mais la représentation était réelle : par les fenêtres de la salle 446 du bâtiment Guilman, brillaient les lumières ocres des réverbères de l'université dont la beauté nocturne de ce même soir était combien de fois plus magique, et la bibliothèque – dont j'avais de nouveau franchi le seuil, cette fois-ci comme étudiant agréé – m'était apparue comme un être vivant qui attendait ce rendez-vous et croyait qu'il aurait vraiment lieu. Je passais des journées entières à la bibliothèque. Les livres d'études étaient ornés de photos d'icônes, de croix et de couronnes et tout cela venait s'ajouter au sentiment d'exaltation.

Mes liens avec Yaël se resserraient de plus en plus. Immédiatement après chaque conférence, je me sentais obligé d'aller près de la table. Je sentais des battements de cœur lorsque je la voyais de loin, entourée d'un groupe de clients qui voulaient des billets. De temps en temps, nous nous promenions dans les espaces du campus. Ses parents avaient divorcé quand elle était enfant. De son mari, elle avait dit :« Au moment de la guerre, j'ai pensé que si Yaïr était tué, je me suiciderais, mais après j'ai pensé que je n'aurais pas la force de le faire; même si je restais veuve de guerre. » Elle avait dit « je me suiciderais » comme une chose simple, comme quelqu'un qui décide quelles chaussettes il va porter le lendemain ! Je lui ai parlé avec force détails de ma maladie, de ce qui m'avait motivé pour étudier, nous avons parlé de la qualité de l'amour et de l'angoisse de la mort, de Dieu et des Belles Lettres, de l'Histoire et des historiens, des jugements et des hommes de loi. De temps à autre, elle dégainait un de ses chers sourires (elle en avait de plusieurs sortes), mais lorsque je disais quelque chose qui ne lui plaisait pas, ses yeux avaient un éclat doré, sobre et monacal, et elle serrait un peu les lèvres. Dans les moments où elle était sérieuse, elle paraissait calme et concentrée, en particulier lorsqu'elle réfléchissait en lisant un livre. Quand quelque chose l'intéressait particulièrement, elle posait le livre sur ses genoux et penchait tout le corps en avant comme une biche assoiffée.

Elle m'a parlé de ses études à la faculté de Droit. Elle n'aimait pas particulièrement le Droit et elle s'est plaint de ce qu'« elle s'était inscrite en Droit quand elle avait le cerveau d'une enfant de dix-neuf ans », mais elle assistait aux conférences et quelquefois je l'accompagnais. La Faculté de Droit - un vieux bâtiment gorgé de soleil - était rempli, le soir, d'étudiants et d'étudiantes et, il y avait là, une atmosphère merveilleuse qu'on ne trouve nulle part ailleurs, à l'exception des universités : une sorte d'enthousiasme sérieux ou un sérieux enthousiaste, une dévotion pour les études et, tout à la fois, le désir de s'amuser, une tension infime entre ce que tu es à présent et ce que tu dois être à l'avenir. J'avais l'impression d'entrer dans un sanctuaire. Les murs de marbre brillaient avec noblesse face aux tubes de néon. Les plantes vertes, le grésillement des grillons et le bruit des pas des professeurs conféraient au vieux bâtiment une magnificence respectable. Je l'accompagnais aux conférences et je restais dehors, je lisais mes livres d'Histoire ou parcourais le journal des étudiants. De temps à autres ses compagnons d'études s'approchaient d'elle et la saluaient avec joie. C'étaient des jeunes gens, très beaux et très sûrs d'eux-mêmes, décidés, énergiques, avec des mallettes noires à la James Bond. Sur le mur de l'étage inférieur du bâtiment étaient affichées les photos des étudiants tombés à la Guerre de Kippour. Lorsqu'elle sortait d'un cours ou d'un examen, je l'accompagnais à la cafétéria et je lui commandais café après café. Quelle était alors ma relation avec elle ? De l'affection, pas plus que de l'affection.

#

L'effort que me demandaient le travail et les études était trop dur pour moi. Et au « Comité pour l'Intégrité du Peuple » je me sentais en trop. J'ai décidé de renoncer au travail et je lui ai dit un adieu définitif. Mon travail là-bas m'avait permis de revenir dans la société. Je n'ai pas rompu ma relation avec le rabbin Yehouda. J'ai été bien heureux d'avoir eu l'honneur de le connaître ainsi que son épouse Yaffa. Ils m'invitaient au repas du vendredi soir. Une fois, je suis arrivé après l'allumage des bougies, lorsque le rabbin Yehouda était déjà à la synagogue. La table était déjà mise pour la famille et les invités. Des assiettes de diverses sortes étaient disposées sur la nappe blanche en plastique. Soudain, j'ai remarqué que dans le plat destiné aux pains tressés traditionnels était allongée Nili, la chatte de la maison. Les chats ont un sens particulier pour découvrir des endroits calmes, chauds, qui conviennent aux dimensions de leurs corps. Yaffa l'avait vue là-bas mais elle n'avait pas bronché. Il y avait aussi chez eux deux grands chiens qui s'entendaient à merveille avec la chatte et aussi entre eux. Le repas comprenait de la soupe et de la nourriture qui venait de boîtes de conserves. « Mes enfants disent que je suis très douée pour ouvrir des boîtes de conserves », ricanait Yaffa sans un brin d'embarras du fait qu'elle n'excellait pas en cuisine et ne s'y essayait même pas. Je pensais aux terribles querelles entre mes parents à cause des fritures ou des plats brûlés que ma mère préparait comme pour énerver mon père qui souffrait d'ulcères à l'estomac. Tous les repas commençaient et se terminaient par des cris.

Le fait que je n'avais pas de travail était source de tourment pour mes parents et ils l'exprimaient à leur façon : par une agressivité violente. Quant à moi, je ne sortais du lit que l'après-midi et je filais à l'université sans leur dire un mot.

Je n'ai pas réussi à me présenter à une partie des examens de la fin du premier semestre. Il était clair pour moi que, malgré tout, j'étais encore un malade mental. Il y a une faille dans mon système nerveux et je souffre de conflits familiaux - c'est préférable de dire les choses de cette manière. Je ne sentais pas que je me conduisais de manière étrange et mon front ne portait pas une inscription indiquant qui j'étais. Quiconque était au courant, était au courant et quiconque n'était pas au courant ne ressentait rien, semble-t-il.

Mais moi, je savais qu'il y avait un problème qui n'était pas résolu.

À la table, également, des problèmes avaient surgi. Quelques employés étaient partis et Yaël était restée sans assistance suffisante. Les études de Yaïr ont été perturbées et, une fois, il est arrivé à la table en disant qu'il avait quitté un examen sans écrire un seul mot ; il s'est retiré dans un coin et s'est mis à fumer. Yaël était ennuyée : leur moyen de subsistance était en danger, car quelqu'un faisait intervenir des relations et exerçait des pressions pour leur faire quitter cet endroit ; le danger n'est passé que lorsqu'ils ont accepté de réduire le pourcentage de ce qu'ils gagnaient pour le partager avec les concurrents. Alors, Yaël m'a proposé de travailler avec eux. Chez nous, le salaire est meilleur qu'un salaire d'étudiant, avait-elle dit, et puis cela t'occupera aussi, et tu pourras combiner le travail avec les études à l'université. J'ai accepté avec joie et c'est ce que j'ai fait pendant deux ans.

#

Le 23 octobre 1977, début de ma deuxième année d'études à l'université en tant qu'étudiant autorisé à prendre part aux examens. Je me suis inscrit au cours d'Histoire de l'Amérique, et je me tiens à côté du stand de journaux dans le bâtiment Récanati. À côté de la porte d'entrée, il y a deux paquets de journaux du soir. Des étudiants passent, m'achètent des journaux et, moi, je profite du temps libre pour lire mon livre d'étude et boire du café du distributeur de boissons. De temps à autre, j'échange une plaisanterie avec ceux qui achètent et lorsque la marchandise se termine, je dois aller chercher d'autres journaux. C'est Yaël qui inscrit les chiffres sur le cahier. Quelquefois d'autres jeunes femmes travaillent avec moi au stand. Rachel qui ressemble à Liv Ullman étudie l'industrie textile à l'Institut Shenkar, fume à la chaîne et agit hardiment. Mona, une étudiante en psychologie, petite de taille et boulotte, aux cheveux noirs coupés courts, parle l'hébreu avec un léger accent français et va partir en voyage à l'étranger. Elle est très gaie. Maggy qui, elle aussi, est petite de taille, s'habille de manière négligée, lit des livres de philosophie et de sémantique. Elle n'est pas jolie, pourtant ses yeux pétillent d'une espèce de joie qui s'apparente davantage à de la tristesse. Elle parle abondamment de problèmes spirituels, boit un verre de café puis disparaît. Téhila aussi, la sœur de Yaël, vient pour aider. Elle a grandi et embelli mais son sourire embarrassé persiste sur ses lèvres. Elle a des difficultés dans ses études et Yaël lui apporte son aide. Téhila aurait voulu passer à une école non religieuse mais il lui est difficile de se séparer de ses amies. Elle leur écrit des messages en petites lettres, nettes et rondes. Quel âge merveilleux ! J'ai réussi à me rapprocher de toutes ces jeunes femmes, mais quel rapport entre moi et elles ?

Après le travail, j'accompagne Yaël à la banque, à ses occupations, j'aide Yaïr à emballer la marchandise et à l'emmagasiner. Les matins où je n'ai pas cours, je dois me présenter à côté de la table à neuf heures du matin, ensuite, après avoir pris un café avec un gâteau, les journaux arrivent et je dois couper les bandes de plastique, introduire les cahiers intérieurs dans ceux qui seront à l'extérieur. L'université est belle le matin et Yaël est belle aussi. Les lumières du soleil d'hiver caressent les bâtiments, allument les pelouses, apaisent le monde et m'apaisent aussi. Les soirs descendent lentement sur le campus, avec une sérénité royale. Les néons tranchent dans l'obscurité de la nuit avec leur voluptueuse mobilité.

#

J'ai discuté de politique avec Yaël. Elle pense que les Palestiniens ont droit à la justice. Son gauchisme découle de son désir de ne pas appartenir au camp des gens qui lui paraissent immobilistes et conservateurs. L'hiver s'est approché et le ciel est devenu plus gris. Le chemin de l'université est devenu orageux. Les premières pluies ont été la cause d'une sensation de repliement tranquille, d'enfermement rêveur, semblable à celui des pêcheurs occupés à réparer leurs filets pour l'été. L'air pur après la pluie inspirait le désir de s'étendre sur le dos dans son lit et de lire quelques beaux poèmes.

#

Mes conversations avec Yaël se poursuivaient au restaurant du bâtiment Guilman. Yaël est une végétarienne avérée et elle a convaincu Yaïr de devenir végétarien lui aussi. Nous parlons d'évènements culturels et politiques et surtout de la visite au Parlement israélien de Sadat qui a eu lieu le 9 novembre 1977. C'était une sensation d'évasion de la réalité, de bonheur. La visite de Sadate avait eu une excellente influence sur la vente des journaux. Yaël ne cessait de plaisanter et de rire. Son rire me saisissait, il y avait en lui une force mystérieuse, c'était une énigme dont je n'ai pas encore trouvé la clef. Elle souriait et demandait « tout va bien ? » et obligatoirement tout allait bien, comment pouvait-il en être autrement ?

Elle savait que j'aimais la musique classique. Un jour, il y a eu un arrivage de billets pour une série sur « Les hommes et les sons », des concerts commentés sous la direction de Noam Sharif.

-Toi, tu aimes les concerts, pourquoi n'achèterais-tu pas, toi aussi, un billet et ne te joindrais-tu pas à nous ? a-t-elle dit.

Cela paraît facile à réaliser mais pas pour moi. Est-ce que je pourrai surmonter la peur de m'égarer et de sortir la nuit pour aller à un concert ? Est-ce que je parviendrai à convaincre ma pauvre mère souffrante qu'il ne m'arrivera pas malheur ? J'ai essayé de repousser sa proposition mais la tentation était grande : voir, pour la première fois, la Maison de la Culture de l'intérieur, et puis je ne serai pas seul. J'ai donc acheté un billet de couleur mordorée et nous avons convenu de nous donner rendez-vous chez eux le soir du concert afin d'aller à pied de là-bas jusqu'à la Maison de la Culture. Ils habitaient pour l'instant dans une de ces ruelles qui partent du cœur de Tel Aviv. C'était un jour froid et très pluvieux et je suis retourné à la maison tôt pour me doucher et me reposer.

#

Ce soir-là, le trajet en autobus depuis Rishon Letsion s'est déroulé lentement. La pluie ne cessait de ruisseler sur les fenêtres de l'autobus qui se sont embrumées. Je regrettais presque d'être sorti de la maison par une nuit de tempête et d'orage comme celle-ci. Je suis descendu au cœur de Tel Aviv, j'ai traversé des ruelles obscures et je suis arrivé à la maison. C'était la première fois que j'allais rendre visite à Yaël chez elle…J'étais curieux. Le bâtiment me paraissait très vieux. C'était obscur tout autour et la pluie pénétrait dans mon manteau à fermeture éclair. Une petite plaque puis, un coup de sonnette. Un petit appartement. Cet appartement coule dans mon sang depuis lors et jusqu'à aujourd'hui. Et souvent, je sens que je m'y rends, que j'y retourne.

#

Yaël a ouvert la porte et s'est écriée « Hello ! » Elle avait bon moral, Elle se distinguait par son sens de la conversation, toujours et surtout maintenant. C'est quelque chose qu'il m'est difficile de décrire : pas de plaisanteries percutantes et pénétrantes, mais un dicton ou une phrase qui sont, pour ainsi dire étrangers au sujet, mais sont la preuve d'une délicatesse intérieure, d'une faculté à atteindre la particularité des situations humaines avec des mots simples. Lorsqu'elle plaisantait de cette manière, ses lèvres s'entrouvraient, et la ride qu'elle avait à la partie supérieure du nez s'approfondissait, le sourire surgissait de ses yeux à demi fermés et s'étendait à tout ce qu'il y avait autour. Yaïr s'est rasé et s'est habillé. Je me suis assis à côté de la petite table de la cuisine et j'ai essayé de faire sécher mon pantalon en face du four. J'ai bu lentement un verre de tisane et là, j'ai fait la connaissance de la mère de Yaël.

C'était une femme grande de taille dont le visage rappelait celui de Yaël mais il y manquait un certain rayonnement. Elle portait un bonnet en fourrure et parlait avec Yaël du fait que les jeunes de la nouvelle génération n'écoutaient pas leurs parents. Puis elle a parlé de la situation politique, et on voyait bien qu'elle ne partageait pas les opinions gauchistes de sa fille. Elle donnait l'impression d'être une femme qui avait souffert dans la vie, et qui était maintenant amère et méfiante. Elle avait un accent français d'Afrique du nord. Elle était née à Tunis. Yaël lui a manifesté des signes d'affection mais elle est restée sur ses positions.

La cuisine était petite. Sur le côté, il y avait un évier avec un seul robinet et des éléments de cuisine marron foncé. Sur le mur pendait une petite pancarte « Ici on mange ce qu'on vous donne » illustrée avec une arête de poisson et, à côté, il y avait une affiche avec des danseuses de ballet. Une lampe fluorescente éclairait tout d'une lumière très claire. L'évier était plein de vaisselle et la table était couverte de denrées alimentaires, végétariennes, bien entendu. On avait l'impression que la cuisine servait aussi de pièce où l'on s'entretient et discute de sujets intéressants, et pas seulement un lieu où l'on bouffe et se dispute. Le salon était de type étudiant : des lits jumeaux avec des couvertures de couleurs vives. Un socle posé sur un trépied avec un grand plateau arabe en cuivre servait de table. Une longue bibliothèque consistait en de simples planches de bois posées sur des briques. Les livres étaient en désordre et on voyait qu'ils servaient. Sur le sol était étalé un tapis vert en feutre et, sur le mur, il y avait une grande photo d'une jeune fille aux cheveux courts, souriante, collée sur quatre feuilles de carton. Le sourire de la jeune fille était réconfortant et séduisant, son regard était vif et chaleureux, un regard prometteur de jeunesse et de vie.

Sur le mur d'en face, était fixée par des clous une reproduction de Louise Bourgeois : des animaux se déplaçant sur des pattes qui ressemblaient à des toiles d'araignées. Dans cette pièce, la lumière provenait d'une seule lampe qui, à ma grande frayeur, avait une prise dénudée. La chambre à coucher était large et il y régnait un désordre épouvantable : sur le grand lit double et bas, il y avait des vêtements roulés en boule, des chaussures et des livres et, tout près, il y avait une petite coiffeuse et un bureau sur lequel étaient dispersées des listes concernant le travail du stand de ventes. Sur le côté, il y avait une penderie fermée.

Il y avait dans l'appartement une atmosphère jeune à l'opposé de celle des appartements que j'avais connus jusqu'ici : pas de lustres baroques, pas de tapisseries, mais des meubles achetés au marché aux puces, une vie courageuse et optimiste, très très optimiste. Très belle.

Tirtsa, une amie de Yaël et Yaïr est arrivée, elle aussi. J'ai vu tout de suite qu'elle était du genre énergique, qui s'y connaît en affaires et sait les gérer. Yaël aimait s'entourer de gens qui lui ressemblaient. Tirtsa avait de longs yeux un peu en amande. Entre elle et Yaël il y avait une longue et solide amitié. Ces deux jeunes femmes à l'avenir prometteur s'estimaient mutuellement. L'écho d'une forte pluie parvenait de l'extérieur. Yaël a parlé avec enthousiasme de la manière dont elle bavardait avec les plantes en pot et elle était persuadée que cela aidait à leur épanouissement. Yaïr a émis des doutes tandis que Tirtsa a fait la vaisselle du dîner qu'on avait mangé avant son arrivée. Il était près de huit heures et nous sommes partis vers la Maison de la Culture.

Cette soirée-là, à l'issue du shabbat, le 15 décembre 1977, a été particulière, en raison de la profonde émotion que j'ai ressentie, de la merveilleuse beauté dont je me suis imprégné et que j'ai respirée. Cet appartement m'a abreuvé d'un élixir de vie, il me semblait que c'était un endroit pur, le centre de ma vie sentimentale. Il a été une force indéfinissable dans ma vie, et il le restera jusqu'au jour de ma mort. Je ressentais : un moment historique.

#

Il était huit heures dix minutes. Les rues de Tel Aviv étaient battues par la pluie et le vent. Yaël et Tirtsa ont pris des parapluies. Yaïr nous a couvert tous les deux avec un grand morceau de plastique et c'est ainsi que nous sommes sortis en courant de la maison. Sous le plastique, je lui ai dit :

-Si, il y a quatre ans, on m'avait dit que je serais à la Maison de la Culture, j'aurais pensé que j'avais affaire à des fous.

-Il y a quatre ans tu étais dans une maison de fous, a-t-il dit, comme lorsqu'on fait remarquer un fait habituel.

Nous avons traversé quelques rues sombres et soudain une lumière puissante a brillé : la place de la Maison de la Culture et le théâtre « Habima ». Les lumières vives des réverbères et une place superbe qui renvoyait une lumière pleine de couleurs et de nuances. Un air froid et très pur et quelques arbres d'où gouttait de l'eau.

Devant l'entrée, des dames et des messieurs enveloppés de manteaux et de fourrures ont commencé à s'amasser et à avancer à pas lents. L'air piquant et les parfums des dames tout ensemble frappaient mes narines. À l'intérieur du bâtiment des couleurs chaudes, claires ou foncées, nous ont accueillis ainsi que des lumières à profusion. Il fallait descendre de nombreuses séries de marches, descendre encore et encore et, en descendant, j'ai senti que je m'enfonçais lentement dans une atmosphère de miel. En haut, il y avait deux rangées de lumières multicolores instables qui se reflétaient sur la soie et le bronze. La scène était vide de toute présence à l'exception des instruments de musique et du pupitre. La salle allait s'emplissant dans un léger murmure, le frottement des costumes et la splendeur parfaite de dames respectables. Il y avait une atmosphère de richesse, de magnificence et de détente.

Mes soirées culturelles à l'hôpital psychiatrique parvenaient à ma mémoire comme un éclair, cette même chambre minuscule avec un interphone où j'avais séjourné ces jours-là. J'avais les larmes aux yeux. Je ne savais pas qui je devais remercier pour ce privilège dont je bénéficiais. Est-ce que je méritais ce bonheur ? J'ai soudain pensé à Eliezer, ce garçon de ma classe qui était tombé au poste militaire de Tel Shams dans le Golan, à la suite d'une attaque de missile le 19 octobre 1973. J'ai compris avec douleur la notion de « sacrifice de la vie pour la vie », car sans les milliers d'hommes qui, à cette époque, étaient enfouis dans leurs tombes et les autres nombreux milliers qui, le même jour, gémissaient dans les hôpitaux, reliés aux machines de soins, dans les établissements pour malades chroniques, dans les centres de réhabilitation, dans les hôpitaux psychiatriques, aucun d'entre nous n'aurait eu la chance de se trouver à la Maison de la Culture. C'est ce que j'ai soudain pensé à cet instant-là.

Le silence s'est installé. Trois sonneries et les lumières se sont éteintes. Des centaines de personnes étaient repliées sur elles-mêmes. Près de moi était assis un jeune homme grand de taille aux cheveux blonds qui bavardait en allemand avec une vieille dame. Il semblait qu'il s'y connaissait très bien en musique parce qu'il appuyait la tête au bout des doigts, tandis que l'autre main suivait, de temps à autre, les ondulations de ses cheveux. Le chef d'orchestre est monté sur la scène, il a salué le public et a prononcé quelques brèves explications sur la première œuvre qu'on entendrait « Le Mandarin Merveilleux » de Bela Bartok. On a entendu un toussotement d'instruments de musique et l'interprétation a commencé. Les sons étaient puissants, presque amers, vertigineux. La suite s'est déchaînée et s'est élevée avec une force mélodique terrible. Elle essayait de refléter une lutte presque violente entre des forces et des êtres humains. La deuxième œuvre était de Bach mais je ne me souviens pas de l'air parce que l'œuvre de Bartok était très impétueuse et, qu'après elle, je n'enregistrais déjà plus rien.

Lorsque les sons se sont évanouis, on a de nouveau entendu le bruit de la pluie. Nous sommes sortis de la salle pour aller dans le hall. Je craignais de me retrouver seul et je me suis joint à Yaïr. Yaël a juré qu'on aurait dit que j'étais né ici : même avec mon pantalon en velours côtelé marron, mon pullover avec des motifs de flocons de neige scandinaves et mon gros manteau sous le bras, je ressemblais, paraît-il, à quelqu'un qui a passé toute sa vie dans des endroits de ce genre. Grâce à ma politesse polonaise, ça s'entendait aussi. Et en vérité, pourquoi n'ai-je pas vécu ainsi, comme ces gens-là ?

Au cœur du bâtiment, j'ai pu voir la prodigalité et les gâteries - les petits canapés décorés, la bonne odeur du tabac, les petits verres de liqueur, la boisson raffinée. Les gens discutaient calmement de politique, de sécurité et d'art. Ceux qui fréquentaient régulièrement cet endroit y étaient tout simplement habitués. À mes yeux, tout cela était nouveau, merveilleux, étonnant. Nous sommes retournés dans la salle. L'adaggio de la symphonie numéro 5 en do dièse mineur de Gustave Malher. Une musique papillonnante et frétillante, des sons absorbés dans l'obscurité. Ensuite, l'œuvre de Charles Griffes, « Le paon blanc » qui, selon les propos du chef d'orchestre était associée à un autre compositeur, Claude Debussy. La soirée s'est terminée avec un rappel, autrement dit, un dessert : la Valse de l'Empereur de Johann Strauss.

La magie s'est dissipée. Les musiciens ont quitté la scène et le nombreux public s'est dirigé vers la sortie. J'ai monté les marches d'escalier comme quelqu'un qui s'éveille petit à petit d'un rêve. Durant la soirée je n'ai pas bavardé avec Yaël parce que le visage de Tirtsa la cachait à ma vue. Nous étions debout à côté de la porte de sortie, et là, l'odeur de la pluie pénétrait et nous tapotait le visage. Nous nous sommes arrêtés un instant. Yaël a eu un de ses sourires réconfortants et a demandé : «Ça t'a plu ? » Je n'ai pas été capable de répondre. Une bouffée de chaleur m'a envahi. J'ai baissé la tête.

Nous nous sommes séparés de Tirtsa. Sur la grande place vide, peu de gens étaient là. Yaël a dit qu'elle allait manger une glace. J'ai essayé de la mettre en garde et elle m'a dit : Adam, même mon mari ne me dit pas ce que je dois faire. Nous avions tous faim. Nous nous sommes arrêtés devant un kiosque et j'ai acheté pour nous trois des bretzels ronds croustillants. Elle a essayé de refuser, et alors je lui ai dit : Yaël, même ma mère ne me dit pas ce que je dois faire.

Yaïr était très gai. On a décidé qu'ils m'accompagneraient à l'autobus. Ainsi, nous avons tous trois marché sous la pluie dont les nuances scintillaient sur les trottoirs au point qu'on avait l'impression qu'ils étaient pourpres comme du feu. Les bâtiments de la grande ville semblaient repliés sur eux-mêmes. La nuit sombre se déversait en moi comme un breuvage obscur. Yaïr chantait la Valse de l'Empereur et dansait entre les arbres du boulevard. Yaël était plus fine que d'habitude et il me semblait qu'elle allait bientôt planer en l'air. On entendait au loin les mugissements des autobus.

Et alors, il m'est arrivé quelque chose de banal : je suis tombé amoureux d'elle.

#

C'est ainsi que toute la terre a entonné ses chants !
(Pablo Neruda, vingt poèmes d'amour et une chanson désespérée, poème 3)

À l'heure où je rentre chez moi de la taverne, la magie de la liesse nocturne réduit au silence mon sang impétueux.
En un clin d'œil, s'est tu mon cœur tel une scène abandonnée dont les feux se sont éteints.
Mon âme a vaincu les ténèbres et s'est dressée au milieu des astres et nous voilà jouant sans crainte dans la cour silencieuse du palais de notre roi.
(Rabindranath Tagore, *Sur la Route*, 27)

#

Yaïr et Yaël m'ont accompagné à l'autobus. Nous nous sommes arrêtés à la gare routière. Ils ont discuté au sujet de la glace et l'autobus s'est approché. Je suis monté et, par le pare-brise, je leur ai fait signe pour leur dire au-revoir. Tandis qu'on roulait, j'ai regardé en arrière.

Le voyage a été rapide. Tout le long du chemin j'ai été très triste comme si quelque chose de nouveau était entré en moi et me déroutait. Au-delà du trouble, avec la sensation que je ne contrôlais pas mes pensées et, qu'en fait, je ne savais pas où je me trouvais, j'étais dans un état d'exaltation intérieure. L'autobus était vieux et poussif. Mes doigts tremblaient sur le dossier métallique devant mon siège. Les sons, les couleurs, les odeurs continuaient à battre en moi comme des tambours africains : égarement, égarement. Une pluie amère frappait aux fenêtres.

J'ai fait le chemin de l'arrêt d'autobus à la maison en courant à perdre haleine. À la maison m'attendait le scenario habituel des pleurs et des indifférences. Après cette vision de la Maison de la Culture, je suis arrivé à une habitation de porcs que les occupants ont abandonnée pour aller manifester devant un ministère gouvernemental afin d'améliorer leurs conditions de logement. J'ai pris une douche et, avec la lourdeur d'un sac de sable, j'ai sombré dans le sommeil.

#

Le matin suivant, 16 novembre 1977, est gravé dans ma mémoire comme si j'étais le second à avoir atteint l'Amérique après Christophe Colomb. La puissance de cette expérience avait tout rejeté dans l'ombre. Ce jour-là, il faisait beau et froid. Je suis retourné travailler à la table. Les acheteurs continuaient à venir. J'étais assis, recroquevillé dans mon manteau devant l'entrée du bâtiment Récanati. J'étais perturbé par le sommeil difficile et profond de la nuit précédente. Après avoir fini de travailler, je me suis approché du stand où Yaël était assise. Lorsque je l'ai vue c'était comme si j'avais fait un saut en arrière, non pas vers le soir précédent, mais vers une infinité d'années. Tout ce que j'avais en moi était attiré vers elle, vers ses cheveux, vers ses yeux.

Dans la salle, les études continuaient, mais qui était apte à comprendre les différences entre les méthodes d'organisation des phalanges grecques et romaines ? Tout mon désir était d'être à la table, près de Yaël. Comme l'aiguille d'une boussole quelque chose d'aigu vibrait dans mon cœur. Le flou avait remplacé la régularité. De la sérénité, j'étais emporté vers une situation nouvelle.

J'ai demandé à lui parler, et elle a accepté, bien entendu, mais en raison de la pression due au travail, le rendez-vous a été remis à la semaine suivante. Le temps m'a paru une éternité. Cette semaine-là, j'ai fait d'immenses efforts pour être rigoureux et responsable dans mon travail et dans mes études. Et cela, au détriment de ma santé. Personne ne ressentait le bruit de ce puissant torrent qui ne cessait de couler afin de m'engloutir.

Par une de ces soirées de la fin du mois de décembre, nous nous sommes rencontrés Yaël et moi pour une conversation qui était censée remettre de l'ordre dans mon âme. Je craignais, si je dévoilais à cette femme, cette femme ravissante, l'essence de mes sentiments et si j'utilisais le mot « amour », qu'elle ne se lève tout simplement et ne parte sans ajouter un mot. Nous étions assis avec deux tasses de café entre nous, devant un ciel mauve qui, à cette heure-là, était ponctué et coloré de nombreuses taches grises et noires et d'éclairs de lumière bleue, le ciel dur et glacé d'une soirée hivernale. C'était un ciel pas du tout serein, précurseur de tempête, comme une mise en garde face à des sentiments d'amour.

Après quelques phrases banales, et après avoir décrit l'expérience que nous vivions, je me suis excusé et j'ai dit : je t'aime, Yaël.

Tout le long de la conversation, elle m'a paru, et cela je m'en souviens très bien, très calme, amusée, et elle avait même souri de temps à autre. Elle a prononcé quelques phrases mais moi, je n'ai rien entendu. Je me suis livré entre ses mains sans rien demander en contrepartie. Tout. Sa bouche s'est un peu entrouverte et les deux rangées de ses dents carrées sont apparues. Le pli du côté gauche de son nez s'est approfondi. Ses yeux se sont largement ouverts et une onde verte en est sortie, jusqu'à ce qu'ils se referment brusquement. Elle est restée une seconde dans cette pose fragile et, après quelque temps, elle s'est mise à rire. Ce rire a duré longtemps, elle a essayé de s'en défaire mais elle n'a pas réussi. Les éclats de rire ne cessaient de refaire surface, et ses yeux sont devenus un peu humides.

J'ai eu peur. C'était une belle femme. Mais, à cet instant, sa beauté a redoublé et s'est intensifiée. Je suis resté collé à mon siège, incapable de me lever et de fuir. Lorsqu'elle s'est calmée, elle a dit que ces choses-là font partie du quotidien, et qu'il ne faut pas s'en émouvoir outre mesure. J'ai été impressionné par le fait qu'elle ne se sente pas blessée et qu'elle n'ait même pas été effrayée par ce sentiment destructeur.

Il restait encore un sujet à élucider : je n'étais pas tombé amoureux d'une femme libre. Yaël était mariée depuis cinq ans et selon les apparences, il s'agissait d'un mariage d'amour où l'amour était toujours présent. L'amour est un sentiment sublime mais, faire de leur couple un ménage à trois ? Que dirait Yaïr, cet homme sympathique et facile à vivre ? J'avais très peur. Yaïr était calme, délicat, incapable de prendre un fusil pour tirer sur quiconque se colle à sa femme. Mais quelle sera sa réaction ? Peut-être m'invitera-t-il à prendre un café pour me dire à propos de sa femme : « Bas les pattes » ? Nous ne vivons pas en Sicile et, malgré cela, j'avais très peur. J'ai demandé à Yaël de lui parler. Adam Einsam n'est pas exactement le genre de destructeur de familles professionnel.

En revanche, je ne suis pas exactement étiqueté comme un gars des plus sains. Est-ce que Yaïr me prendra pour quelqu'un de dangereux ? Quelque chose devait forcément arriver. Peut-être quelque chose d'important. J'ai mobilisé toutes mes forces pour faire face au déchaînement inévitable de la tempête.

#

Un jour est passé, deux jours sont passés. J'ai rencontré Yaël et Yaïr, j'ai discuté avec eux du travail et des études, et je m'étais préparé au moment terrible. J'avais prévu que si vraiment cela se produisait, j'irais dans une autre université. J'ai pensé que la séparation arriverait forcément. Mais les jours sont passés et rien n'est arrivé : Yaïr a continué à travailler dur et à se plaindre des ouvriers et de l'impôt sur le revenu. Pendant ses moments de liberté il m'associait à ses jeux mathématiques afin de chercher à découvrir l'avenir. « Tout est fluide », me disait-il parfois comme pour résumer ses réflexions sur la situation. Rien ne s'est produit. J'ai pensé que les assiettes voleraient dans la petite cuisine mais on ne voyait ni égratignures ni balafres sur les visages de Yaël et de Yaïr. À la fin, je lui ai demandé :
-Alors, tu lui as dit ?
Elle a répondu :
-Oui.
J'ai demandé :
-Alors, quoi ?
Elle a répondu :
-Rien du tout. Qu'est-ce qu'il est censé dire ?
C'est alors que, pour la première fois, j'ai été convaincu que Yaël et Yaïr étaient les personnes les plus nobles que j'aie jamais rencontrées dans ma vie, et cette sensation, je la porte en moi jusqu'au moment où j'écris ces lignes.

#

Ces jours-là, j'ai pensé à plusieurs reprises à l'amour. C'est quoi, l'amour ? Sa nature, son caractère et ses différents avatars ont habité la pensée durant toutes les générations. Des poètes et des écrivains s'y sont intéressés. Des historiens ont décrit les infidélités et les gens du peuple ont chanté des balades à son sujet. Des philosophes l'ont classé, des zoologistes l'ont mesuré. Ces derniers temps, des médecins, des chimistes, des biochimistes, des psychologues, des neuropsychiatres, des chercheurs dans le domaine du cerveau s'y intéressent. On a créé des centres d'étude et des instituts de recherche autour de ce sentiment qui existe même chez les animaux les plus inférieurs. On a rédigé des diagrammes et des poèmes pour le décrire. Pourquoi et comment ce sentiment s'est-il créé ? Comment agit-il sur le corps et quel effet a-t-il sur l'âme ?

Les êtres humains tombent amoureux partout : dans de beaux châteaux, dans des jardins bien entretenus, sur des ponts de bateaux et des avions de luxe, dans des soirées ou dans des parties de chasse, dans des bureaux également, au cours de leurs occupations quotidiennes, dans des logements ouvriers, dans des usines et dans des boutiques. Les gens sont aussi tombés amoureux dans des villes détruites par la guerre, dans des queues de distribution de pain remis contre des coupons, dans des cantines pour blessés de guerre. Ils sont tombés amoureux devant les cheminées des fours crématoires, dans les camps de concentration, au moment ultime où leur corps était jeté dans les fosses communes. Ce sentiment existe depuis lors et existera toujours. Et, comme le dieu grec Atlas qui porte le monde entier sur ses épaules, ce sentiment porte sur ses épaules la force qui anime corps et âmes en dépit de tout.

#

J'ai cessé d'avoir peur de mon nouveau statut mais la crainte qu'un jour la situation ne devienne insupportable pour Yaël et qu'elle ne me rejette soudain a continué à me ronger. Devant l'anxiété générée par cette possibilité, ce rejet probable, mon corps était parcouru d'ondes de peur intense, l'angoisse d'être précipité dans des abîmes depuis de grandes hauteurs. Par une des matinées de janvier 1978, je me suis senti mal. Un frisson chaud a parcouru mon corps et ma vue s'est brouillée. J'ai demandé à une des employées de surveiller la marchandise et je suis allé me promener à travers le campus, marchant et tournant jusqu'au bâtiment de l'école de Médecine, au Musée de la Diaspora et aux autres bâtiments de l'université. Je suis retourné au bout de deux heures, très fatigué. Yaël a remarqué ma pâleur, la sueur qui coulait sur mon cou et sur mon visage et m'a demandé : que s'est-il passé ? Au lieu de répondre, je me suis couvert le visage et j'ai éclaté en sanglots. Il y avait beaucoup de gens autour, étudiants et autres. Yaël m'a accompagné vers le banc en pierre le plus proche. J'avais les yeux fermés et je ne voyais rien. J'ai senti ses longs doigts caresser mes cheveux. Elle m'a passé un mouchoir en papier puis m'a également donné un verre de café chaud. Elle m'a caressé et a murmuré : Adam, je suis là. Je ne te quitte pas. Dans ce murmure réconfortant, il y avait quelque chose que, de toute ma vie, je n'avais encore jamais connu.

Nous nous sommes assis sur le banc de pierre en face du bâtiment Sharett. Pour la première fois, j'ai saisi sa main, non pas en signe de séparation ou de rencontre, mais pour absorber un peu de cette nature capable de prodiguer courage et foi. Pour la première fois depuis que je l'avais rencontrée, elle ne me semblait pas très sûre d'elle-même, mais elle est restée assise à côté de moi en silence jusqu'à ce que je sois complètement apaisé. Son regard me disait beaucoup de choses. Ce n'était pas un sourire radieux, mais un regard de solidarité de destin.

J'étais fatigué et je voulais me retirer. Tout d'un coup, un homme grand de taille, aux cheveux grisonnants et vêtu d'un costume, est sorti du bâtiment Sharett. Yaël s'est approchée de lui et s'est entretenue brièvement avec lui. Il avait les joues lisses et les os des pommettes saillants. Il avait un regard âpre et hautain. On voyait qu'il avait l'habitude de donner des ordres. Je craignais qu'il ne soit psychiatre mais il m'a souri et s'est tourné pour regarder le journal. Au bout de quelques minutes, Yaël nous a présentés l'un à l'autre: je te présente le professeur Zibenberg, mon père. Ainsi, le père de Yaël était un des membres importants de l'Université et elle ne m'en avait rien dit jusqu'à présent ! Je savais que ses parents étaient divorcés, mais le nom de son père n'avait pas été prononcé jusqu'à présent. Jusque-là, elle m'avait dit que son père, professeur de musicologie, avait abandonné la famille après être tombé amoureux d'une de ses assistantes de vingt ans plus jeune que lui et que sa mère. Celle-ci avait tenté de se suicider mais avait survécu parce que Yaël était arrivée à la maison par hasard et qu'elle l'avait trouvée, et ce n'est qu'à présent qu'elle se remet et qu'elle découvre qu'elle a des aptitudes et des possibilités bien à elle. Elle disait qu'elle avait fait savoir au père que ça ne l'intéressait pas de le voir et qu'elle ne voulait recevoir de lui aucune aide que ce soit. Le choc de la surprise avait fait disparaître en moi les vestiges de ma détresse.

#

Depuis ce jour-là, j'ai suivi Yaël comme un toutou dans toutes ses occupations sur le campus. Lorsqu'elle finissait de régler les dossiers importants, elle avait l'habitude de se tourner vers moi et de me demander : tu viens ? Qu'est-ce que ça veut dire : « tu viens » ? J'étais prêt à voyager, à prendre l'avion, à m'envoler. Nous avons continué à parler du monde entier, mais surtout, surtout, ces conversations se terminaient par : « Je t'aime, Yaël ». Je ne pouvais pas me passer de cette phrase. Sa voix tranquille, sa silhouette, le sentiment pur et franc qui s'est tissé entre nous coulaient dans mon sang comme de l'air, comme du vin.

Je lui ai raconté sur moi des choses que personne n'avait entendues avant elle. Je lui ai parlé du quartier Shapira à Tel Aviv, c'est là que j'avais ouvert les yeux pour la première fois, et elle, elle m'a parlé du quartier Rehavia à Jérusalem. Elle m'a parlé de ses parents et de leur divorce, de la vie de Yaïr, d'elle-même.

Elle m'a raconté, par exemple, comment une bande de voyous l'avait harcelée au cours d'une de ses promenades à Tel Aviv, et comment cette même bande l'avait raccompagnée jusque chez elle comme pour la protéger, après qu'elle leur avait fait bonne figure, qu'elle leur avait parlé et s'était intéressée à chacun d'eux.

-Je traite les hommes comme je traiterais des chevaux ou des chiens : si tu t'approches d'un cheval ou d'un chien que tu ne connais pas, si tu as peur, il t'attaquera parce que lui aussi a peur de toi, mais si tu le traites avec affection, confiance, délicatesse, respect, il y a de bonnes chances qu'il ne t'attaque pas et même qu'il veuille devenir ton ami, m'a-t-elle expliqué en souriant, contente d'elle-même.

J'ai eu peur de sa naïveté. J'ai eu peur que quelqu'un n'en profite pour lui nuire. Je lui ai demandé de ne pas sortir seule la nuit.

Mes liens avec Yaïr se sont resserrés et nous avons multiplié nos activités ensemble. Mais je ne lui ai jamais dit que j'étais amoureux de sa femme, parce que j'éprouvais de la honte, tout simplement de la honte. Son regard semblait me dire : dans quel but as-tu besoin de ça ? Mais il ne disait rien, il ne faisait pas de commentaires, et il ne cherchait pas à savoir et, pour cela, je le remerciais de tout mon cœur. J'ai cessé de déjeuner au restaurant des étudiants et je me suis mis à déjeuner avec Yaël et Yaïr au restaurant végétarien. Yaël dit que consommer de la viande est une « impureté ». Comme une mère qui voit son bébé manger, je me réjouissais de la voir, fourchette et couteau à la main, en train de manger. Les mouvements de ses mâchoires au moment où elle mangeait étaient rythmés et calmes et elle avait l'habitude de terminer son repas en disant « maintenant je n'ai plus faim ». Cette déclaration me remplissait de bonheur, le summum du bonheur que des mots sont impuissants à décrire.

Lorsque nous sortions pour régler ses affaires, nous nous promenions aussi çà et là. Nous nous promenions vers le bâtiment des Sciences de la Vie et nous voyions les poissons nager dans l'aquarium et ça lui rappelait Eilat. Nous nous reposions sur une des pelouses. Nous allions observer les nouveaux livres proposés à la vente au magasin du centre de reproduction et, elle se montrait agréable et encourageante quant à mes sentiments, mes réflexions et la façon dont je les exprimais. Au cours de nos promenades ensemble, il m'arrivait de ne pas me contrôler et de lui embrasser les mains. Je lui ai demandé, une fois, de baisser la tête et je lui ai alors embrassé le front et les cheveux. J'étais en proie à une exaltation frénétique et tumultueuse. J'éprouvais un besoin profond, auquel il était difficile de résister, d'errer du bout des doigts, sur son front, ses joues et son nez jusqu'à arriver au menton. J'ai décidé, une fois, que c'était dommage de perdre du temps au restaurant et j'ai apporté deux sandwiches de la maison. Je me suis assis à ses pieds pour les manger tandis qu'elle était assise sur un des bancs de l'université. Lorsque j'ai fini de manger, j'ai entouré de mes mains ses chaussures marron dont l'une portait une écriture indistincte et j'ai essayé de passer mes doigts sur les lettres. Yaël s'est tournée vers moi du haut de son siège et m'a adressé un sourire rayonnant, chargé de ces reflets couleur olive qui engendraient chez moi une immense émotion. Ils étaient tremblotants, me touchaient ou ne me touchaient pas. Il y avait en eux une lueur presque séduisante. Elle m'apparaissait comme un diamant à envelopper dans du velours. Je rêvais d'elle en plein jour.

Connaissances et amis voyaient les regards émus, les caresses, et ne soufflaient mot. Un jour, quand nous sommes arrivés à la boutique du centre de reproduction, le vendeur a dit avec sarcasme :

-Je vois que ton garde du corps aussi se présente avec toi.

J'ai tremblé de colère mais, en sortant, Yaël m'a dit :

-Ce n'est pas un gars méchant. C'était sa manière, à elle, d'exprimer sa position envers quiconque jugeait bon de faire ce genre de remarques.

Pendant toute cette période, j'ai été sujet à un stress intense. Il me semblait qu'elle en avait assez de moi. J'ai senti que le moment où elle allait se désintéresser de moi était de plus en plus proche. J'ai, de nouveau, éclaté en sanglots, cette fois-ci, devant l'entrée arrière du restaurant universitaire. Les pleurs m'ont mené à la perte totale de mes forces. Je voulais lui proposer de mettre fin à cette relation et je n'ai pas osé. Son regard exprimait de la pitié. Elle me laissait la tenir par la main. Je me suis très vite ressaisi. Mon état ne cessait de s'aggraver. J'ai été obligé de commencer une thérapie dans le cadre de l'Unité de thérapie mentale de l'université. Je me suis entretenu avec la personne responsable de l'Unité et elle a essayé de mettre de l'ordre dans mes sentiments. Durant cette période, je rendais visite à Yaël chez elle. Un jour, un jour pluvieux de février 1978, nous étions assis seuls dans la cuisine et nous dégustions un verre de thé. Je me souviens du contraste entre la grisaille irritante et déprimante de l'extérieur et la chaleur de la maison, le doux éclat des cheveux noirs, et surtout la voix tranquille qui murmurait avec sérénité, cette voix qui était déjà devenue une partie de moi-même, dont je ne pouvais imaginer de me passer, la voix qui me calmait. Je me souviens de cette rencontre avec beaucoup d'affection.

Yaël était devenue pour moi un être si cher que j'avais peur qu'elle meure. Elle expliquait cela comme une réaction normale et, quand j'avais des crises de panique, elle avait l'habitude d'analyser mon état avec simplicité ; à ce moment-là, quelques mots logiques et concrets suffisaient à m'apaiser. On aurait dit, qu'au-delà de l'affection qu'elle éprouvait pour moi, elle se chargeait d'une fonction : celle de m'aider et elle la mettait en œuvre, à sa manière, à la perfection, de son mieux.

Yaël voulait m'offrir un cadeau pour mon anniversaire qui tombe le 11 janvier et elle a décidé de m'emmener au Musée de Tel Aviv, à un autre concert. Cette fois, nous devions aller au concert uniquement tous les deux. Malgré la compréhension et l'amitié dont faisaient preuve ses proches, je n'arrivais pas, en leur présence, à exprimer mes sentiments envers elle. Je ne pouvais pas la caresser et l'embrasser devant Yaïr, ce serait à juste titre interprété comme un manque de goût épouvantable - même si Yaïr était au courant de ces caresses et de ces baisers.

Un soir d'hiver, clair et froid, nous faisions à nouveau le chemin de chez Yaël au concert, jusqu'au musée cette fois-ci. Les rues étaient larges et vides et leurs lumières, des néons, étaient immobiles. À côté de son allure rapide et cadencée, j'ai senti que des sentiments brûlants me faisaient fondre. Nous sommes arrivés. Le prix du billet s'élevait alors à 60 lires israéliennes. Lorsque j'ai compris qu'elle payait pour moi, je suis resté figé sur place et j'ai dit : Qu'est-ce que tu fais ? C'est une fortune ! Mais elle a payé pour nous deux, elle est entrée, et moi derrière elle. Les étages du bâtiment étaient inondés d'une belle lumière. Nous sommes descendus vers l'étage inférieur où étaient exposées quelques unes des premières œuvres de Chagall, des dessins de personnages russes du début du vingtième siècle. Nous étions seuls à cet étage. Nous avons déambulé séparément devant les tableaux. J'ai vu de quelle manière elle passait d'un tableau à l'autre, de quelle manière elle arrangeait ses épais cheveux noirs qui brillaient sous les nombreuses lumières. Elle portait son manteau à la main. Ses pas, d'un tableau à l'autre, révélaient sa nature, sa sérénité et son assurance. Sa force, en tant qu'être humain, femme, épouse était évidente. On aurait dit qu'aucune force au monde n'était en mesure d'ébranler sa personnalité. Elle regardait les tableaux, et moi, je la regardais à une courte distance.

La salle de concert était petite et tapissée en bleu. Sur la scène de concert sont apparus les musiciens de l'orchestre de chambre en costume noir de gala. Je tournais alternativement mon regard vers les musiciens puis vers Yaël. Elle était assise se tenant droite et belle. J'aurais voulu que ce moment durât éternellement. Elle a senti mon regard qui exprimait une admiration totale comme si j'étais prêt à mourir pour elle, à l'instant même, et elle a remué les lèvres en signe de remerciement, un mouvement que j'étais seul à voir mais, pour moi, elle représentait tout l'univers. À l'instant présent, je la revois encore devant mes yeux, assise ainsi, et je ne cesserai jamais de la voir.

La première œuvre était « Offrande musicale » de Bach. Les sons ondulaient comme un escalier acrobatique apparaissant soudain dans le rêve de quelqu'un qui est précipité dans un trou, et sur lequel des anges montent et descendent en incitant le rêveur à y monter comme sur de petits chevaux, et à sortir avec eux vers le cercle de lumière au-dessus de lui. J'étais d'accord, j'étais d'accord avec tout ce que Bach voulait dire, après chaque phrase musicale je voulais dire, c'est juste, c'est juste, c'est vrai, c'est vrai. Ensuite, ils ont interprété le deuxième sextette de Brahms. Je n'étais déjà plus aussi concentré, mais j'avais le sentiment que Brahms racontait quelque chose de crucial, de sublime et d'entraînant, qu'il m'invitait à me tenir au sommet d'une falaise et à sauter dans une chute d'eau tumultueuse derrière laquelle s'étalaient à l'infini des champs verdoyants, doux comme du velours. J'étais sûr que Brahms était amoureux comme moi lorsqu'il avait composé cette œuvre et je le remerciais de me faire participer avec le monde entier à cette émotion troublante.

J'ai accompagné Yaël chez elle. C'était une nuit claire où la lune avait des reflets d'or. Elle m'a raconté qu'elle allait de plus en plus à des évènements culturels, quelquefois avec son mari, quelquefois seule, et lorsque je lui ai dit que ça m'inquiétait de la savoir seule la nuit, elle a dit : je veille toujours à garder une certaine distance par rapport aux clôtures des maisons et, en outre, il se trouve toujours un gentleman pour m'aider en cas de besoin. Sur tout le chemin, depuis le musée jusque chez elle, nous étions tous les deux seuls dans la rue, dans un silence hivernal complet. Dans ce silence, je l'ai accompagnée chez elle et ensuite je suis retourné chez moi. La lune brillante répandait une lumière fabuleuse sur la ville endormie et sur mon amour.

#

J'ai en quelque sorte continué mes études, sans envie. J'ai réduit le nombre de cours. Je passais mon temps à la table et en promenades à travers l'université. Je lui ai dit une fois : tu es une femme jolie, tu es la femme la plus belle que j'aie jamais connue. Elle a souri et a un peu rougi. Ces mots lui ont plu et il m'a été agréable de les prononcer. Mais les crises de pleurs ont continué et sont devenues plus fortes. Je craignais qu'elle ne puisse pas supporter le poids de mes émotions et qu'elle me dise en toute simplicité : laisse-moi tranquille. Plus que cela, j'avais peur qu'elle meure. Elle avait l'habitude d'aller à Jérusalem en voiture à la fin de la semaine pour rendre visite à sa mère. Mon cerveau avait de plus en plus peur d'un accident qui pourrait lui arriver. Je broyais du noir. Je sentais que, sans elle, je n'avais tout simplement pas de vie.

Un jour de février nous étions assis à la table au moment du crépuscule. Les lumières de l'université n'avaient pas encore été allumées et l'atmosphère était introvertie et sans relief. Yaël était un peu énervée. Elle avait des problèmes dans ses études et elle m'a parlé d'un maître de conférences qui avait l'habitude d'attirer des étudiantes dans son lit en échange d'une note plus élevée. Elle a parlé de ça sur un ton assez amusé comme si elle racontait une blague vulgaire. Elle a continué à raconter que ce même maître de conférences avait aussi, à son sujet, des idées intéressantes dans le même sens mais comme elle avait refusé, il pensait que « s'il ne réussissait pas à me baiser de cette manière, il me baiserait à l'examen ». L'essentiel de l'idée et la manière dont elle l'avait formulée m'ont paru étranges. J'ai ri quand elle avait fait référence avec ironie à sa situation en tant que femme et en tant qu'objet sexuel, mais un tremblement bizarre s'est emparé de mon corps. Jusque là, nous n'avions pas du tout abordé ce sujet au cours de nos conversations.

Nous nous sommes séparés, et moi, je me suis dirigé vers la boutique du centre de reproduction. J'ai senti que ma gorge se serrait et j'étais de nouveau au bord des larmes. Il était environ six heures et j'avais besoin d'une manière urgente d'un professionnel. Tout agité, je me suis précipité vers l'Unité d'assistance mentale. Il n'y avait personne dans la salle. Dans mon désespoir, j'ai frappé à la porte du directeur de l'Unité et je suis entré. Il a mis fin à sa conversation téléphonique et s'est tourné vers moi. J'étais sur le point de m'écrouler. Je tremblais de tous mes membres. Je n'arrivais pas à parler. J'ai seulement montré la chaise du doigt pour savoir si je pouvais m'asseoir. Il m'a demandé mon nom. Je lui ai dit qu'il s'agissait de difficultés sentimentales en rapport avec l'amour. Je lui ai brièvement parlé de mon passé. Il m'a dit en souriant que les difficultés sentimentales et surtout dans la vie amoureuse sont un sujet récurrent et il m'a conseillé de procéder d'urgence à des examens dans l'Unité de thérapie mentale de la Caisse de maladie ou dans le privé, chez le professeur Weinfeld et, aussi, de lui passer le bonjour. Il m'a également donné l'adresse personnelle du professeur Weinfeld.

Je suis sorti de l'université avec la migraine et le vertige tandis que les propos tenus par le maître de conférences au sujet de Yaël gambadaient dans ma tête comme une souris. Je n'avais pas où aller. À bout de forces, j'ai cheminé dans une semi-obscurité vers le domicile du professeur Weinfeld à Afeka, sans prendre garde aux voitures ou aux feux rouges. J'étais en dehors de la réalité. Après une marche d'environ vingt minutes, je suis arrivé à la villa qui se trouvait à Afeka et j'ai sauvagement frappé à la porte. Le professeur a ouvert la porte et demandé vraiment effrayé : qu'est-ce qui s'est passé ? J'ai éclaté en sanglots, les sanglots les plus amers de ma vie, je ne pouvais pas parler. Il m'a caressé et essayé de me calmer mais, il s'est vite repris et, après m'avoir ordonné de venir chez lui pour un examen le lendemain soir, il a disparu derrière la porte de bois de couleur brune. Je suis retourné chez moi et, sans souffler mot à mes parents, je suis monté me coucher et je me suis endormi.

#

Le lendemain, je me tenais debout devant le professeur Weinfeld à l'heure dite. Il m'a accueilli, la pipe à la bouche, et avec son accent polonais, il m'a ordonné de m'asseoir sur le fauteuil en cuir qui m'était familier, dans son bureau sombre. Il a d'abord jeté un coup d'œil par la fenêtre, il a rempli sa pipe et m'a demandé :

-Qu'est-ce qui va tellement mal ? Qu'est-ce qui s'est passé ?

J'ai essayé de lui expliquer que quelqu'un de méprisable et de mauvais était intervenu pour anéantir et violer la force divine apparue à la surface de la terre sous le personnage de Yaël. De penser à Yaël sous cette forme, c'est l'incarnation du mal, une méchanceté qui se situe en dehors du cadre de la vie humaine. Avoir envie du corps de Yaël afin de satisfaire un désir éphémère ? Qu'elle – incarnation de la plus grande délicatesse qui existe sur terre – devienne un objet sexuel ? C'était au-dessus de ma compréhension. J'ai décrit sa silhouette et j'ai dit qu'elle était le modèle de la silhouette des anges. Comment un inconnu, un homme, aussi cultivé soit-il, parce qu'il est pourvu d'un membre, peut-il oser ouvrir la bouche pour exprimer des phrases que des lèvres ne devraient même pas prononcer et faire des propositions malhonnêtes? Il a inscrit un certain nombre de remarques, et il a dit :

-C'est humain, il ne faut pas s'en émouvoir outre mesure. Ce genre de choses arrive souvent.

Le lendemain matin, j'ai raconté à Yaël ma conversation avec le professeur réputé. Elle a dit :

-Je t'ai dit cela avant lui, tu devrais peut-être me payer pour la thérapie ?

À la même époque, j'ai commencé à lui acheter des cadeaux. Je lui ai acheté le livre de Amos Oz « Mon Michaël » et je lui ai écrit comme dédicace : « Avec mes sentiments respectueux, amour et soumission ». Mais ma libido pensait différemment.

#

Femme nue, femme noire
Fruit mûr à la chair ferme, sombres extases du vin noir, bouche qui fais lyrique ma bouche,
Savane aux horizons purs, savane qui frémit aux caresses ferventes du Vent d'Est
Tamtam sculpté, tamtam tendu qui gronde sous les doigts du vainqueur
Ta voix grave de contralto est le chant spirituel de l'Aimée
Femme noire, femme obscure
Huile que ne ride aucun souffle, huile calme aux flancs de l'athlète, aux flancs des princes du Mali
Gazelle aux attaches célestes, les perles sont étoiles sur la nuit de ta peau
Délices des jeux de l'Esprit, les reflets de l'or ronge ta peau qui se moire
À l'ombre de ta chevelure, s'éclaire mon angoisse aux soleils prochains de tes yeux
Leopold Sénar Senghor, Femme noire (dans Totem : choix de Chants Africains)

#

Je suis convaincu qu'une table suscite des associations d'idées, en dehors du fait que c'est un meuble en bois avec quatre pieds. Une table fait penser à un rassemblement, une réunion et, bien entendu, à la nourriture et à la boisson. C'est la même règle quand il s'agit d'une table de travail : elle fait penser à des livres, à du matériel pour écrire, et à une autorité professionnelle assise devant vous afin de veiller sur vous et de mettre de l'ordre dans votre vie. Même un lit a une signification au-delà du fait que c'est l'endroit où l'on dort et l'on reprend des forces pour le lendemain.

Je ne sais pas comment décrire l'éveil de ma sexualité par ma relation avec Yaël. Je dois écrire ouvertement à ce sujet, avec simplicité, sans emphase, mais je n'ai pas encore rencontré un homme qui parle de sexe, de désir comme il parlerait d'impôts, d'éducation des enfants, de projets pour le weekend. Lorsque j'ai découvert la valeur de Yaël comme femme, comme femme très belle et attirante, ses jambes m'ont paru plus longues, les lignes de ses épaules plus fortes, les muscles de ses bras plus suggestifs. J'ai soudain senti l'épaisseur de ses cheveux noirs ondulés. Ils étaient devenus plus souples et plus luisants. Ils répandaient autour d'eux une lumière noire et brillante. Ils étaient saturés de secret et de nostalgie. Dans ses regards - ça je m'en souviens très bien - le vert cédait au doré. Ses yeux étaient soudain devenus plus grands. Les sourires encourageants me paraissaient fantastiques. Les parfums qu'elle utilisait étaient affolants et troublants par leur sensualité. Il y avait en elle quelque chose de bouillant, de brûlant, d'ardent, d'excitant. Oui, excitant. Sa poignée de main durait plus longtemps et provoquait en moi un tremblement amer. Lorsque j'étais assis à ses pieds, le rapprochement physique faisait palpiter mon cœur. Lorsqu'elle se penchait un peu, l'intervalle entre deux boutons de sa chemise bâillait. C'est tout juste si je ne m'évanouissais pas en voyant son soutien-gorge.

Mon état a empiré. Le désir me faisait imaginer son corps nu. Lorsque ces hallucinations ont augmenté, j'essayais de mettre ma main sur le visage pour effacer, ou bien réduire, ou cacher cette image mais elle ne disparaissait pas. Les souffrances me faisaient perdre la tête au point que parfois je secouais la nuque avec force à droite et à gauche comme pour dire : non !non ! Je ne veux pas ! Je ne peux pas ! Les secousses étaient fortes, elles duraient quelques minutes et me causaient une douleur continue dans le cou.

J'ai raconté ce qui m'arrivait au professeur Weinfeld et il m'a conseillé de ne pas dévoiler à Yaël ce qui se passait en moi et d'essayer de surmonter cela par moi-même. Il m'a mis en garde et m'a dit que si je dévoilais à Yaël que j'éprouvais du désir pour elle et que je voulais coucher avec elle, « elle te dira tout simplement au-revoir pour toujours », c'est ce qu'il m'a dit.

J'ai cessé de travailler, j'ai cessé d'étudier. La peur que Yaël ne meure, l'amitié dont je ne pouvais me passer, le désir physique qui m'emportait, tout cela était trop dur pour moi. Je sentais que j'étais coupé de la réalité. Finalement, j'ai dit à Yaël ce que je ressentais. Sa réaction a été un mélange d'humour tranquille et de sérieux véritable. Avant tout, elle m'a assuré que « cette chose-là arrive chez presque tout le monde » et, avec une certaine lassitude, elle a ajouté qu' « en certains lieux » ce genre de chose recevait un sceau d'usage légitime. Est-ce que tu ne lis pas les annonces de rencontres sur les journaux ? a-t-elle demandé. Es-tu sûr que quelqu'un qui cherche l'âme sœur s'oblige à aller au cinéma ? Sa voix était toute simple. Son sourire était tranquille. Elle m'a assuré que son amitié continuerait.

Manifestement, Yaïr était au courant. Sa réaction était contenue. Son regard disait : Pourquoi tu te compliques la vie avec ça ? Est-ce que ce ne serait pas mieux pour toi de te trouver une jeune fille libre ? Mais il ne disait pas un mot, et il a continué de m'associer à ses recherches mathématiques sur le dévoilement de l'avenir. Il a aussi dit que, lui et Yaël, envisageaient un voyage en Europe l'été prochain et en passant, il a dit :

Tu sais, nous ne nous verrons pas pendant plus de trois mois. Tu as pensé comment tu vas affronter la situation? Quand j'ai rencontré Yaël le lendemain, je lui ai dit : Dis-lui que je l'aime.

#

Mes visites à la clinique sont devenues de plus en plus fréquentes. J'ai pensé à une possibilité de suicide. Lorsque je la voyais, ou le voyais, mes jambes flageolaient et j'avais le vertige. Un jour, j'ai été pris de panique. Je me suis assis à une certaine distance d'elle et j'ai senti que mes yeux avaient énormément gonflé. Elle m'a appelé pour que je m'asseye près d'elle, mais j'ai fui. Il a été décidé que j'irai à l'hôpital de jour.

#

Je suis arrivé à la clinique un jour d'hiver par temps beau et clair. L'air était chargé de douceur. Un jour de soleil qui nous réchauffait. Dans une petite pièce au troisième étage, m'attendait un docteur d'une beauté slave. On m'a demandé de m'asseoir. On a ouvert un dossier et pris des notes. On m'a posé des questions sur mon passé, ma santé, mon groupe sanguin, mes études. Le docteur a dit :

-Nous savons que tu es venu ici au sujet d'une relation émotionnelle avec une femme mariée. Nous comprenons que tu es amoureux d'elle. Dis-moi, pour ton bien : est-ce que tu penses qu'elle t'aime ?

J'ai répondu simplement :

-Docteur, nous sommes bons amis et elle m'a donné la période la plus belle de ma vie. L'amour, elle le doit à son mari. J'ai également dit :

-J'espère qu'à l'avenir on ne m'interdira pas de rendre visite à cette femme.

Et le docteur a dit :

-Personne ne t'interdira de lui rendre visite.

Le lendemain matin, on m'a présenté à un jeune docteur aux cheveux blonds et aux yeux bruns rieurs. Il était beau et portait un uniforme de l'armée de couleur claire, décoré avec des ailes de parachutiste et un autre insigne qui ressemblait à des ailes de pilote. Sur ses épaulettes bleues reposaient des galons de commandant de l'armée de l'air et l'insigne de l'aviation trônait au milieu de sa casquette. Il m'a dit qu'il n'avait pas encore lu un résumé de ma vie et m'a demandé de lui parler de moi. Je me suis exécuté de mon mieux à l'aide de phrases un peu littéraires. Il semble que la manière dont je m'exprimais ait fait grande impression sur lui. Mes paroles étaient loin de la pleurnicherie désespérante et détestable d'autres malades. Je lui ai parlé de Yaël, de mon amour et de mes craintes. Il m'a ordonné de regarder la floraison rouge de l'arbre qu'on voyait par la fenêtre et quand j'ai été sur le point de pleurer il m'a dit : « Les fleurs rouges fleurissent à l'extérieur » et cela m'a aidé à me calmer.

La pièce était blanche et nue. Nous étions assis près d'un bureau chargé de dossiers bleus. La casquette bleue reposait sur le petit lit d'en face. Il me dit à quel point il avait été impressionné par notre rencontre et, en particulier, par la manière dont je me suis incliné pour le saluer lorsque j'ai accepté d'être son malade. Il m'a dit que c'était une révérence polonaise et il est revenu un certain nombre de fois sur les mots « noble polonais ».

Après quelques jours, il a ouvert devant moi le dossier médical et m'a montré tous les documents. Il voulait savoir si je confirmais les faits qui y étaient consignés. J'ai lu et j'ai dit « c'est juste », « c'est juste ». Dans les documents, on signalait mon intelligence et l'aptitude que j'avais à m'exprimer, mais sur chacun d'entre eux revenait le mot « schizophrénie ». Après quelques conversations avec moi, le jeune docteur m'a dit :

-Si je m'étais contenté de la lecture des rapports vous concernant, j'aurais été persuadé que vous êtes schizophrène. Mais pour l'instant, je suis persuadé que ce n'est pas le cas. Il m'a répété et dit « vous n'êtes pas fou » et c'étaient également les derniers mots que j'ai entendus de sa part lorsque nous nous sommes séparés au bout de quelques jours. Il avait été appelé par l'armée. J'ai cru qu'on l'avait envoyé à la frontière libanaise, parce que la situation y était très tendue. J'avais peur qu'il meure. Lorsque j'ai vu qu'il n'était pas revenu, je suis entré dans son bureau et j'ai éclaté en sanglots. Et alors, j'ai entendu un bruit léger et je l'ai vu entrer dans la pièce. J'ai crié : « Vous êtes vivant ! » et je me suis affalé sur son cou. Il a essayé de me calmer.

Ce docteur est devenu après Yaël et Yaïr un personnage central dans ma vie. Je l'appelais le « commandant » ou le « capitaine ». Il portait avec moi l'expérience de l'amour et de la mort, la folie du désir et la confusion sentimentale. Il m'avait attiré vers lui avec des chaînes magiques. Il me rendait de forts sentiments d'amitié et me consacrait de son temps plus qu'à n'importe quel autre malade. J'étais devenu « son second ».

J'ai raconté à Yaël mon expérience à l'hôpital psychiatrique. Elle a peut-être éprouvé un brin de culpabilité du fait qu'en raison de nos relations, j'avais été obligé d'abandonner mes études mais elle s'est vite reprise et elle a tout de suite dit : « Après tout, ce n'est pas ta première hospitalisation » et, du bout des doigts, elle a légèrement frôlé mon bras. C'est comme ça qu'elle touchait le bras de Yaïr lorsqu'elle discutait avec lui et qu'elle souriait avec un sourire plein d'amour, plein d'affection. Pour autant qu'il m'en souvienne aucun autre homme parmi ses nombreux amis de l'université n'avait ce privilège. Tous les malheurs du monde valaient la peine afin de pouvoir bénéficier de cette caresse !

#

Lorsqu'à l'université, ils apprenaient à conjuguer des verbes au futur en latin et étaient occupés à écrire des travaux de séminaires je passais mon temps à la Clinique de santé mentale. Là-bas, j'ai rencontré le fils d'un magnat de l'économie et de la finance parmi les plus grands du pays, un jeune homme de dix-neuf ans qui, la plupart du temps, était somnolent et n'avait pas la force de réfléchir. Sa mère, une femme élégante de la haute société l'aidait à se libérer des perfusions et essayait de bavarder avec lui. Il était possible de voir que lorsqu'elle le faisait, son sang se glaçait. Moi, je me promenais au troisième étage de la clinique avec une vingtaine de personnes d'âges différents qui s'occupaient à travailler du raphia, des mobiles, ou des travaux de papier et de carton. Thérapie par le travail. On m'a soumis à un test de Rorschach. Mes réponses n'ont pas paru logiques aux membres de l'équipe médicale. Après avoir examiné les résultats, on m'a convoqué dans la salle des consultations, on m'a de nouveau montré les feuilles avec les tests de Rorschach et on m'a demandé : est-ce que cette tache ne vous rappelle pas la trompe d'un éléphant ? Pourquoi cette tache ne vous rappelle pas la forme de sexes masculins ? Je bouillais de rage.

Puisque le métier à tisser était libre, j'ai décidé de tisser un tapis en laine. Il était destiné à Yaël. Bien entendu. J'ai choisi des modèles avec attention, et après avoir pris conseil auprès des monitrices, nous avons décidé que ce serait un tapis de 200cmx80cm en trois couleurs : citron, violet et noir, avec des rayures de largeurs différentes. Dans ce même centre de souffrance mentale, de désespoir, de détresse et de folie, tandis que les malades alentour bavardaient ou étaient allongés dans les salles de convalescence, parmi les médicaments, au milieu de crises de pleurs et d'hystérie, j'ai réalisé un chef-d'œuvre. Un à un, les fils passaient dans le métier et chaque fil enrichissait mon univers. Durant ce même mois, j'ai réussi à dominer ma détresse à l'hôpital et l'hostilité à la maison à l'aide d'une idée : finir le tapis et l'apporter à Yaël. Chaque jour, je travaillais environ quatre heures, un travail monotone, avec peu d'interruptions, en ne parlant presqu'à personne. Des gens de l'équipe et des étudiants en formation s'arrêtaient devant le tissage en laine et demandaient : À qui est ce travail ? Le tissage était solide, épais, précis. Le tissage était identique des deux côtés.

Au jeune docteur, j'avais tout dit sur Yaël et moi, sur ma période de pleurs, mais aussi sur les deux concerts, sur la nature de l'amour, sur la qualité de l'espoir et sur le goût du combat. Je lui ai parlé d'Histoire et de poésie mais également de mon rêve : que si j'arrivais à nouveau à lire un livre jusqu'au bout, je serais guéri. Mes conversations avec lui étaient quelquefois coupées par des crises de pleurs. J'ai décrit Yaël, son immunité mentale sur un fond de souffrance pendant son enfance, j'ai parlé de Yaïr et de son étrange générosité, da sa tolérance, de sa modestie.

Le tapis s'allongeait petit à petit. L'œuvre allait se terminer. Elle me donnait la force de surmonter la détresse des conversations de groupes qui avaient lieu dans cette même pièce enveloppée de fumée de cigarettes, dans cette atmosphère d'absence d'activité, de relâchement humain. Il y avait quelque chose de particulier dans la mission que je m'étais attribuée. Mon assiduité à sa réalisation faisait partie de ma guérison.

A la fin du mois de mars j'ai descendu le tapis du métier. Un tissage en laine épais et beau. Lorsque je l'ai brossé j'ai eu la sensation que le monde était rempli de cercles de lumière tremblants. Emballer un produit de ce genre et l'attacher avec des ficelles était une mission peu facile et je l'ai surmontée, elle aussi. J'ai pris deux autobus pour aller chez Yaël. Elle venait de revenir de chez le coiffeur, elle était superbement coiffée et on aurait dit qu'elle avait les cheveux encore mouillés. J'ai étalé l'immense tapis sur le sol et j'ai senti son émerveillement à travers toutes les fibres de mon corps. Toute la souffrance, la détresse, l'agressivité intérieure et extérieure valaient bien cet instant. Yaïr a regardé le tapis et a dit : « Tu n'es pas normal ». Ces mots en guise de compliment, je ne les ai pas acceptés jusqu'à présent, et ce n'est pas par hasard que je m'en souviens avec amour et avec le sourire jusqu'à aujourd'hui.

Même pendant la période de l'hôpital, j'ai continué à suivre Yaël et Yaïr. Je les suivais dans leurs occupations économiques en ville. Ils dirigeaient l'affaire de main de maître. Lorsqu'elle entrait dans un des bureaux de vente de billets, il était possible de voir une femme d'affaires froide et sobre, avec une coiffure adaptée et de grandes lunettes de soleil, un personnage efficace et équilibré. Moi, je restais assis sur un banc au fond du bureau et mon cœur s'envolait vers elle.

C'était en mars-avril, où les journées étaient chaudes et pures. Les changements politiques inspiraient le calme. Tel Aviv était enveloppée de rayons de soleil purs qui se reflétaient sur les autobus et sur les grandes boutiques de la rue Allenby et de la rue Dizengoff. De nombreuses personnes arpentaient les trottoirs, s'asseyaient aux terrasses des cafés, buvaient et jouaient aux échecs. Les soirées descendaient avec une pureté époustouflante sur la grande ville. Nos promenades communes se déroulaient aux heures où le jour et la nuit s'entremêlaient dans une harmonie déconcertante de couleurs, de lumières et d'odeurs.

J'avais l'habitude de me rendre à l'université le jeudi, lorsque la clinique était fermée. L'université était alors pratiquement vide. Nous étions tous les deux seuls à l'entrée du bâtiment Sharett, en ces matinées blanchâtres et tièdes. Nous bavardions et quelquefois je m'autorisais à lui tenir la main. J'avais l'habitude de lui apporter un bouquet de fleurs rouges et blanches et elle l'acceptait avec ce même rire accompagné d'un pli sur son nez tout en fermant les yeux. J'étais alors heureux.

Avec Yaïr, je restais assis à discuter de politique. À cette époque, il espérait, il espérait de tout son cœur quelque évènement cosmique qui apporterait la libération à ce monde, «ainsi qu'aux habitants du bâtiment Sharett par la même occasion », disait-il. Au cours de ces discussions, j'étais saisi par une véritable sensation de tristesse envers ce jeune homme, que j'aimais de tout mon cœur, et que j'aime encore aujourd'hui. Mes conversations avec lui, je les terminais par « je t'aime ». Je faisais passer des petits billets, avec ces mots écrits dessus, à travers l'espace entre la porte et le sol de leur appartement lorsqu'ils n'étaient pas à la maison.

Ces mêmes jeudis, nous prenions l'autobus ensemble pour rentrer à la maison, eux vers le centre-ville et moi vers la gare centrale. Je sentais que je voulais éterniser ces instants, lorsque l'autobus traversait le fleuve Yarkon et se dirigeait vers Tel Aviv. Je pensais : le moment n'est pas loin où tout cela deviendra une légende. J'essayais d'enregistrer et de conserver en mémoire, chaque boucle, chaque éclat de ses yeux, la couleur exacte de ses vêtements. À la fin de chaque conversation, ils se souvenaient toujours de se poser mutuellement la question de savoir s'il y avait de quoi manger à la maison. Je garde éternellement dans mon souvenir leurs voix et leur manière de parler, lorsqu'ils étaient assis enlacés sur le siège de l'autobus qui traverse Tel Aviv du nord au sud.

Le mercredi, c'était chez eux, le jour de la lessive. J'aidais Yaël à porter les vêtements pour les mettre à laver à la laverie des étudiants de la Cité universitaire. En attendant la fin du lavage, elle lisait « Molloy» de Samuel Beckett et lorsque j'attirais son attention parce que le linge risquait d'être abîmé par l'essorage rapide, elle me répondait d'une voix joyeuse :

-Et alors, moi aussi je dois mourir ; il vaut mieux que le linge meure avant moi.

Elle connaissait mon désir pour elle. Cette attirance fine et puissante que je ressentais envers elle était dans l'air que nous respirions ensemble. Elle voyait-là quelque chose de naturel et, avec délicatesse, sensibilité et une intelligence qu'on ne trouve guère chez la majorité des gens, elle trouvait bon de l'orienter vers une sublimité pure, différente. Lorsque nous abordions ce sujet, elle envoyait sa main d'une manière imperceptible en direction de mon bras et souriait.

#

Yaël aimait la danse classique et elle s'achetait des livres qui concernaient cet art. Elle s'était inscrite à des cours de danse classique, non pas pour se produire mais pour en « absorber l'atmosphère ». Un jour de mars 1978, elle a appris que l'arrivée du corps de ballet de Stuttgart était prévue. Yaël était en effervescence. Elle est parvenue à se procurer quelques invitations puis elle a décidé d'aller à deux représentations et d'y emmener Yaïr, Tirtsa et moi aussi. Elle voulait me montrer à quoi ressemble un ballet et elle ne se fatiguait pas d'insister sur le fait que « c'était la meilleure compagnie du monde ». Un seul billet s'élevait à un prix considérable selon les normes de l'époque. Nous avons fixé que je viendrais chez elle le 13 mars 1978.

Le tour des évènements dont le souvenir me remplit de honte est arrivé. Cependant, ce que je vais écrire est avant tout pour moi-même, pour la paix de mon âme. La description de cette scène ne m'effraye pas, même si en y pensant, je suis plein de honte. Nous étions assis dans la cuisine de son appartement, ce même soir plein de senteur, et nous étions en train de bavarder pour notre plus grand plaisir, jusqu'à ce que Yaël décide qu'elle devait s'habiller en prévision de la soirée et pour ne pas que je perde mon temps à ne rien faire, elle a placé près de moi en faisant un clin d'œil joyeux, des exemplaires de « Playboy ». Les filles complètement nues étaient dans l'ensemble vraiment très intéressantes et, dans l'appartement de Yaël, elles étaient doublement intéressantes. Je les quittais des yeux pour regarder vers le plafond, vers les placards peints en marron et vers la table de la cuisine. Sur la table de la cuisine, était posé un paquet de médicaments. Celui-ci n'était pas fermé. J'ai tendu la main vers le paquet et je l'ai ouvert. À l'intérieur il y avait de petites gélules vertes de couleur très foncée. La prescription qui y était jointe décrivait ces remèdes comme étant des contraceptifs. Une onde de chaleur et de froid m'a traversé le corps. Mon visage a rougi et s'est embrasé, ma peau brûlait et mon cœur était secoué par la panique. L'exemplaire de « Playboy » m'a échappé des mains. J'ai remis les médicaments dans le paquet. Mon regard s'est brouillé et est devenu moins clair. Je me suis traîné vers les toilettes. Quelques jets blancs d'une substance liquide semblable à du yoghourt se sont échappés de mon corps et ont couvert l'arrière de la cuvette. Brûlant de fièvre, j'ai nettoyé la surface avec du papier hygiénique. J'ai ouvert le robinet d'eau et je me suis enfui à la salle de bains pour pencher mon visage sous l'eau froide du robinet. Dans le miroir, mon visage était blême comme si je venais de terminer un combat de boxe difficile. Après quelques minutes, nous étions tous les deux en route vers la Maison de la Culture.

En cette chaude nuit d'été, j'ai vécu une belle expérience culturelle, particulièrement tendre. Les danseurs aux corps et aux mouvements légers étaient vêtus de blanc éclatant. Ils effectuaient des mouvements de danse avec une simplicité suprême. Les lumières, les senteurs et les costumes masculins m'inondaient d'odeurs chaudes agréables. Un des extraits présentait un jeune prétendant qui poursuivait encore et encore sa bienaimée assise comme figée dans son mouvement. Il essayait de lui démontrer son amour dans des mouvements d'affection et en lui offrant des fleurs mais elle ne réagissait pas. Après quelques tentatives du prétendant enflammé, la danseuse s'est levée et a traversé la scène sans un mot, sans mouvement. Cet extrait a duré trois ou quatre minutes mais l'idée et la simplicité de l'expression m'ont stupéfait, comme si j'étais plongé dans un lac bordé d'un cercle d'arbres aux cimes touffues penchées au-dessus de lui et s'y reflétant. En dehors de cet extrait, il ne me reste aucun autre souvenir de cette représentation.

L'hospitalisation de jour était sur le point de se terminer et l'hiver tirait à sa fin. Le printemps et l'été s'abattaient sur la grande ville. La lune était cachée par des vapeurs de brouillard épais. Premiers siroccos, accumulation de sueur, le froid est passé, l'été est arrivé. À la fin d'avril ou peut-être était-ce déjà en mai, nous sommes sortis ensemble nous promener. Yaël voulait voir un film sur la danse classique. Nous avons pris l'autobus pour aller au cinéma qui se trouvait au nord de Tel Aviv. Mais l'entrée du cinéma était enveloppée d'odeurs de cigarettes, de sueur et de poussière. Yaël s'est approchée de la caisse pour acheter des billets et moi je suis resté debout à côté de la rampe en métal et j'avais les yeux fixés au sol. Tout d'un coup, j'ai vu une paire de souliers qui m'étaient familiers, marron clair, perforés, avec des pointes en forme de museau de renard. J'ai levé les yeux et j'ai vu le professeur Weinfeld. Lui aussi l'a vue et a demandé : « C'est elle ? » J'ai confirmé. Son regard était chaleureux et admiratif. Je n'avais jamais vu cet homme respectable porter sur une personne, homme ou femme, un regard affectueux jusqu'au désir. Il m'a serré la main et s'est effacé. Je me souviens clairement de cet instant, de ce regard, comme si un certain nombre d'années n'était pas passé depuis lors.

Le film montrait des danseurs de ballet et des membres de leurs familles, mettait en valeur la beauté du corps de l'homme et le concept d'amour entre jeunes artistes. Il était plein de vie et de mouvement et les couleurs étaient étincelantes et brillantes. Yaël était assise dans une position à moitié allongée et appuyait les pieds sur le siège devant elle. Son regard dévorait les vues projetées sur l'écran. Elle était bouche bée et ses dents apparaissaient lorsqu'elle voyait un mouvement de danse nouveau. Lorsque les héros du film se retrouvaient pour le repos de la nuit et que la caméra suivait leur activité amoureuse à la lumière et dans l'ombre, son regard faisait un bond, et sautillait avec un genre de sourire ravageur, libertaire, plein d'admiration. Je lui ai caressé l'épaule, les cheveux.

#

Mes deux dernières rencontres avec Yaël et Yaïr ont eu lieu dans la première moitié du mois de juin 1978, peu de temps avant le départ pour leur voyage à l'étranger. Nous étions assis dans la salle de l'Académie de Musique à l'Université. Yaël s'exerçait sur un piano qui se trouvait dans un coin de la petite pièce. J'étais l'unique public.

J'aurais voulu acheter un piano, dit-elle, mais personne ne voudra me prêter d'argent. Ils accepteraient s'il s'agissait d'un placard, ajouta-t-elle, et ses yeux se sont mis à clignoter comme électrisés. Il y avait en eux ce même regard lumineux, répétitif, plein de fantasme et de reflets dorés.

Elle riait et se battait avec les touches. Elle venait d'apprendre à jouer un petit morceau de Schumann. Nous étions seuls. Il faisait sombre, j'ai donc allumé la lumière dans la pièce et j'ai jeté un coup d'œil dehors vers la pelouse, à l'extérieur du bâtiment. J'appréhendais la séparation. Je savais que l'été serait très difficile. Je ne savais pas comment j'allais faire sans elle. Ma tristesse était grande et profonde. J'étais au bord des larmes. J'avais une envie folle de la tenir par la main, de me mettre à genoux devant elle, d'embrasser ses chaussures. Dans la tiédeur du crépuscule, nous sommes sortis pour une dernière promenade aux endroits qui avaient été témoins de notre amour si particulier : le bâtiment Sharett, le bâtiment de l'École de Droit, le bâtiment Récanati. À la tombée de la nuit, les réverbères aux lumières oranges et blanches se sont allumés. Je tremblais de tous mes membres. Je l'ai enlacée, je lui ai embrassé les bras et les cheveux. J'aurais voulu ne pas faire partie de ce monde-ci. J'étais prêt à mourir à ce même instant. Ses regards étaient chaleureux, caressants et bons, si bons. Elle a essayé de me calmer.

Le lendemain après-midi, je suis revenu, pour la dernière fois, chez eux. Tout était démonté: la cuisine, le salon et la chambre à coucher étaient vides. Le père de Yaïr et Téhila, la sœur de Yaël, tournaient dans les chambres et chuchotaient. Le téléphone était posé sur le sol, débranché. Je les ai aidés à dresser la liste des livres et à les emballer. J'ai regardé autour de moi. J'ai pris congé des murs. Yaël m'a accompagné jusqu'à l'entrée de la maison et elle m'a prêté un disque avec des « balades Matthausen » de Théodorakis. J'ai ouvert grand les yeux afin d'y enregistrer dans la mesure du possible la teinte olive et dorée de son regard. Nous nous sommes serré la main.

#

Le soir qui précédait le voyage à l'étranger, nous nous sommes encore rencontrés. C'était une soirée chaude, balayée par des vents de sirocco, au Café Tivoli. Je lui ai de nouveau fait part de mon désir, sans honte. Elle a dit avec détermination : je voudrais que tu aies une amie. Je l'ai embrassée sur le front en raison de la grande émotion qu'avait suscité en moi la façon dont elle avait accueilli ma sincérité. Elle était et restera pour moi une force divine sur terre. Je pleure encore maintenant au souvenir de cet instant. Le 28 juin 1978, j'ai franchi la porte de l'hôpital. Quelques jours après, j'ai commencé à travailler en compagnie de mon père à l'usine « Filets et fils » dans la société Coor. Le directeur de l'usine m'a donné un poste d'employé dans le service comptable.

J'ai passé un été difficile. Les douleurs ont augmenté. Maux de tête violents, douleurs dans les membres, battements de cœur accélérés et intenses, souffrance au bruit. J'avais besoin de manière permanente de me boucher les oreilles. Je prenais divers médicaments mais mon état ne s'améliorait pas. Le professeur Weinfeld était devenu lointain, hostile. Nos relations étaient amères, nous nous rejetions la culpabilité l'un sur l'autre. Accès de boulimie. La tension artérielle qui descendait à 90. Évanouissements, crises de larmes. J'étais incapable de parcourir cent mètres sans me reposer. J'appelais des médecins au secours jour et nuit. Ils étaient unanimes :

-Ce n'est rien. Vous êtes tout simplement hystérique.

Terribles crises de haine du côté de mes parents. Personne ne croyait à mes douleurs. J'essayais d'habiter en dehors de la maison et j'y retournais. Je n'arrivais pas à me débrouiller seul. Je n'avais pas la force de tenir une marmite avec les deux mains. Au téléphone, le professeur Weinfeld raccrochait. J'ai obtenu une autorisation exceptionnelle et bénéficié d'une disponibilité à l'Hôpital Beilinson, et de là, le chemin n'était pas long vers ma quatrième hospitalisation.

Le diagnostic : hyperactivité de la glande thyroïde, signes de diabète. Les soins à Beilinson étaient durs et harassants. Tubes de sang et prélèvements urinaires, piqûres, radiographies. Quelqu'un est décédé dans la chambre voisine. La solitude emplit le grand bâtiment blanc. Je parcourais les couloirs en chantant d'une voix rauque *Sometimes I feel like a motherless child.* J'aurais aimé bien chanter.

On m'a hospitalisé à « Guéha », centre psychiatrique réputé, pendant trois mois. Nouveaux médicaments. Mon état ne s'améliorait pas. Yaël et Yaïr étaient loin de moi, ils étaient en Europe. J'ai reçu trois cartes postales d'eux. La lettre que je leur ai envoyée n'est pas arrivée. Les cartes postales étaient rédigées d'une écriture serrée et décrivaient Paris, Nice et la Suisse. « Pensons à toi, espérons que tout va bien pour toi. Porte-toi bien. » Je cachais les cartes postales, je restais au lit des journées entières, n'importe quel mouvement me causait une douleur d'enfer. Je pesais 52 kilos. Je ne pensais à rien. Les douleurs étaient fortes au point que je pensais avoir peut-être un cancer. J'avais les yeux pâles et les pupilles dilatées, effrayantes. Dans la rue, les gens s'arrêtaient et me regardaient comme si j'étais un fantôme.

Ils sont revenus le 19 octobre 1978 lorsque j'étais déjà sorti de
«Guéha ». Je suis allé à l'aéroport pour les accueillir. Ils ont eu du
mal à me reconnaître et, en elle aussi, il y avait quelque chose de
différent et de bizarre. Elle avait grossi et son visage était couvert
de taches étranges. Ses mouvements et sa manière de parler étaient
devenus plus lents. Sa poitrine avait augmenté de volume. Je les ai
accompagnés à leur nouvel appartement dans le quartier babylonien.
Est-ce que nous allions pouvoir continuer à nous voir ? ai-je demandé
d'une voix tremblante. Il y a eu un silence qui m'a paru infini comme
l'Enfer de Dante et alors Yaël a dit avec beaucoup de naturel :

-Évidemment, pourquoi pas ? Nous retournons travailler à la
table. Tu n'as qu'à venir.

Sur le visage de Yaïr, il y a eu un sourire indolent.

Nous avons recommencé à nous promener ensemble. Nous
mangions ensemble, quelquefois même avec Yaïr, des repas
végétariens. Elle parlait beaucoup de soins aux enfants, de repas
de bébés et d'éducation. Un jour, elle m'a acheté le livre de Victor
Frankel « L'homme à la recherche de sens » et elle me l'a donné en
cadeau avec une dédicace « À Adam, pour une préparation à une
vie pleine de sens, de la part de Yaël ». Je lui ai demandé à quoi
nous devions nous préparer. Elle m'a dit qu'elle était enceinte. Je
me suis mis à genoux, je lui ai enlacé les genoux, j'y ai posé ma
tête et j'ai dit : « Mamounette, notre petite maman à nous ». J'ai
cherché des mots pour prier pour elle, vers elle.

Les soirées devenaient plus fraîches. Je me sentais beaucoup
mieux. J'ai lu un livre d'histoire du début jusqu'à la fin. J'écoutais
de la musique classique à la radio. Je me rendais à « Guéha » pour
des soins de jour, et là-bas je parlais avec mes voisins de chambre et
j'encourageais d'autres malades, surtout des malades âgées. Le soir,
je téléphonais à la mère de Yaël pour savoir comment elle allait. Je
ne voulais pas déranger Yaïr et Yaël. Un soir, j'ai téléphoné et il n'y
a pas eu de réponse. Le matin, ne m'ayant pas trouvé à la maison, la

maman a téléphoné de l'hôpital et m'a annoncé : un petit garçon est né. Yaël et le bébé se portent bien. La pluie coulait sur les fenêtres et battait les plantes dans le jardin. Des fleurs roses magnifiques invisibles s'étaient ouvertes d'un coup. Le vieil infirmier Yehoshua regardait le journal de la veille au soir. L'atmosphère était pleine d'une grande sérénité. Je suis sorti. Je suis resté debout sous la pluie, j'ai senti les gouttes qui mouillaient mes vêtements et qui dégoulinaient sur mon dos. J'ai étendu mes mains vers le ciel. J'ai remercié Dieu qui m'a rendue fertile, qui a fait preuve de grâce. J'ai pleuré, et je me suis mis en pyjama, comme un bébé.

#

J'ai rendu visite à Yaël et au bébé. Il avait les yeux marron foncé, comme ceux de Yaïr, les cheveux châtains, comme les miens. Yaël préparait des repas, faisait la lessive et pliait des couches. Elle a arrêté de s'intéresser à la danse classique et s'est remise aux études de Droit. Peu de temps après, elle devait terminer ses examens pour obtenir le diplôme d'avocat. Yaïr est retourné travailler à la table et s'est inscrit à des études d'éducation.

-J'en ai par-dessus la tête de travailler avec des billets et des journaux, je veux travailler avec des enfants, avec des êtres humains, m'a-t-il dit. Il essayait encore de décrypter l'avenir avec des raisonnements mathématiques. Téhila faisait son service militaire dans l'armée de l'air dans une base près de la maison. Elle avait beaucoup embelli, elle était devenue une vraie femme. J'espère qu'elle trouvera le compagnon qu'elle mérite.

Je suis retourné étudier à l'université. J'ai loué un petit appartement à Holon avec Jojo. Je fais la cuisine, il fait les courses et la vaisselle. Lorsqu'il apprécie le repas, je suis heureux. Nous allons nous balader ensemble, quelquefois nous allons voir un film, ou à un concert de musique orientale. Je suis allé voir Yaël. Le bébé jouait avec ses jouets et m'a souri.

Il m'a reconnu. Yaïr était au téléphone et m'a fait signe de la main. Tehila m'a posé des questions sur les fouilles de Troie et sur la personnalité de Heinrich Schliemann. Je leur ai apporté un disque avec des chansons d'Odysseus Elitis. Mon travail de recherche sur le judaïsme tunisien m'a valu l'appréciation « Excellent ». J'ai reçu une bourse pour mes études de maîtrise. Un des maîtres de conférences m'a laissé entendre qu'il avait l'intention de m'embaucher comme assistant d'enseignement. Il faut que je consacre tout mon temps aux études. Il faut que je trouve une source de revenus stable. Peut-être réussirai-je à trouver une compagne qui me convienne pour partager ma vie, une vie de famille. Jojo m'a suggéré de m'adresser à une agence matrimoniale.

Je me suis assis à côté de Yaël sur le canapé, le bébé jouait sur le tapis et j'ai pleuré intérieurement : j'avais devant moi une vie jeune et belle, magnifique, divine, et la mort, elle, est si près, elle est déjà en nous, elle détruit notre vie, nous attend au bout du chemin. Mais, je n'ai pas fait part à Yaël de ces pensées-là. Elle allaite et ça ne se fait pas de l'attrister. J'ai observé le vêtement vert du bébé et ses cheveux châtains et j'ai dit à Yaël :

-Bois du lait chaud avant de dormir.

Elle a ri très fort :

-Adam, je ne bois jamais de lait, le soir ou en général.

Je ne l'ai pas caressée et je ne l'ai pas embrassée lorsque je suis parti avec la ferme décision de mettre fin à mes visites chez eux.

J'ai téléphoné le lendemain et j'ai fait savoir à Yaïr que je ne pourrai pas les aider à la table.

-Il est arrivé quelque chose ? Tout va bien ?

-Tout va bien, ai-je dit. Le bonjour à Yaël. Dis-lui que je l'aime.

-Pas de problème, elle le sait, a-t-il dit, en riant.

DEPUIS, IL NE S'EST RIEN PASSÉ

Apparemment, il y a eu ici un accident dû au hasard. Conséquence de bonnes intentions. Manque d'expérience. Un évènement unique qu'il vaut mieux, pour les quelques personnes impliquées dans ce fait, qu'elles l'oublient et qu'elles retournent à leurs occupations quotidiennes, comme il est recommandé d'oublier une erreur regrettable, qu'on n'avait pu prévoir à l'avance et qui ne fait pas partie de l'ordre normal des choses. Mais, quant à l'influence des erreurs et des accidents sur l'ordre normal des choses, ce sujet n'a pas encore fait l'objet d'une recherche bien menée, surtout dans des domaines où l'ordre lui-même est encore nouveau et instable.

Ce nouveau lieu avait une odeur pharmaceutique. Du camion, on voyait le chemin de la route principale vers la nouvelle maison, protégé par une allée de cyprès, d'eucalyptus, d'acacias et, au-delà des arbres, des caisses de ruches bleues, de forme carrée, apparaissaient, prometteuses. Le père s'est mouché avec un ronflement désespéré qui a été couvert par le grondement du moteur du camion. La mère a dit à haute voix en parlant plus lentement que d'habitude :

-Maintenant, nous avons besoin d'un autre endroit. Changer d'air, comme quand on sort d'une maison de convalescence.

La fillette les observait, assis, serrés l'un contre l'autre car, d'une manière générale ils ne s'asseyaient pas comme ça et, avec la beauté et la senteur des arbres, cette pensée lui est venue à l'esprit que, peut-être, le coup qu'ils avaient subi avait eu raison de leurs forces et que, peut-être, à partir de maintenant et pour toujours, les querelles entre eux prendraient fin.

-Nous avons suffisamment changé, dit le père.

- Peut-être par ma faute ? dit la mère.

-Tu n'apprendras donc jamais à te réconcilier avec la réalité, tu vivras toujours dans les fantasmes, c'est comme ça que tu vivras jusqu'à cent vingt ans, dit-il.

-Et alors, qu'est-ce qu'il y a ? Tu es jaloux ? dit-elle.

-Vraiment, il y a de quoi être jaloux ! Se mentir à soi-même : c'est la différence entre toi et moi, dit le père.

-Sur ta tombe, on écrira : voilà la différence entre toi et moi, dit la mère.

La fillette a cessé de les regarder fixement parce que maintenant il n'y avait plus rien qui fût digne d'attention. Ils parlaient déjà entre eux en yiddish, leur langue maternelle, malaxaient avec leur langue une masse de mots interdits et honteux, dont il faut s'éloigner, et ne pas se laisser contaminer. Elle écoutait maintenant autre chose, les yeux devenus vitreux avec, presque un sourire : l'erreur deviendra claire. Il reviendra et dira : j'étais en captivité. Les choses sont arrivées comme ça. « Toi, ma sœur, attends calmement. Toi, attends moi et je vais revenir, je reviendrai vivant, mes frères », fredonnait la voix de la chanteuse enrouée, fredonnait tout l'air ambiant, plein de ruches bleues. Nous ouvrirons la porte de la nouvelle maison et celui qui doit être à la maison sera à la maison, endormi dans son lit, enveloppé dans sa couverture. Les parents n'en croiront pas leurs yeux. Ou alors, nous serons dans la maison et soudain, la porte s'ouvrira et il entrera, il voudra se doucher, il l'emmènera se promener un peu, jouer à cache-cache et disparaîtra à nouveau pour une période indéterminée. Nous continuerons le jeu une autre fois, dira-t-il, comme il en avait l'habitude. Tu es déjà une grande fille dans ton genre et dans un an tu seras *bat-mitsva**. Ce n'est pas joli de cacher mon sac et mon fusil sous le lit. Et en plus, tu ris. Nous avons fait un pacte, n'est-

---

*   *Bat-mitsva* : majorité religieuse des filles à l'âge de douze ans.

ce pas ? Tu te souviens de tout ce que nous avons conclu ? De regarder la lune à sept heures, tu te souviens que nous nous étions mis d'accord ? « Maman et Papa croiront que je ne suis pas vivant, toi, attends, attends avec ferveur ». Nous continuerons le jeu là où nous nous sommes arrêtés, parce qu'entre temps, de toutes façons, il ne se passe rien qui soit digne d'attention. À une distance fixe, comme la lune qui se déplace en même temps que vous à la fenêtre d'une voiture, il continuait à apparaître derrière elle. Et c'est ainsi que cela a continué même dans ce nouveau lieu, chaque jour, sur le chemin de l'école et en revenant, entre les vergers, à travers le bosquet et le cimetière. Chaque jour, il l'attendait pour l'accompagner, derrière elle. Au début, il l'attendait au coin jusqu'à ce qu'elle finisse de refuser l'invitation des cyclistes qui passaient devant elle en hurlant you-hou, et agitaient, en les écartant, leurs bottes en caoutchouc noires, filaient comme des ombres de poteaux électriques avec des cris infamants, « espèce de sourde! autiste ! vantarde ! » toutes sortes de choses auxquelles il ne faut pas faire attention et, alors elle pouvait se permettre d'ouvrir les traits de son visage afin d'absorber le son cadencé des pas derrière elle pour y accorder la cadence de sa marche. La voici, elle va de l'avant et, lui, marche derrière elle, à une distance d'environ cent mètres. Elle sait exactement comment il est, et elle ne tourne pas la tête en arrière. Une distance fixe les sépare, comme la distance des huit ans qui les sépare en âge. Leurs mouvements s'accordent exactement, son pied droit à elle avec son pied droit à lui, comme si chacun de ses membres était rattaché au membre correspondant de son corps à lui. Mais si elle tournait la tête en arrière, lui se déplacerait derrière son dos ou peut être disparaîtrait complètement, c'est pourquoi il ne fallait absolument pas tourner la tête en arrière. Il ne fallait pas non plus accélérer ou ralentir le pas, il ne fallait pas courir et il ne fallait pas s'arrêter. C'était le pacte. Un jour, il frappera à la porte et entrera. Je suis revenu de captivité, dira-t-il. Il faut dire aux parents de ne pas verrouiller la porte quand ils sortent de la maison. Mais il faut réfléchir à la façon de le leur dire sans les faire souffrir car, tout les fait souffrir. Il faut leur donner de la quiétude. Il faut veiller à ce qu'ils mangent, c'est ce qu'a dit la tante Hanna :

-Veille à ce qu'ils mangent trois fois par jour.

C'était lorsqu'elle était revenue du zoo avec la mère, le lieu de promenade le plus apprécié de la ville. La mère l'a emmenée là-bas, s'est écroulée sur le banc et a dit :

-Pourquoi tu ne demandes pas pourquoi je pleure ?

Ses yeux étaient vraiment rouges mais la fillette, depuis longtemps, ne regardait déjà plus autour d'elle des choses qui n'étaient pas dignes d'attention. C'était une enfant obéissante, elle reprit donc machinalement :

-Pourquoi tu pleures ?

Les perroquets ont sifflé. Les singes ont hurlé. La mère s'est mise à parler :

-Jusqu'à ce qu'ils l'aient évacué. Un mois d'hôpital à Jérusalem. Des semaines de délai avant de transmettre la nouvelle, sépulture provisoire en raison de la situation.

La fillette faisait attention à quelque chose d'autre.

Sur la lettre d'invitation à la cérémonie comme sur la lettre de condoléances, il y avait la signature du Premier Ministre en personne et le trait appuyé qui se trouvait au-dessous a flotté dans la pièce avec une assurance résolue, ne cessant de balayer l'espace vide. La lettre entourée de noir était accrochée sur le mur, dans ce nouvel endroit, au-dessus du buffet vitré, avec les certificats de dons d'arbres au KKL qui entouraient son grand portrait, souriant d'une oreille à l'autre dans un cadre en argent massif. Sur le buffet lui-même, il y avait un vase en argent haut et fin avec un bouquet permanent d'arums blancs que la mère changeait une fois par semaine. Il y avait encore des photos de lui, de différentes périodes de sa vie, et dans l'une d'elles, il la tenait sur lui entre ses genoux pliés, assis à l'orientale sur la pelouse ; dans une autre, elle était sur son dos tandis qu'il glissait sur une corde raide. C'était son rôle de faire chaque jour la poussière du buffet avec un plumeau multicolore. Chaque jour, elle lui caressait le visage avec les plumes de toutes les couleurs et faisait son pacte avec lui : je reviendrai vivant mon frère. Voici que les pupilles inanimées commenceront à bouger, voici qu'on entendra le rire muet. Les arums se redresseront, s'épanouiront et soupireront d'aise, comme des chiens heureux.

Il est défendu de raconter ça aux parents, comme il est défendu de leur raconter ses querelles avec les enfants de l'*Aliyat Hanoar**. Tous les enfants de *l'Aliyat Hanoar* recherchaient querelles et disputes, étaient méchants et rusés. Ils épouvantaient les enfants du *moshav* et, elle seule, possédée par la colère et le désespoir, ne cessait de s'insurger contre eux dans des batailles sans issue. Quelques jours seulement, les parents sont restés assis l'un contre l'autre, comme un couple, après cela leurs voix ont recommencé à s'abattre l'une sur l'autre dans cette même langue des malheurs et des mépris, leur langue maternelle destinée à la protéger de paroles interdites et honteuses, dont surgissait un balbutiement maladif : viens manger, va dormir. Laisse-moi tranquille. Ce n'est que sur ses cheveux que la mère tirait dans un mouvement de rage inconnu, lorsqu'elle lui faisait ses nattes le matin. Une fois, elle l'avait envoyée réveiller le père qui dormait, comme d'habitude, sur le canapé vert, tout le corps recroquevillé et rabougri. Lorsque la fillette lui a touché le dos, tous ses membres ont fait un bond en même temps et, au milieu de son sommeil, il lui a asséné un coup de pied alors qu'il était chaussé. Quand il s'est réveillé, il avait les yeux rouges sang. Il l'a regardée comme s'il n'avait jamais vu son

---

* *Aliyat Hanoar* : structure créée par l'Agence Juive pour organiser et encadrer l'immigration des jeunes.

visage et qu'il n'avait pas la force de lui dire un seul mot.

La voix de la mère a répété que demain on prendrait le train pour Jérusalem. Ainsi, demain apporterait le remède au balbutiement maladif. Demain, ils partiraient tous les trois en promenade vers l'endroit où lui aussi se trouve et ils seraient tous ensemble, comme il se doit, les quatre. Des mains l'ont revêtue d'une chemise blanche amidonnée et repassée. On y a boutonné quatre boutons devant et deux aux poignets, on a bien tiré les bords de la chemise sous la jupe à plis droits. Des mains impatientes lui ont démêlé les cheveux, lui ont partagé la tête en deux moitiés égales et ont tressé en serrant bien deux nattes égales en longueur et en épaisseur. Les rubans blancs ont été repassés sur le flanc de la bouilloire après que la mère les a léchés avec la langue. Des vêtements de shabbat, pas pour un shabbat, comme quand on voyage vers la ville pour un spectacle d'enfants au théâtre pendant les mi-fêtes. Au *moshav*, tout le monde travaillait le shabbat, chacun sur son terrain. Chacun avait son poulailler, son étable, le même poulailler et la même étable tout le temps. Il n'y avait pas là-bas de salle à manger où l'on arrivait de partout et d'où on allait partout. Les maisons du *moshav* étaient dispersées dans toutes sortes de directions, en toutes sortes de rangées. Il y en avait une pour elle. Demain nous irons à Jérusalem et nous serons de nouveau quatre. D'autres mains, apparemment les siennes elles-mêmes, lui ont enfilé des chaussures festives, noires et brillantes. Le repassage, c'était la mère qui en était chargée et pour le cirage des chaussures, c'était le père.

-On reconnaît un monsieur à ses chaussures, disait le père.

-Demain, demain et pas aujourd'hui, c'est ce que disent les paresseux, disait la mère.

Voilà les propos qu'on tenait à la fillette, en hébreu, car il n'y avait pas de langue plus belle et plus admirée qu'elle. Ils la parlaient comme s'ils déclamaient :

-Admire donc comme la route vers Jérusalem est belle, dit le père. Ce sera une belle cérémonie, nous n'avons pas célébré ta *bat-mitsva*, à cause de la situation, mais nous avons un voyage à Jérusalem. Et une cérémonie.

Des arbres, des arbres, des arbres, des pierres, des pierres, des pierres. Silence et cliquetis silence et cliquetis.

-Peut-être que c'est nécessaire, peut-être que c'est indispensable dit le père. Peut-être que la petite en gardera quelque chose dans sa mémoire. Il y aura là-bas des milliers de gens, peut-être que c'est cela qui est indispensable. Nous achèterons des fleurs dans le beau magasin.

- Plus que nous n'en trouverons, dit la mère avec rage.

Il n'y avait aucune substance dans leurs conversations et il n'y en aurait jamais. Ce n'est qu'à son retour que les choses redeviendraient logiques.

-Tu vois ? dira-t-il, et il dessinera avec son doigt la carte d'Israël dans la poussière sur le côté de la route, c'est notre pays. Lorsque les Anglais partiront, nous aurons un état et dans notre état, il n'y aura pas de villes ou de villages mais seulement des kibboutzim et tous n'appartiendront qu'à nous. Nous ferons de tout le pays un kibboutz, lui a-t-il promis, souriant.

La carte du pays dans la poussière sur le côté de la route était véritable. Son doigt levé était véritable. Le matin où elle l'a vu pour la dernière fois était véritable, son visage qui s'éveillait du sommeil était véritable. Ne pars pas ! Dis que tu ne vas pas partir ! J'ai caché ton sac, je ne te dirai pas où. Je peux me mettre un peu dans ton lit ?

-D'accord, dix minutes.

Et dans ces dix minutes elle a trouvé une excellente idée : elle a tiré vers l'extérieur le pauvre élastique effiloché de son pantalon de pyjama et elle l'a rapidement attaché au bout de l'élastique de son pyjama à lui.

-Qu'est-ce que tu fais, sale gosse?

-C'est comme ça, a-t-elle ricané, victorieuse. Maintenant, nous sommes attachés pour toujours, tu as compris ? Comme des frères siamois. Nous irons ensemble partout. Nous regarderons la lune du même endroit. Ne ris pas, tu vas réveiller les parents !

Les ressorts du lit grincent discrètement et de l'autre chambre résonne déjà le bruit de pantoufles qui se traînent et tout ce qu'elle a joliment construit pendant dix minutes s'effondre. Quelle était cette chose prometteuse de chaleur éternelle qui avait alors glissé entre ses doigts ? Cette même chose vivante et dressée, qui durcissait et qui était alors dans ses mains rougissantes à lui – est-ce qu'il y avait un autre pacte concernant l'ordre des choses et leur logique ?

À travers les bandes transparentes que son doigt a dessinées sur la crasse de la fenêtre du train, on voyait des arbres et des pierres, des arbres et des pierres, des pins au tronc mince se profilaient sous un angle bizarre par rapport au niveau incliné du sol, pas perpendiculaires, mais tous orientés vers le haut, vers le ciel, attachés à des barres qui les soutenaient. Des étais, a dit le père qui avait bien compris. Des pins aussi jeunes ont besoin d'étais pour pousser droit, tout comme les enfants ont besoin du soutien des parents jusqu'à un certain âge. Mais la mère a refusé d'engager la conversation. Qu'elle dorme un peu; dans le train elle s'endort facilement. Dernièrement, elle avait adopté des habitudes curieuses pour trouver le sommeil : avant de dormir, elle restait debout immobile sur son lit et chantait les yeux fermés « En Galilée, à Tel-Haï », et lorsqu'elle arrivait aux mots « Le héros Joseph est tombé » elle hurlait le dernier mot, elle se laissait tomber, le dos droit, et finissait par s'endormir.

À Jérusalem, ils ont marché tous les trois, titubants, éblouis, depuis la boutique de fleurs jusque vers la place où aurait lieu la cérémonie. La clarté s'est étendue sur leurs visages qui se détachaient sur la blancheur de la pierre. La fillette avait en mains un énorme bouquet de fleurs qu'elle n'avait jamais vues, dont elle ne connaissait pas le nom et, elle écarquillait les yeux en attente de choses mystérieuses. Dans peu de temps, il y aurait ici une grande fête, bien qu'il n'y ait pas de pelouse.

Comme une tache noire qui s'étend rapidement sur une nappe, la place s'est remplie de gens inconnus qui bourdonnaient dans un brouhaha étouffé de frelons. Le trottoir a bougé légèrement sous ses pieds lorsque sont apparues les voitures de l'armée avec les cercueils. Elle avait besoin de ses deux mains pour tenir le bouquet et ne pas tomber. Elle n'avait jamais vu autant de gens ensemble en même temps, autant de visages de personnes adultes en pleurs, ou déformés par l'effort pour ne pas pleurer. Les visages étrangers des parents : un homme petit de taille dont les verres de lunettes avaient besoin à chaque instant d'être essuyés, une femme corpulente aux gestes inquiets. Et à côté d'eux, une jeune fille de peut-être quinze ou seize ans tenant sa mère et son père qui étaient debout, comme si elle leur servait d'étai. Et comment arrivait-elle à faire cela ? Si seulement c'était possible d'apprendre cela tout de suite et ne pas rester pétrifié comme ça avec des fleurs.

Et là, la terre s'est ouverte. Dans un grincement de freins, les cercueils ont été sortis et déposés, rangée après rangée, sur le trottoir ébahi. Des cercueils de bois clair, neuf, bien fermés par des clous, tous de la même taille, tous exactement pareils. Sur tous les cercueils, une inscription avec le prénom et le nom de famille en lettres d'imprimerie, comme le signe tamponné à l'arrière des ânes du *moshav*, pour qu'on sache à quelle ferme ils appartenaient, pour ne pas faire d'erreur et croire que ce soldat lui-même a été tué ici, enterré de façon provisoire, et sorti de sa tombe cent et mille fois afin de le ré-enterrer. Les parents se précipitaient sur les cercueils comme dans une distribution de produits alimentaires, et là, la jeune fille qui servait d'étai a laissé les parents s'écrouler et s'est mise à taper sur le cercueil comme on frappe à une porte de toilettes verrouillée qui ne s'ouvre pas, et elle s'est mise à crier à pleine voix :

-Tsion ! Tsi-on ! Reviens à la maison ! Maman t'attend ! Ta Maman attend, Tsion !

Les cris se sont répandus sur la place comme un incendie. Une femme aux boucles plates platinées, dans un ensemble bleu cousu main, est tombée sur son cercueil en hurlant :

-Ilan ! I-lan ! Mon enfant ! *Meine kind* ! Reviens à la maison !

Un homme jeune dont les mâchoires noircissaient et dont le blanc des yeux ressortait comme celui des yeux d'un bœuf, a levé la tête vers le soleil ardent et a mugi longuement d'une voix rauque :

-Mi-kha ! Mi-kha-ël ! Ton Papa a besoin de toi !

Une femme, dont les cheveux étaient ramassés en arrière en un chignon impeccable enveloppé d'un fin filet, a émis un grognement semblable au grincement d'un meuble qui se casse et s'est mise à se frapper bruyamment les joues qui devenaient de plus en plus rouges, se couvraient de taches de plus en plus sombres, tandis que sa bouche et ses yeux bavaient. Un homme à la moustache dorée a essayé de la saisir par les coudes, mais elle l'a frappé au visage et a crié :

-Et toi, pourquoi tu as signé, pourquoi, espèce d'imbécile ? Le gosse n'avait même pas dix-sept ans ! Pourquoi je t'ai laissé signer, dis-moi ! Et lui, la frappait déjà, et il répondait en hurlant :

-Et qui signait les lettres en disant : Sois fort et courageux, qui ?

Puis il y a eu quelqu'un qui a essayé en silence d'ouvrir le couvercle du cercueil avec un tournevis avec la claire intention d'y entrer. Et un autre a essayé de soulever le cercueil dans ses bras, de le tenir entre ses mains comme on prend un bébé. Et il y en avait déjà beaucoup allongés qui s'évanouissaient sur les cercueils, qui embrassaient l'odeur du bois et de la colle, qui se plaquaient autant qu'ils le pouvaient, les ongles brisés. Le père a caqueté à haute voix, tenant ses lunettes d'une main et de l'autre le bras de la fillette. La mère a saisi ses cheveux en désordre sur le crâne et elle les a tirés de toutes ses forces tandis qu'elle enfonçait la tête entre les épaules et se bouchait les oreilles avec les majeurs de sa main, les yeux fermés et baissés, la bouche ouverte et qu'elle gémissait comme un chacal. Toute la place hurlait, hommes et femmes, parents et frères, ashkénazes ou séfarades. Des ambulances klaxonnaient. La fillette se bouchait les oreilles, les bouchait et les débouchait. Un jeu, en somme. Après cela, elle a cependant marché vers le cimetière. C'est difficile de se souvenir.

Depuis, il ne s'est rien passé. La fillette est restée là-bas, sur la place. Une pâleur permanente visible sur son visage allongé. Les pelouses ont pris des teintes grisâtres. Les senteurs des fleurs sont devenues dures et comme cireuses. Des cris entrecoupés ont flotté dans l'air. Il y a eu un saignement muet qui a duré quelques années. Tous les remèdes, tous les lieux, tous les sentiments d'amour, ont été mis en œuvre pour y mettre fin.

CHEWING-GUM

C'était déjà la troisième fois qu'on me réveillait au milieu de la nuit, qu'on m'enfilait un survêtement sur le pyjama, qu'on me mettait dans une main la poupée que j'aimais et, dans l'autre main, un sac avec quelques vêtements et qu'on me traînait vers le camion. Sur les bancs et à-même le sol, étaient entassés des enfants et quelques femmes qui me disaient :

-Tais-toi et ne chante pas, ce n'est pas une promenade.

La première fois, c'était en hiver. Le camion nous avait alors amenés au milieu de la nuit à Rehovot, et là nous sommes descendus à un endroit appelé « Institut Weizman », et nous sommes tous entrés dans une grande salle bien éclairée. Des femmes âgées nous ont servi du thé et des tartines avec une confiture rouge, aqueuse et pas très goûteuse, et ensuite on a demandé à chacun s'il avait des proches et où ils habitaient. Après cela, nous sommes remontés sur le camion et nous avons roulé vers Tel Aviv. Là, nous sommes descendus sur le trottoir de la Promenade. La mer était complètement noire et les vagues ressemblaient à une flotte de bateaux blancs pleins d'immigrants d'Europe qui n'arrivaient pas à atteindre le rivage. Maman et moi, avons marché le long de la côte, puis nous nous sommes dirigées vers une rue qui n'avait pas encore de trottoirs mais seulement du sable profond des deux côtés de la chaussée, et Maman n'avait presque plus de force pour marcher, la valise à la main, avec des chaussures à talons. Il commençait à faire déjà moins sombre au moment où nous sommes arrivées chez la tante Hanna, rue Jean Jaurès ; Maman a appuyé sur la sonnette électrique et l'oncle Moshé a ouvert la porte et dit :

-Qu'est-ce qui se passe ?

Et Maman a dit :

-On nous a évacués, on évacue les enfants au-dessous de quatorze ans, le *moshav** se trouve sur la ligne des combats. Il y a des bombardements. Quand aurez-vous le téléphone ?

Et la tante Hanna s'est levée et m'a couchée à côté de mes cousins Avner et Amnon sur le canapé qui, en journée, peut être plié et poussé contre le mur derrière le rideau vert, sous les étagères de livres. Puis Maman est retournée au *moshav* et m'a laissée là pour une semaine, car entre une chose et une autre, il n'y avait pas classe au *moshav*, et j'ai alors appris à écaler des œufs durs et à jouer aux dames – mon cousin me battait avec un plaisir non dissimulé - et ma tante nous a emmenés au zoo, l'endroit que j'aime le plus à Tel Aviv, surtout avec les biches et les faons à qui on peut donner à manger des épluchures de bananes et même des feuilles d'arbustes qui poussent à côté du grillage, et alors Maman est arrivée et m'a ramenée à la maison.

La deuxième fois, le camion a roulé vers Kfar Bylou**, et a déposé chaque enfant dans une maison différente. Moi, on m'a déposée dans une maison de couleur bleue avec des plants de tomates devant la porte, un petit garçon qui s'appelait Yossélé et une cour où il y avait un âne. J'ai passé là-bas plusieurs semaines, j'ai mangé beaucoup de fromage blanc fabriqué à la maison et j'ai joué avec l'âne. Durant la soirée de Pâque passée dans cette famille, on m'a mis des rubans aux nattes et j'ai posé les questions d'usage. Tout le monde m'a félicitée, mais moi, mes parents me manquaient. Quand je suis retournée, j'ai vu que dans le bosquet de pins près de la maison, des Jeeps étaient garées et que les soldats venaient chez nous pour se doucher. Dans la douche il y avait des éclats d'obus

---

* Village collectif.

** *Kfar*= village ; *Bylou* : initiales de la devise sioniste : Beit Yaakov Lékhou Vénelkha (Maison de Jacob, allez et nous irons).

et, dans la cour, j'ai même trouvé un étui d'obus qui pouvait servir de vase.

Maintenant, c'est déjà la troisième fois et je n'ai déjà plus peur, car l'évacuation n'a pas eu lieu au milieu de la nuit mais le matin, et nous avons voyagé dans un autobus qui nous a emmenées, Maman et moi ensemble, à un endroit qui n'appartient à personne, ce qui veut dire que personne d'autre n'y habite. Cet endroit s'appelle Jaffa, et on peut aussi l'appeler Djebeliya, et il y a des maisons de pierre de deux étages, avec des escaliers en pierre rose et des carrelages semblables à des tapis multicolores, et de beaux balcons réunis au plafond par des piliers en pierre, eux aussi et, si on s'asseoit sur le balcon, on peut sentir l'air de la mer, vraiment si agréable. Mais, à l'intérieur de la maison que nous avons eue, c'était très sale et il y avait des monceaux de cafards morts, marron foncé, avec de très longues antennes. Alors Maman passait son temps à nettoyer et me disait de faire attention de ne pas boire de l'eau du robinet, mais seulement de l'eau qu'elle faisait bouillir, de l'eau tiède qui n'avait pas très bon goût, et elle fouillait dans mes cheveux pour voir si j'avais des poux, et sur mon corps elle regardait si je n'avais pas attrapé de tiques. Je ne sais pas où ils ont évacué les autres enfants du *moshav* car, ici, je ne vois personne que je connaisse, à part des personnes et des enfants bizarres qui parlent des langues que je ne connais pas. Ce n'est pas du yiddish, parce que le yiddish, je ne le parle pas mais je le reconnais. Maman dit que c'est du roumain et du bulgare et peut-être aussi du turc et du grec. Avant cela, un camion s'est arrêté en bas de chez nous et en sont descendus des gens qui sont entrés dans les maisons voisines et ont sorti des chaises aux sièges en paille tressée, une étagère avec des ornements, de grands tapis roulés et un piano à queue noir. Maman dit que ce sont des commerçants et cela explique tout. « Commerçant » est un mot qui s'applique à une personne qui n'est pas bonne, c'est comme « bourgeois » ou « marché », c'est ce que nous ne sommes pas, et ne serons jamais.

Hier, Maman est allée chercher des produits alimentaires qui nous sont distribués sur le marché -que faire ? - de la rue Lewinski à Tel Aviv, et elle est revenue avec un paquet de beurre salé, une canette de graisse de noix de coco, un carton plein d'œufs en poudre, et les yeux terriblement rouges. Le beurre salé, je le connaissais par les colis que nous recevions d'Amérique. J'ai été effrayée par ses yeux et je n'ai pas posé de questions. Alors, elle m'a demandé si je voulais aller au zoo, et j'ai été très contente parce que le zoo est un endroit de Tel Aviv que j'aime beaucoup. Et au zoo, dès que nous sommes entrées, elle s'est assise sur un banc près de la cage des biches et elle m'a dit de m'asseoir aussi, elle m'a donné une banane, je l'ai épluchée et j'ai commencé à manger et alors elle m'a dit : pourquoi tu ne me demandes pas pourquoi j'ai les yeux rouges ? Alors, je le lui ai demandé et elle m'a d'abord dit que mon grand frère, qui est maintenant au *Palmakh*[*] a été blessé. Et moi, j'ai demandé quand il serait guéri, et Maman m'a dit qu'il ne guérirait jamais, car il était mort de sa blessure. Je ne l'ai pas crue. J'ai pensé qu'elle voulait juste me mettre en colère. Après cela, j'ai compris que c'était peut-être vrai et j'ai été très en colère contre ma mère qui n'avait rien fait pour que cela n'arrive pas. Et soudain tout le zoo est devenu complètement noir et me faisait mal ; j'ai regardé les yeux de ma mère et je ne pouvais pas pleurer, je ne pouvais pas finir ma banane, je suis restée assise sur le banc et je ne me sentais pas moi-même. Les biches et les faons dans leur cage ne paraissaient pas réels, mais gris et flottants. Je ne me souviens pas de ce que Maman m'a dit et comment nous sommes retournées à Jaffa ou à Djebeliya, ou comment on appelle cet endroit. Je n'ai pas dormi de la nuit, j'entendais tout le temps Maman gémir comme un chacal et je ne savais pas quoi faire, j'aurais voulu seulement m'enfuir mais je ne savais pas où.

---

[*]   *Palmakh* : organisation militaire qui a précédé l'armée régulière israélienne.

Le matin, Maman m'a fait une omelette avec des œufs en poudre et de la graisse de noix de coco provenant des produits distribués, mais je n'avais pas envie de manger, ni non plus de boire l'eau qu'elle avait fait bouillir et qui n'avait pas encore refroidi; j'avais seulement du bruit dans les oreilles et un peu envie de vomir.

-Tu devrais peut-être aller faire un petit tour dehors ? dit Maman d'une voix voilée par les larmes, lorsque tu reviendras, peut-être auras-tu un peu d'appétit. En attendant prends une tartine beurrée et Maman a étalé sur une tranche de pain blanc sec une épaisse couche de beurre salé, jaune, brillante. Obéissante, je suis descendue par l'escalier de pierre vers l'espace inondé par la lumière aveuglante du soleil, avec la tranche de pain en main. Je me suis efforcée de respecter les lois de la maison qui comprenaient l'interdiction de marcher pieds nus, de siffler et de mâcher du chewing-gum. L'interdiction de ces actions les imprégnait de magie, ainsi marcher pieds nus vers le bord de la mer était à mes yeux un plaisir d'un autre monde. Siffler, j'avais appris à le faire lorsque j'avais été volontaire pour aspirer le pétrole du bidon vers les bouteilles avec la pompe métallique qui faisait un bruit infernal, un bruit qui assourdissait mes exercices de sifflement. Le chewing-gum, j'en mâchais en cachette, lorsque ma meilleure amie Myriam passait de sa bouche à la mienne le chewing-gum mâché qu'elle se préparait déjà à jeter. Le goût de la bouche de ma chère Myriam remplissait ma bouche d'une douceur humide.

Dans le soleil aveuglant, je me suis perdue parce que je ne voyais rien. Je ne savais pas où aller. Je mâchais ma tartine de pain au beurre salé et j'ai senti la soif augmenter. J'ai erré jusqu'au moment où je suis arrivée à des fils barbelés. De l'autre côté de la barrière, j'ai vu des hommes à la peau foncée, moustachus, portant des keffiehs, qui marchaient les mains en l'air et, derrière eux, suivaient de jeunes soldats vêtus d'uniformes de l'armée de couleur kaki, bien repassés. Un enfant qui avait la tête rasée jouait avec une bicyclette cassée. Une fillette de mon âge au visage foncé, vêtue d'une robe sale dont la couleur dominante était un rose agressif, s'est approchée de la barrière. Elle portait au cou un collier de perles bleues et vertes ; nous en avions trouvé des tas de ce genre dans les maisons abandonnées. Elle mâchait du chewing-gum. Ses yeux étaient couverts de pus et des mouches s'y agrippaient. Elle n'essayait pas de les chasser, elle mâchait seulement son chewing-gum et me regardait. Elle mâchait son chewing-gum, et moi, mon pain beurré qui m'avait beaucoup assoiffée. C'était clair pour moi qu'elle était arabe et que si je lui parlais elle ne me comprendrait pas. Je lui ai montré du doigt son chewing-gum et je lui ai tendu la tartine. Elle a tout de suite compris, elle a sorti son chewing-gum de la bouche, elle a passé sa petite main à travers les fils de fer de la barrière et a introduit le chewing-gum mâché dans ma bouche. Ce n'est qu'alors qu'elle a pris la tartine couverte de beurre salé et sans me regarder elle y a mordu d'énormes bouchées. Nous sommes restées debout là, l'une en face de l'autre, en nous regardant avec sérieux et intérêt, elle mâchant le pain et moi le chewing-gum. Les mouches qu'elle avait sur les yeux quittaient de temps à autre leur place et revenaient au même endroit. Quand elle a fini de mâcher, elle m'a tourné le dos que les boutons de sa robe parcouraient sur toute la longueur, et elle a disparu de cet endroit. J'ai continué à errer dans l'espace, essayant de trouver la plénitude du plaisir procuré par le chewing-gum dont l'humidité emplissait ma bouche et par le contact de mes dents et de ma langue avec cette douceur visqueuse. Je savais que ce plaisir était temporaire et qu'il fallait le garder totalement secret.

Premier Amour

Nir avait un manteau en cuir de couleur marron, il l'avait peut-être eu par son frère qui était pilote, ou alors c'est ce que j'imagine. Je pouvais en sentir l'odeur avec celle des prunes, dans l'obscurité, lorsque les garçons allaient chaparder et nous rapporter, à nous les filles, apparemment sans fierté aucune, le butin parfumé, et nous les attendions dans l'obscurité, à côté des buissons du petit bois de la famille Ashkenazi ou de tout autre famille du *moshav**, mais pas de la nôtre, évidemment, car les prunes de notre arbre, cela ne s'appelait pas chaparder ; on pouvait les avoir par nos parents en plein jour, sur l'assiette, à la sortie du réfrigérateur, sans avoir à grimper sur la barrière des Ashkenazis dans l'obscurité pour les apporter aux filles, et en dehors de cela, la famille Ashkenazi, nous ne la connaissions pas tellement car ils étaient nouveaux et étaient venus de Bulgarie, un pays dont seuls ceux qui avaient une collection de timbres avaient déjà entendu parler, et eux justement avaient des reines-claudes magnifiques, et pas seulement des prunes courantes que tout le monde avait. Dans l'obscurité, il était difficile de voir, mais il me semblait que Nir venait avec les prunes, directement vers moi, et cela veut tout dire. Les reines-claudes me dégoulinaient sur le menton et sur les mains qui restaient un peu collantes et gardaient une certaine senteur.

Il n'y avait pas de chance que je puisse le rencontrer sur le chemin de l'école. Les garçons roulaient tous ensemble sur des bicyclettes de garçons, moi j'avais un vélo de fille avec des roues épaisses qui convenaient aux sentiers de terre rouge non pavés du *moshav*. En hiver, il y avait, au milieu du chemin, un fossé assez profond et les

---

* *moshav* : village collectif.

ânes étaient capables de mener prudemment les charrettes avec les roues des deux côtés du fossé. L'année dernière, j'ai conduit pour la première fois, la charrette tirée par notre âne jusqu'à la station de conditionnement, une charrette chargée de cageots de clémentines que j'avais cueillies toute seule, et l'âne courait comme un fou en hennissant, peut-être parce qu'il était joyeux et fier qu'une fillette de douze ans le conduise et qu'il s'agissait de moi. J'ai compris qu'il hennissait en mon honneur et cela m'a vraiment donné le sentiment qu'il m'aimait particulièrement.

En revenant de l'école vers le *moshav* nous revenions précisément ensemble, garçons et filles, à bicyclette car presque tout le monde avait un vélo depuis le CE2 ou le CM1. En chemin, nous nous arrêtions dans le petit bois de pins du cimetière et nous laissions les vélos se reposer. Il y avait des filles qui étaient prises sur le cadre de l'un des garçons et pendant le trajet, elles tenaient le guidon de la bicyclette et il y avait des garçons qui savaient rouler debout sur le cadre avec les mains libres. Il y en avait aussi qui s'entraînaient à pédaler en faisant des huit entre les arbres et lorsqu'ils réussissaient, ils criaient « you-hou » pour que tout le monde les voie, surtout les filles, et il y en avait qui cueillaient des pomelos du verger voisin, à côté des ruches et qui en enlevaient patiemment l'écorce extérieure et la peau des quartiers. David, de notre classe, qu'on appelle le philosophe, car il est tout le temps en train de lire des livres, nous a expliqué d'un air secret que l'odeur des écorces de pomelos vient du fait qu'elles renferment une huile essentielle. Il lisait tout le temps des livres parce que sa mère était la folle du village. On disait qu'elle était devenue folle lorsque son père s'était enrôlé dans l'armée et qu'elle avait une grande peur qu'il lui arrive quelque chose. Je faisais partie de ceux qui enlevaient l'écorce des pomelos et écoutaient David le philosophe car je préférais ne pas m'intéresser à Nir et ne pas savoir s'il faisait des huit entre les arbres ou non.

À sept heures du soir, je suis allée à la laiterie pour rapporter un litre de lait, comme chaque jour, car nous n'avions pas d'étable et, à sept heures, tous ceux qui avaient une étable, ce qui veut dire presque tout le monde, apportaient le lait à la laiterie et il était possible d'acheter du lait de ceux qui avaient un grand pourcentage de matières grasses. Une fois par semaine on faisait un contrôle et on mesurait le pourcentage de chaque étable ce qui donnait essentiellement la mesure de la fierté des familles du *moshav*. Quand on parlait de la famille Leibovitz on disait : eux, ils n'ont que trois virgule deux, et de la famille Lantsevitski, on disait : eux ils sont arrivés à sept virgule quatre et c'était tout dire à leur sujet. J'avais un pichet spécial pour rapporter le lait, un pichet rond en étain avec une poignée, qui contenait deux litres au cas où Maman voudrait faire du lait caillé et du fromage, et dans le cas contraire, alors un litre était suffisant. C'était mon rôle d'apporter le lait et j'avais même une récompense pour ça : un *mil** pour chaque litre. Je ne recevais pas vraiment d'argent, mais j'avais un cahier où j'écrivais ce qui me revenait. Mes parents pensaient que c'était bien pour moi, que je sache calculer. Ils ne me disaient pas quand ils me donneraient de l'argent véritable.

Tous les enfants de la classe venaient à la laiterie le soir, entre sept et huit, avec le lait de leurs parents mais pas tous en même temps. Moi, il fallait que j'attende la famille Lantsevitski car ils avaient sept virgule quatre, et que je rentre aussitôt à la maison, car il faisait déjà noir. Les parents de Nir avaient seulement cinq virgule huit et moi j'avais beaucoup d'espoir. Il commençait déjà à faire noir et je marchais, mon pichet vide à la main, sur le chemin de terre rouge orange en espérant quelque chose de vague. Sur mon chemin, derrière la barrière en fil de fer, j'ai vu un buisson

---

* *mil* : petite pièce de monnaie qui avait cours sous le mandat britannique.

de roses en fleurs. Les roses étaient très belles, dans des tons de jaune et rose, denses et princières. J'ai étendu la main de l'autre côté de la barrière en fil de fer et j'ai essayé de cueillir une fleur. J'ai soudain fait preuve d'une opiniâtreté terrible. J'étais égratignée par la barrière et les épines de la rose mais je ne cessais de tirer sur la tige de toutes mes forces, éberluée par les senteurs enivrantes qui m'enveloppaient dans l'obscurité. La fleur était dans ma main; je l'ai alors fixée à l'une des deux pinces que j'avais sur la tête et qui retenaient mes cheveux au-dessus des tempes, sur la raie où commençaient mes nattes. Je suis allée ainsi à la laiterie.

La laiterie se trouvait dans l'arrière-cour de la coopérative à un endroit qui permettait aux camions de se garer, et depuis la cour, des marches métalliques menaient à une rampe, elle aussi en métal, sur laquelle se tenaient les bidons de lait géants qui attendaient le camion de *Ténouva**. À l'intérieur de la laiterie il y avait des citernes géantes à l'intérieur desquelles le lait de tout le *mochav* ensemble tourbillonnait. Ainsi, ensemble, il voyageait jusqu'à *Tenouva* mais les gens du *moshav* savaient bien qui était qui. J'ai attendu le lait de la famille Lantsevitski. Je n'étais pas la seule à attendre. Guiora aussi, le fils de Shmulik le chauffeur, attendait avec moi, car eux non plus n'avaient pas d'étable et, eux aussi, savaient qui avait tel pourcentage de matières grasses dans le lait. Shmulik, le chauffeur d'*Egged*** habitait à l'entrée du *moshav*, là où s'arrêtait « la côte de Shmulik » ou « la grande côte » selon l'expression de ceux qui roulaient à bicyclette, et où commencent les sentiers de terre rouge qui n'ont aucun nom. Shmulik était petit et gros, il avait un cœur d'or et il avait des joues rouges comme deux pommes *delicious*, et son fils Guiora était comme lui. C'est lui qui nous apprenait à

---

*   *Ténouva* : coopérative agricole.

** *Egged* : compagnie d'autobus de transport public.

fumer des cigarettes et permettait à ses amis de classe, et surtout à Nir qui était son meilleur ami, de conduire l'autobus de son père, le samedi matin, lorsque ses parents dormaient encore. Guiora a observé ma tête et a dit : « Comme c'est beau ! » Ses joues sont devenues moins rouges, ses yeux sont devenus tristes et sont restés immobiles. En quoi Guiora m'intéresse-t-il ? Je voudrais que Nir vienne.

Avec le lait de Lantsevitski, est arrivée ma meilleure amie, Yaël Lantsevitski qui avait des nattes qui se terminaient par des anglaises ; elle commençait déjà à avoir de l'acné, mais elle avait les jambes les plus belles et les plus bronzées de la classe, et le plus d'amies dont elle était la meilleure amie. Yaël apportait le lait toute seule avec la charrette et l'âne; elle m'a fait remarquer que son âne faisait sortir de son ventre un tuyau noir qui arrivait presque sur le sol et elle m'a dit de ne pas regarder ça, mais moi j'ai senti qu'il y avait là quelque chose de pas bien.

Nir n'est pas venu, et moi, je devais repartir. Le laitier a marqué que j'avais pris un litre de lait et je suis repartie vers la maison dans une totale obscurité, parce qu'en ce temps-là il n'y avait pas de réverbères au *moshav*. Soudain, je suis tombée dans le fossé avec le pichet et le lait s'est renversé sur moi et autour de moi. Il n'en est resté que très peu dans le pichet. Que s'est-il passé quand je suis arrivée à la maison ? Je ne m'en souviens pas du tout, car j'essaye d'oublier les choses pas très agréables.

Le lendemain, alors que nous revenions de l'école, la chaîne de mon vélo tombait tout le temps et j'ai été obligée de descendre pour la remettre en place. Mes mains étaient noires de graisse, mais je n'ai pas pleuré. Je ne pleure pas si vite. Et soudain j'ai vu que Nir a ralenti son vélo, est arrivé près de moi, a passé la jambe derrière la selle et le cadre, est descendu et a regardé : pas moi, seulement la chaîne de mon vélo.

-Je peux réparer ça, a-t-il dit.

-Mes parents emportent le vélo à Pétah-Tikva quand il y a un problème, ai-je dit.

-Moi, je peux réparer ça tout seul. Je peux venir chez toi cet après-midi pour réparer ça, a-t-il dit.

-Je ne le croyais pas tellement. J'ai essayé de le regarder dans les yeux qui étaient verts pointillés, mais lui ne regardait que la chaîne de mon vélo. Il portait le fameux manteau en cuir marron, et ses cheveux aussi étaient marron, raides et brillants.

-Alors c'est d'accord, je viens ? a-t-il dit.

-Très bien, viens, ai-je dit, d'une voix faible et comme indifférente, mais en fait, c'est ma bouche qui parlait et pas moi. Je n'essayais déjà plus de remettre la chaîne à sa place, j'allais à pied lentement et je faisais rouler la bicyclette à côté de moi ; je ne savais pas quoi penser, je sentais seulement que mon vélo qui, d'une manière générale était très lourd à cause de ses fameuses roues épaisses, était léger-léger, et volait presque en l'air.

Nir est venu chez nous à quatre heures de l'après-midi. Les élèves de ma classe ne venaient pas chez moi, à la maison car, sur le mur du salon, tout de suite après l'entrée, étaient accrochées, dans des cadres argentés, des photos de mon frère qui est mort à la guerre, une photo d'une lettre de Ben Gourion[*] dans un cadre noir et des certificats de plantations d'arbres du *Keren Kayemet*[**] dans des cadres en bois naturel, et à côté du mur, il y avait un buffet sur lequel il y avait encore des photos de mon frère à toutes sortes de moments de sa vie, mais aussi un grand vase en argent avec des arums de couleur qui poussaient chez nous dans la cour, surtout

---

[*] David Ben Gourion : fondateur de l'État d'Israël et son premier Premier Ministre.

[**] *Keren Kayemet Lé-Israël* : également désigné sous les initiales KKL : fondation sioniste mondiale pour le rachat des terres et l'installation des premiers pionniers.

pour ce vase. Il est venu lorsque Maman était à la coopérative et que Papa était allé enseigner chez les filles, à l'école. Il a enlevé le manteau en cuir, a retroussé ses manches jusqu'au coude, a un peu serré les lèvres et a commencé à démonter la bicyclette. J'ai vu qu'il avait de grandes lèvres rouges et un nez droit et luisant. J'ai regardé ses lèvres et je ne savais pas quoi penser, mais j'étais contente.

Lorsque mes parents sont arrivés, ils nous ont trouvés tous les deux, les mains noires de graisse à côté de ma bicyclette posée à l'envers, avec les roues en l'air, la chaîne démontée et toutes sortes de billes en métal que l'on appelle goupilles posées par terre. C'est ce que Nir avait réussi à faire pendant environ une heure, mais il n'avait pas su faire plus que ça.

Je ne savais pas quoi ressentir. J'étais un peu déçue mais je n'étais pas du tout en colère contre lui, je m'efforçais de ne pas trop penser. J'étais tellement contente qu'il soit venu et qu'il ait fourré ses mains dans toutes les parties du vélo. J'ai vu qu'il baissait la tête et qu'il n'osait pas regarder mes parents ou moi, alors je lui ai dit à voix basse que ça suffisait, que demain mes parents iraient à Petah Tikva, qu'ils emporteraient la bicyclette chez un réparateur et que tout serait réglé. Alors, il a levé vers moi ses yeux verts pointillés de marron, des yeux humides qui ressortaient un peu, comme ceux d'un veau qui vient de naître, et il m'a vue pour de bon.

Nir est parti et m'a dit qu'il serait à la laiterie ce soir à sept heures et demie. J'ai aussitôt pensé que peut-être je trouverai à nouveau une rose à mettre dans mes cheveux. Qu'est-ce que je pouvais faire d'autre ? Je ne savais pas. Je voulais faire autre chose. Chez nous, il y avait un livre avec des poèmes de Bialik dont mon père se servait lorsqu'il enseignait en classe de Seconde et il n'y a pas longtemps il m'avait lu un poème de ce livre intitulé « À cause d'une pomme ». Mon père m'avait appris à lire et à écrire quand j'avais cinq ans avec une méthode très simple : il me lisait toutes sortes de choses, et après, il me disait de les recopier d'une belle écriture et de lire moi-même ce que j'avais écrit. La première chose que j'ai recopiée et lue, c'est le Premier Chapitre des Psaumes : « Heureux l'homme qui ne suit point les conseils des méchants », et il y a là cette belle histoire du juste qui ressemble à un arbre planté auprès des cours d'eau et qui donne ses fruits en leur saison. Je pensais qu'il s'agissait là de mon père, car c'était lui qui m'avait donné ça. C'est ainsi que j'ai pris l'habitude de recopier toutes sortes de choses qui me plaisaient. Après que Papa m'a lu « À cause d'une pomme », je l'ai recopié en entier en formant joliment les lettres et en y mettant la ponctuation. Maintenant, j'ai pris la feuille avec ce poème qui correspondait très bien à ce que je pensais et ressentais, je l'ai mise dans une enveloppe à côté du pot à lait et, le soir, quand je suis sortie pour apporter le lait, j'ai pris l'enveloppe avec le poème. Nir est venu avec ses parents et leur a dit qu'il allait rester à la laiterie parce qu'il voulait voir Guiora, mais en vérité il a attendu avec moi que le lait de Lantsevitski arrive. Après que le laitier a rempli mon pichet avec un litre de lait, il m'a dit :

-On peut t'accompagner à la maison ?

Il m'a dit ça presque dans un murmure et ensuite j'ai senti comme une vague de chaleur me remplir le ventre, et mes genoux ont commencé à trembler légèrement ; aussi, j'ai été obligée de fermer un peu les yeux mais je les ai vite rouverts et j'ai dit « d'accord », c'est tout ce que j'ai réussi à dire. Lui, n'a rien dit au sujet de la rose que j'avais dans les cheveux, et je n'ai donc pas su s'il y avait fait attention.

Nous avons marché dans l'obscurité, je tenais d'une main le pot de lait qui cliquetait un peu, bien qu'il ne fût pas vide du tout, et de l'autre main je sentais le manteau en cuir marron de Nir, qui était tiède et lisse comme l'échine d'un âne. J'ai commencé à trembler de tous mes membres. Nir a senti que je tremblais, alors pour ne pas que j'aie froid, il a posé sur mon dos la manche du manteau avec sa main, au début avec tant de précaution que je n'ai pas senti que cela

se produisait et je n'étais pas sûre que cela arrivait vraiment, et après
j'ai regardé de côté et j'ai vu que c'était vrai. Ma respiration s'est
arrêtée, mes pieds ont continué à avancer, mais j'avais tout le corps
pétrifié car j'avais peur que si quelque chose y bougeait, ce qui se
produisait maintenant changerait, et je ne voulais pas que quoi que
ce soit change. Je voulais que ça reste exactement comme ça toute
la vie. J'ai fermé les yeux un instant et soudain nous étions tous les
deux, Nir et moi, à l'intérieur du fossé qui était au milieu du sentier.
Je suis tombée la première, sur le dos, et Nir dont la main était sur
mon dos, est tombé après moi, sur mon ventre. Très peu de lait s'est
renversé sur ma blouse car je tenais le pichet fermement, que je
connaissais ce fossé déjà depuis hier et que je savais ce qui pouvait
y arriver. Je voulais vraiment dire quelque chose du genre « Bon,
ce n'est pas grave, levons-nous » mais ma langue était paralysée.
Le corps de Nir m'enveloppait comme une couverture pesante ou
comme l'eau quand on plonge dans une piscine et, moi, j'ai senti
que je voulais m'envelopper autour de lui et aussi l'envelopper
encore. Et alors, j'ai senti quelque chose de chaud et tendre qui
caressait mon visage et cherchait, et j'ai compris que c'étaient ses
lèvres qui cherchaient mes lèvres. Je n'ai pas bougé. J'ai laissé ses
lèvres chercher. Et alors, j'ai senti ses lèvres sur mes lèvres. Elles
étaient si tendres. Tendres comme un moineau qui est tombé du
nid et qui n'a pas encore du tout d'ailes, rien qu'un corps couvert
de peau bleuâtre à travers laquelle on peut voir les battements du
cœur et l'intérieur du ventre. Mes lèvres sentaient ses lèvres comme
si elles étaient une main qui saisit un moineau comme ça, avec une
extrême précaution et une grande frayeur, de crainte qu'il puisse
mourir dans les mains. C'était bizarre que les lèvres d'un garçon
soient aussi tendres, parce que dans les films j'ai vu des cowboys
embrasser, et on aurait dit que chez eux tout était fort et dur. Nous
sommes sortis du fossé sans rien dire, avons continué à marcher
jusque chez moi et, tout le temps, Nir tenait sa main sur mon dos

et se serrait contre moi avec ce manteau que j'aimais tant. Lorsque je suis rentrée à la maison, j'ai vu que la rose était tombée de mes cheveux en chemin ; peut-être était-elle restée dans le fossé, et le poème de Bialik non plus n'y était pas. Peut-être que lui aussi, était resté là-bas, dans le fossé, avec la rose et le lait renversé.

La nuit, je n'ai pas réussi à m'endormir, et tout le temps je me demandais quoi faire pour que Nir ne cesse de m'aimer. Le matin, j'ai demandé à Maman de me repasser les rubans blancs et qu'elle m'aide à les attacher à mes nattes comme de grands papillons, derrière les oreilles. Je lui ai dit que c'était parce qu'aujourd'hui nous faisions le procès d'Hérode et que j'étais le procureur ; c'était vrai et pas vrai, parce que ce n'était pas pour ça que je voulais les papillons. Dans la classe, je n'ai pas écouté ce que le maître Joseph disait, je n'ai fait que regarder Nir tout le temps. Mais lui ne me regardait pas. Pourquoi il ne me regardait pas ? Est-ce qu'il ne m'aimait déjà plus ? Est-ce qu'il avait honte qu'on le voie me regarder ? Cela me semblait plus énervant que lorsqu'il n'avait pas réussi à réparer mon vélo. Dans le procès d'Hérode, je me suis efforcée de convaincre Guiora, qui était le juge, qu'Hérode était coupable. Je lui souriais, je lui disais « Monsieur le Juge », je faisais toutes sortes de mouvements pour que mes papillons flottent autour de mes oreilles. Yaël qui était le défenseur d'Hérode demandait à Guiora de réfléchir à toutes ses entreprises de construction, et surtout à la construction du Temple. Elle essayait d'attirer son attention vers ses jolies jambes bronzées mais, ce même jour, elle avait beaucoup de boutons d'acné sur le front et sur les joues, si bien que rien n'y a fait et Hérode a été déclaré coupable. Cela m'a énormément réjoui. J'ai pensé que peut-être, non seulement Nir, mais Guiora aussi m'aimait. À la récréation, Nir a tapé sur l'épaule de Guiora et lui a dit : « Bravo » et ils sont partis ensemble jouer au chat perché.

Le soir, nous nous sommes rassemblés comme d'habitude, garçons et filles, et nous sommes allés chaparder des abricots chez les Sheinkin qui habitaient à l'extrémité du village et qui n'avaient pas d'enfants à eux, mais seulement des enfants de *l'Aliyat Hanoar* qui étaient venus de Roumanie ou de Grèce, qui habitaient chez eux et travaillaient très dur. Ils avaient une très grande cour avec une haute barrière et deux chiens, mais ceux-ci étaient attachés et il était possible de leur donner quelque chose à manger, après quoi, ils n'aboyaient pas. Au moment où la porte des Sheinkin s'est ouverte, les garçons ont à nouveau grimpé sur la barrière, et sauté pour descendre vers les filles qui les attendaient à côté des buissons. Leurs poches étaient pleines d'abricots. Moi, j'étais assise par terre à l'orientale et j'attendais. Nir et Guiora, qui faisaient toujours tout ensemble, sont venus tous deux vers moi avec des abricots dans les mains. Il faisait noir, alors je ne pouvais pas non plus voir s'ils se regardaient l'un l'autre ; je savais que je devais prendre chez les deux, mais je voulais vraiment vraiment autre chose. Qu'est-ce que je voulais ? Je voulais quelque chose d'autre. Alors, chez Guiora, j'ai pris deux abricots en tout et, chez Nir, je n'ai rien pris. On n'avait pas l'habitude entre nous de dire merci ou autre chose. Ce que le garçon donne, ce que la fille prend, cela dit déjà tout. Nir était debout là-bas et, au début, ne savait pas quoi faire. Il ne m'a pas demandé si je voulais ou si je ne voulais pas les abricots qu'il avait apportés, il n'a pas non plus demandé à Guiora pourquoi il m'avait subitement apporté des abricots. Il a jeté les abricots qu'il avait dans la main, ceux qu'il avait l'intention de me donner, et sans beaucoup réfléchir, il s'est jeté sur Guiora, l'a frappé au visage et l'a couché par terre. Guiora s'est débattu, a donné des coups de pied, a hurlé, craché mais n'a pas réussi à se libérer. Nous nous sommes tous rassemblés autour d'eux, et comme il est d'usage en pareille situation, nous avons crié « allez, vas-y, vas-y, dans les dents » ! Et j'ai senti que tout le monde était de mon côté, tous voulaient qu'ils se donnent des coups et qu'ils se battent, mais pour tous, il n'était pas important de savoir pourquoi. Moi, je voulais qu'ils se battent pour moi. C'est ce que je voulais. Que Nir soit prêt à se battre pour moi. Et lui, il s'est vraiment battu et a gagné. Mais, lorsqu'ils se sont levés de la poussière, sales et enduits de purée d'abricot, je me suis approchée de Guiora et je l'ai aidé à se nettoyer. Pourquoi j'ai fait cela ? Peut-être pour voir ce que Nir ferait maintenant, comment il continuerait à se battre pour moi.

Nir n'a rien fait du tout. Il ne m'a pas accompagnée à la maison. Le lendemain, dans la classe, il ne m'a pas regardée du tout. À la récréation, lui et Guiora sont allés jouer à chat perché. Le soir, quand nous sommes allés chaparder aucun d'entre eux ne m'a rien apporté.

Amour de jeunesse

Meirav ne cessait d'avoir la diarrhée et des saignements, il a donc été décidé de l'envoyer chez le docteur Shiba à l'hôpital Tel Hashomer. Où, dans quelle langue prend-on les décisions - cela s'est passé dans un domaine dont étaient absentes les limites de la plupart des choses. L'élaboration de la décision avait été repoussée jusqu'aux grandes vacances, car il était clair (pour qui ? pourquoi ? ces questions aussi se situaient au-delà de l'évidence) qu'il s'agissait d'une hospitalisation, peut-être de longue durée.

Elle avait treize ans et elle était excellente en tout : les études, le piano, le dessin, l'activité sociale. Elle avait des nattes qui suscitaient la jalousie. Les institutrices qui tombaient enceintes disaient que pendant tout le cours elles regardaient Meirav afin que l'enfant à naître lui ressemble. Lorsqu'elle arrivait à la maison, à son retour de l'école, elle mangeait sans savoir exactement ce qu'elle mettait à la bouche et immédiatement elle allait dans sa chambre, fermait la porte et s'installait pour faire ses devoirs, ensuite elle jouait du piano (lorsque Meirav jouait, il fallait qu'il y eût du silence à la maison), puis elle courait chez sa meilleure amie, Yaël. Avant de dormir, et le matin, elle entendait de l'autre côté du mur de la chambre à coucher de ses parents, les soupirs, les sanglots, les propos désespérés et menaçants, dans cette langue terrible, le yiddish. Ils ne saluaient jamais, ne disaient pas : merci, bon appétit, au revoir, bonjour, bonne nuit ; ils ne faisaient que se disputer en yiddish. Sa mère s'arrachait les cheveux et se donnait des coups sur les joues et son père se cognait la tête contre les murs et s'enfonçait un couteau de cuisine à côté des boutons de sa chemise jusqu'à ce que sa mère se mette à hurler et lui enlève le couteau de la main. Ils étaient tous les deux enseignants dans la même école où Meirav et

151

tous les enfants du village étudiaient. Sur ses bulletins il n'y avait ni retards ni absences. Elle s'était préparé un petit panier avec des bougies et des allumettes pour fuir la maison et entamer une vie d'aventures, une vie à laquelle les adultes n'auraient pas accès mais, entre temps, elle avait remis ça aux grandes vacances. Lorsque les diarrhées et les saignements ont commencé, ils ont pris part à ces problèmes que tout le monde n'a pas besoin de connaître et, toi aussi, tu n'as pas besoin de tout savoir. Elle avait treize ans et sans le savoir, elle avait l'intention de mourir.

À côté des chaussures noires en cuir de la mère, à talons hauts et épais, avec le gros orteil qui ressortait, trottinaient ses chaussures blanches neuves qui claquaient comme si elles étaient en bois sur le trottoir en béton gris clair qui ondulait comme la mèche d'une natte, entre les services de l'hôpital, pavillons blancs qui s'étalaient dans un calme étrange au milieu de la journée, sur des pelouses entourées de buissons et d'arbres ornementaux en fleur. Deux papillons blancs jouaient à se poursuivre en vol, et vacillaient à une vitesse aveuglante. Un vent chaud d'été soufflait dans une tranquillité totale. C'était un endroit qui n'était pas moins beau, et même plus paisible, que le cimetière du Mont Herzl ; ici aussi, les gens marchaient à pas lents et sereins, et une partie d'entre eux, vêtus de pyjamas bleus, étaient étendus sur la pelouse à l'ombre des arbres. La mère ne se pressait pas, n'était pas en colère, et ne pleurait pas. Elle a dit :

-Un vrai sanatorium. Rien qu'avec le silence, il est possible de guérir ici.

Meirav espérait qu'elle allait disparaître avec ses seins énormes et la laisser seule dans cet endroit tranquille.

Le docteur Shiba, directeur du pavillon trente-sept, réservé à l'hospitalisation des femmes, était un homme petit de taille, le dos un peu voûté avec une calvitie que recouvrait une fine mèche gris-blond ; il repliait son oreille avec la paume de la main et tordait un peu le visage lorsque la mère répétait d'une voix puissante et, avec force détails et explications, les faibles réponses de la malade. Sa surdité lui faisait mal aux yeux. Meirav souhaitait vraiment que sa mère s'en aille pour qu'elle puisse rester avec lui. Sa voix lui plaisait, une voix douce et pleine de patience ; elle aimait aussi le fait que les cheveux sur sa tête soient aussi fins que ceux d'un bébé, et qu'il baisse un peu la tête en parlant. Elle a fait passer ses nattes, de son dos vers l'avant, pour qu'il voie à quel point elles étaient longues.

On l'a revêtue d'un pyjama de couleur bleue et on lui a préparé un lit dans le pavillon trente-sept, service réservé aux femmes, afin que le docteur Shiba puisse l'examiner. Il dit à sa mère :

-Vous pouvez rentrer tranquillement chez vous, elle est dans de bonnes mains.

Le pavillon trente-sept était une salle étroite et longue où les lits étaient disposés les uns à côté des autres ; près de ses longs murs, et entre les lits, il y avait de la place pour circuler et pour les chariots qui apportaient les repas avec les médicaments. La salle d'accueil du docteur Shiba était près de l'entrée ; en face d'elle, se trouvait la salle des infirmières, et à côté « la petite salle » dont la porte était toujours fermée et, de temps à autre, on y introduisait une femme reliée à toutes sortes de tuyaux. Une de celles-là avec des tuyaux qui sortaient du nez et du ventre, était allongée en ce moment exactement en face du lit de Meirav et faisait entendre des ronflements. D'un côté, il y avait un lit vide ; de l'autre côté, était allongée une femme, ni âgée ni jeune, qui avait un miroir en main et s'efforçait de se regarder. De l'autre main, elle arrachait, un par un, les poils de ses sourcils. Les doigts qui tenaient la pince à épiler guettaient le poil, comme le chat qui guette un oiseau, et se jetaient sur lui avec agilité, rapides comme l'éclair. Chaque poil qu'elle arrachait provoquait sur son visage un sourire victorieux. Quand elle a terminé, elle a sorti une toute petite trousse de son sac de toilette à fleurs et avec une très petite brosse elle a passé du noir sur ses cils. Après cela, elle a sorti du sac de toilette à fleurs, un tube métallique doré et elle s'est peint les lèvres en rouge betterave. Elle avait de belles lèvres. Tout en étant allongée, elle a peigné ses cheveux noirs, raides et clairsemés et les a laissés étalés sur ses deux épaules, par devant. Et ensuite, elle a commencé à couper, limer et vernir les ongles de ses mains. Elle a vu que Meirav la regardait et elle a dit :

-Tu veux, toi aussi ? Ça vaut la peine, fais-toi belle ! Je m'appelle Tsiona.

Meirav a fait un signe de tête pour refuser, et l'autre a commencé à chanter quelque chose du genre « *eilou li kélam, eilou lo kelam vésamou beni ou béno hassam, ya vida flifilou, ya vida flifilou* ». D'après l'expression de son visage, il était clair que c'était quelque chose d'amusant, d'indécent et d'attirant. Elle a dit :

-Si j'avais des pieds, j'aurais également fait ma pédicure.

Meirav était encore sous l'influence de la magie du miroir et de cette voix lorsqu'on l'a appelée pour être examinée ; elle s'est donc livrée à tous les préparatifs avec cette même indifférence et ce même détachement total qu'elle se permettait envers tout ce qui ne lui plaisait pas, et a obéi aux recommandations du docteur Shiba quant à la façon dont il fallait qu'elle se positionne, avec cette même sensibilité à la volonté des parents et des professeurs qu'elle s'accordait toujours avec amour. Le docteur Shiba a posé une paume de main chaude et molle sur son derrière et lui a demandé quelle œuvre elle jouait en ce moment au piano tandis que, de l'autre main, il a introduit un instrument métallique et froid à l'intérieur de son corps. Afin de lui répondre : une sonate de Mozart, elle a été obligée de cesser de se contracter et de trembler, et alors, il lui a demandé quel numéro de sonate, a commencé à la chanter et lui a dit qu'à l'hôpital il y avait un piano au Cercle des médecins et qu'elle pourrait y aller le matin pour jouer et qu'il viendrait même l'écouter. Ce n'était pas la première fois qu'on lui faisait ce genre d'examen et lorsque cela a été terminé, elle ne voulait pas oublier le docteur Shiba, mais tout juste le regarder. Tout ce qu'elle avait vu sur son visage était oblique car il penchait la tête lorsqu'il parlait aux gens, comme s'il pesait ce qu'il disait et qu'il n'était pas sûr que le poids de ses paroles était approprié :

-Entre temps, nous ne savons pas ce que tu as, alors nous allons te garder un peu chez nous et nous allons t'observer, d'accord ? Toi, fais tous tes besoins dans ce récipient, d'accord ? Et voilà la clef du Cercle, repose-toi un peu et après je viendrai t'emmener là-bas et je te montrerai le piano, d'accord ?

Meirav est retournée au lit et a dessiné, sur un bloc de correspondance qu'elle avait apporté de la maison, la femme avec les tuyaux dans le nez et les mains, comme ça, telle qu'elle était allongée dans le lit d'en face, la bouche ouverte, édentée, les yeux fermés et ses cheveux de vieille emmêlés, avec toutes ses rides et ses taches. Elle avait un crayon qui n'était pas bien taillé mais, justement, il convenait bien. Il en est résulté un dessin en ombres et lumière, pas mauvais du tout. Elle avait travaillé dessus plus d'une heure. Pour être plus précise, elle était descendue du lit et s'était rapprochée d'elle. Dans ses yeux, une fente s'est ouverte et un léger grognement s'est échappé de sa bouche qui était fermée par les tuyaux. Meirav est restée figée sur place ; elle, elle a continué à grogner dans sa direction et Meirav a tourné le regard en arrière, vers la femme qui était dans le lit à côté d'elle.

-Elle veut quelque chose, qu'est-ce qu'elle dit ?

-Elle veut que je lui fasse une manucure, a dit la femme qui était dans le lit à côté d'elle, elle veut être belle. Apporte-moi la chaise roulante et mets-moi la trousse de maquillage sur les genoux.

Elle n'avait pas de pieds, elle était assise bien droite sur la chaise roulante et elle l'a fait rouler avec ses mains jusqu'au lit de la femme avec les tuyaux, a pris les mains de la femme dans ses mains et a dit :

-C'est difficile de te faire une manucure ; tout s'effrite, tu le sais ?

La femme a de nouveau grogné à travers les tuyaux et Tsiona a commencé à lui faire une manucure avec des gestes très très prudents. La femme a fermé les yeux et sa bouche a pris la forme d'un sourire. Meirav pensait qu'elle était peut-être déjà morte, mais lorsque Tsiona a terminé, elle a de nouveau grogné quelque chose.

-Qu'est-ce qu'elle a dit ?

-Elle a dit « merci, merci, tu es un ange », dit Tsiona.

Et alors, le docteur Shiba est venu chercher Meirav pour l'emmener au Cercle.

-Ouah, tu sais même dessiner ? Quel dessin ! Quel dessin ! Je pensais que les filles de ton âge dessinaient des anges et des danseuses. Viens, viens, maintenant, il fait bon dehors. Je t'ai préparé la clef du Cercle.

Dehors, c'était le soir, mais il ne faisait pas encore noir. Le ciel était presque totalement blanc et les arbres laissaient apparaître sur eux une sorte de dessin mystérieux à l'encre noire. Du bassin d'en haut parvenaient des gargouillis d'eau qui coule. Un oiseau qu'on ne voyait pas avait ordonné ou peut-être demandé :«Silence ? Silence » et un souffle parfumé de fleurs de jasmin et de forêt a répandu ses caresses.

De l'extérieur, le Cercle ressemblait à un autre service de l'hôpital, mais à la place des lits, il y avait des tables basses et des fauteuils profonds et confortables. Le sol était entièrement couvert d'un immense tapis bleu-vert-gris avec de magnifiques motifs. Dans un coin, il y avait un piano à queue en bois marron clair. De l'autre coin, montait une odeur de café, de petits gâteaux et de chocolat. À côté de l'un des murs, il y avait un électrophone et une étagère avec des disques. La lumière parvenait d'un lampadaire à pied de bois, avec un abat-jour en verre vert, sur lequel étaient gravées des plantes qui ondulaient.

-Tu veux jouer ? a demandé le docteur Shiba.

-On peut mettre un disque ?

-Qu'est-ce que tu veux mettre ?

-Vous avez Shéhérazade ?

Il a ri.

-Ce n'est pas trop long ? Je voulais te mettre du Mozart. Bon, allons-y pour Shéhérazade. Alors, je m'en vais. N'oublie pas de fermer la porte à clef et ne reste pas plus tard que huit heures et demie. Allume-toi la lumière quand il fera sombre. À neuf heures on éteint les lumières dans notre service, et le Cercle ouvre pour les médecins qui veulent s'asseoir ici et se reposer, alors tout est dit. Tu te souviendras du chemin ? Après le Cercle, il y a le service d'urologie, puis celui des enfants, ensuite la neurologie, la dermatologie, l'orthopédie et ensuite notre service, trente-sept. Tu sauras retourner, n'est-ce-pas ?

Meirav s'est assise sur un des fauteuils, loin du joli lampadaire et elle a écouté Shéhérazade, de Rimsky-Korsakov. Elle s'est abandonnée aux ondulations soyeuses, aux sons de la trompette qui flottaient comme des voiles, aux secrets et aux désirs extérieurs à ce monde pour qu'ils l'enveloppent, la frôlent, pénètrent en elle et fondent en même temps qu'elle. Les odeurs du café, des petits gâteaux et du chocolat l'enivraient.

Dehors, lorsqu'elle a verrouillé la porte, il faisait noir. Le chemin était assez clair : tout droit sur le trottoir, et c'est tout. L'air était chaud, comme il l'est en été, et les senteurs se faisaient plus pesantes et plus sucrées. Sur le trottoir, devant elle, marchait un jeune homme avec une béquille, une jambe dans le plâtre, en pyjama, et il s'est arrêté. Il voulait savoir dans quel service elle était, comment elle s'appelait et quel âge elle avait. Lui s'appelait Ezra et il était dans le service d'orthopédie. Il s'était cassé la jambe à l'entraînement. Il avait une sœur du même âge, gentille comme tout. Si ça ne la dérangeait pas, il l'accompagnerait jusqu'au service. Il sentait la cigarette. Elle a dit qu'elle connaissait le chemin et pouvait aller toute seule, il y avait des numéros sur les pavillons.

Au pavillon trente-sept, il faisait déjà noir, mais la lumière dans « la petite salle » était allumée et la porte était ouverte. Meirav a vu un jeune homme en uniforme d'infirmier qui faisait rouler le lit de la femme qui avait des tuyaux, pour l'introduire dans la salle. Deux infirmières tenaient la femme parce que tout son corps tremblait et sautait comme un poisson qu'on sort de l'eau. Avec eux, il y avait une femme plus âgée, en blouse blanche, qui avait autour du cou cette chose ronde en métal que les médecins vous posent sur le dos pour vous demander de respirer. Elle leur dit : « tenez-la, tenez-la bien fort ». Aucun d'entre eux n'avait remarqué Meirav ; elle a donc continué à regarder. Dans la petite salle, ils ont complètement déshabillé la femme. Elle avait des tuyaux partout. Tout son corps, le ventre, les jambes, les mains, étaient couverts de taches noires et grises et elle n'arrêtait pas de frétiller dans le lit, de tout son corps. Les infirmières se battaient vraiment avec elle. Elle avait beaucoup de force. Elle luttait de toutes ses forces pour obtenir quelque chose. Le jeune homme qui avait fait rouler le lit aidait également à la tenir et a dit aux infirmières :

-Voyez ça, comment elle s'accroche à la vie.

La femme qui avait l'instrument au cou a dit :

-Elle ne sait déjà plus ce qu'elle fait.

Meirav est allée vers son lit et a défait les draps pliés avec précision pour se couvrir. Tsiona ronflait. L'obscurité était chargée de soupirs et de lucioles de toutes les couleurs qui passaient par la tête et bourdonnaient dans un cri. Le plafond noir se rapprochait de plus en plus et c'est comme si un carré blanc s'y était ouvert. Un temps infini s'est écoulé. Meirav s'est levée du lit et est retournée vers la porte d'entrée. La petite salle était ouverte, éclairée et vide.

Dehors, dans le noir se tenait Ezra, penché sur sa béquille et il fumait une cigarette.

-J'ai espéré que peut-être tu sortirais soudain, bien que ce soit bien après l'extinction des lumières, a-t-il dit. Il y avait comme un tremblement dans sa voix.

-J'ai la clef du Cercle des médecins, a dit Meirav, il y a de la musique là-bas. On peut y boire du café. Elle a fait passer ses longues nattes brillantes, du dos sur ses épaules, par devant, et a été effrayée de constater à quel point elle voulait lui plaire.

-Tu peux marcher plus doucement ? lui a-t-il demandé.

-Tu peux t'appuyer un peu sur moi, a-t-elle répondu.

-Vraiment ? Tu es drôle !

-Pourquoi tu trouves que je suis drôle ? Tu peux essayer.

Lorsqu'il a essayé, elle a senti qu'il tremblait de tous ses membres. Il était possible de voir que même son ventre tremblait. Au Cercle, il n'y avait personne ; on pouvait voir qu'il avait de beaux yeux verts et qu'il avait la peau sombre et lisse.

-Je peux jouer du piano, tu veux ?

-Pourquoi pas ? Joue. Entre temps, je vais nous préparer quelque chose à boire.

C'était très important pour elle de jouer la sonate de Mozart, pas moins bien qu'au concert de fin d'année. Et comme au concert, elle a défait ses nattes et dispersé ses cheveux dorés-roux autour d'elle pour qu'ils la caressent et la protègent.

Ezra n'avait pas l'air de vraiment écouter. Avant la fin du deuxième mouvement, il s'est approché d'elle et, de son corps, a enveloppé ses cheveux.

-Tu sais que tu es très belle ? a-t-il dit. Il avait vraiment le ventre qui tremblait. On peut te voir demain ? a-t-il dit devant la porte d'entrée du pavillon trente-sept.

Meirav a été hospitalisée dans le pavillon trente-sept pendant deux mois, sous les soins personnels du docteur Shiba. Le soir, elle rencontrait Ezra au Cercle des médecins où elle lui jouait un peu du piano, et plus tard dans l'obscurité, sur la pelouse entre les pavillons, près des buissons sous les arbres. Là-bas, elle lui caressait le ventre qui tremblait, et lui, lui caressait les cheveux. Le docteur Shiba a hésité à lui administrer toutes sortes de médicaments nouveaux, des perfusions de cortisone et toutes sortes d'autres choses, mais a temporisé, car le processus de sa guérison lui apparaissait de manière claire.

Comment on lui a coupé une natte pendant l'excursion

En classe de seconde, qui chez nous, était la dernière classe de la scolarité, Tami était la seule qui portait encore des nattes. Toutes les filles qui avaient des nattes les coupaient en classe de 4ème ou de 5ème ou, tout au plus, en classe de 6ème, mais, de toute façon, avant les classes suivantes. Tami, la fille du professeur Yehoshoua, disait qu'elle ne couperait pas ses nattes même quand elle aurait des enfants, et comme à son habitude, elle terminait sa phrase avec son rire en cascade. Nous étions assis autour d'elle, comme de coutume, pendant la longue récréation, à l'ombre du jacaranda, les doigts dans l'espace qui sépare les hanches de l'élastique du short, et elle a terminé de nous raconter un film qu'elle avait vu avec sa mère à Tel Aviv où elle allait toutes les semaines prendre des cours de piano ; ou si elles ne voyaient pas un film, elle nous racontait ce qu'elle avait rêvé la veille, par exemple, comment elle avait plongé dans la mer et avait rencontré des sirènes qui habitaient un château sous l'eau et dont les nageoires ressemblaient à des robes en soie. Ses doigts couverts de taches de rousseur bougeaient avec sa taille fine pendant qu'elle racontait, et dessinaient dans l'air des vagues, des étreintes, des amours magiques et des regrets. Nous, toutes les filles, étions hypnotisées, et nous nous laissions aller à observer ses yeux bleus et sa peau bronzée. Elle, elle bougeait mais tout était calme en elle, même ses nattes brillantes de couleur cuivre qui étaient enroulées autour de son crâne comme une couronne et qui, lorsqu'elle était debout lui arrivaient aux genoux. Elle nous a raconté que sa grand-mère avait annulé une bonne proposition de mariage parce qu'elle avait refusé de se couper les nattes avant la cérémonie. Son rire a roulé comme des billes d'argent, et nous, nous lui avons enlevé le sable qu'elle avait sur les cuisses.

Même le matin qui précédait l'excursion, comme chaque matin, sa mère lui démêlait les cheveux avec un peigne spécial qui défait les nœuds sans faire mal, et lui tressait ses nattes. Pendant qu'on lui démêlait les cheveux, des traits de lumière s'infiltraient à travers les volets et ramaient dans les vagues de sa brillante chevelure. Elle arrangeait déjà sa couronne toute seule, en y piquant douze épingles à cheveux de manière invisible à l'œil. Sa mère observait ses mouvements et disait : une couronne en or sur la tête de la princesse, comme si elle était sa femme de chambre.

Le matin qui a précédé l'excursion annuelle, il lui a été difficile de se lever à cinq heures et demie et quand on a fini de démêler les cheveux, il n'est pas resté de temps pour arranger la couronne et Tami s'est mise en colère et a crié :

-Je ne sais pas quoi faire avec ces nattes !

Et son père, le professeur Yehoshoua a dit : alors, coupe-les, et sa mère l'a regardé comme on regarde un assassin et elle n'a rien dit.

Sur le camion, elle est montée en dernier et elle a cherché du regard si Avinoam lui avait gardé une place, comme il l'avait fait lors de l'excursion de la Pâque. Dans un autobus, c'est peut-être différent mais, s'il avait voulu, il aurait pu lui garder une place dans le camion aussi. Alors, elle s'est assise à la place que, nous, nous lui avions gardée, exactement en face de Yohanan, le responsable éducatif. Avinoam était à l'origine de la rumeur selon laquelle Yohanan l'avait invitée une fois chez lui pour parler de la situation dans la classe, et avant qu'elle reparte il avait mis ses mains derrière ses cuisses, mais tout le monde savait qu'Avinoam était amoureux de Tami et qu'il ne pouvait pas supporter que quelqu'un d'autre l'aime, pas même des filles.

-On chante ensemble ! a ordonné Yohanan, le professeur.

Nous avons chanté « En quoi ton amoureux est-il mieux que les autres, toi la plus belle des femmes » ? Et Yohanan a regardé Tami dans les yeux, jusqu'à ce qu'elle lui tourne le dos. Quand nous avons été fatigués de chanter, nous avons commencé à parler de cirage à chaussures, de dentifrice, de mayonnaise, de tapenade, toutes les pâtes avec lesquelles il est possible d'enduire, pendant la nuit, les visages de ceux qui dorment, et nous avons vérifié qui avait quoi, pour nous préparer à la nuit.

-Moi, j'ai tout dans le derrière, a dit soudain Avinoam d'une voix plus épaisse qu'à son habitude et lorsque Yohanan s'est levé de sa place, a titubé et lui a lancé un regard furieux, Avinoam a dit :

-Et qui a des ciseaux pour couper une seule natte à Tami, une seule ? C'est le professeur Yohanan.

Dans le camion, il y a eu un silence. Nous avons cru que Yohanan allait arrêter le camion et qu'il chasserait Avinoam de l'excursion ou qu'il attendrait qu'on arrive à Afoula et que, de là-bas, il le renverrait chez lui. Mais, il n'a rien dit, et il était clair qu'il réfléchissait à ce qu'il devait faire pour punir Avinoam. Pendant quelques minutes, l'air était broyé par le grondement du moteur du camion et alors nous avons entendu Tami dire d'une voix étrange :

-Avinoam, peut-être que tu voudrais me couper les nattes ? Et les grelots de son rire étaient plus petits et plus touffus que de coutume.

-Ne t'inquiète pas, Tami, dit Yohanan le professeur, il ne fera pas ça.

-Un jour, de toute façon, on te les coupera chez le coiffeur, comme à toutes les filles, a dit Avinoam. Et il a ajouté comme pour lui-même : moi, je n'ai pas besoin de filles. Et là-dessus, entre temps, on n'en a plus parlé.

L'excursion, à proprement parler, a commencé seulement vers midi, lorsque nous sommes arrivés dans la région de Nahal Sorek. La route côtière était devenue rocheuse et l'escalade de la montagne se transformait de plus en plus en compétition sans issue pour ceux qui n'en avaient pas les capacités. Yohanan ne cessait de nous demander de maintenir entre nous de petites distances, de maintenir une rangée serrée à l'arrière, mais en vain. La rangée s'est défaite et les intervalles entre nous étaient devenus de plus en plus grands. Des figuiers sur le chemin, chargés de fruits mûrs, ont perturbé l'ordre, car Yohanan n'avait pas réussi à en empêcher l'assaut, surtout celui des garçons. Avinoam était parmi eux, bien entendu, mais il a mangé seul toutes les figues qu'il avait cueillies.

Tami était restée parmi les derniers ; elle avait du mal à respirer en montant et Yohanan avait pris sur lui la responsabilité de maintenir le groupe rassemblé, comme il se doit.

-Il faut toujours garder le même rythme, comme en musique, lui a-t-il dit. De cette manière, on se fatigue moins.

Mais à un certain moment, elle s'est assise les yeux fermés et, à la tenue de sa tête, il était clair qu'elle allait s'évanouir.

-Lève-toi, lui a dit Yohanan. Mais elle a seulement murmuré :

-Je ne peux pas, je ne peux pas.

Yohanan a versé sur elle de l'eau de sa gourde et lui a demandé :

-Tu veux rentrer à la maison ?

-Je veux mourir, a-t-elle murmuré, à moitié évanouie.

-Tu veux quoi ? Qu'est-ce que c'est que ces bêtises que tu dis ? a susurré Yohanan, et il l'a soulevée dans ses mains, comme ça, comme on soulève un bébé. Après tout, elle n'était pas lourde, elle avait la silhouette d'une enfant de douze ans, mais malgré cela marcher avec elle, comme ça, avec le sac à dos en plus…

Lorsqu'elle a ouvert les yeux, elle a dit :

-Je veux des figues.

Yohanan n'avait pas de figues et Avinoam avait mangé toutes ses figues tout seul.

Le soir nous avons campé à Eshtaol. Nous avons étendu des couvertures, par terre, dans un vieux bâtiment et, dehors, nous avons allumé un feu, nous avons fait cuire des pommes de terre, et nous avons préparé du café. Des lames de feu éclataient comme des ballons et se déchiraient avec des craquements entre les bords des flammes. Nous étions assis, en tailleur, et les ombres s'enveloppaient en nous. Tami a enlevé ses chaussures, a retiré les épingles à cheveux de sa tête, a ouvert ses nattes et a commencé à peigner ses cheveux magnifiques. Ils étaient électriques et il en sortait de minuscules étincelles. Nous étions assis en rond, somnolants, et derrière notre dos, des souffles de vent de soirée estivale, jouaient comme des chats, jusqu'à se mêler à nous, comme à l'intérieur d'un seul sac brûlant. Tami s'est endormie comme ça, près du feu, le visage couvert par ses cheveux épars. Yohanan a annoncé qu'à présent tout le monde devait aller se coucher sans ruses, sans cirages et sans peintures. Et vers Tami, il s'est approché d'une manière spéciale et a séparé ses cheveux avec ses mains, comme lorsqu'on ouvre un rideau, puis elle a tressé ses cheveux toute seule, sans sa mère, et elle a dit :

-Malheur à celui qui me coupera les nattes pendant la nuit, et elle a cherché Avinoam des yeux.

-Ne t'inquiète pas Tami, a dit Yohanan le professeur, d'une voix lente qui ne laissait la place à aucun doute.

Elle a sombré dans le sommeil et lorsqu'elle est arrivée au fond, une créature aquatique dotée de quatre mains et de quatre pieds a vogué vers elle, l'a embrassée comme dans les films et elle a été obligée de l'embrasser jusqu'à ce que remonte une rangée verticale de bulles provenant de leur bouche à tous deux et elle a vu que huit bras longs comme des serpents poussaient sur elle et qu'ils étaient couverts de mamelons. Quelqu'un touchait à ces mamelons et les caressait avec précaution, et elle a soupiré d'aise au milieu de l'eau tiède et glissante.

Le matin, tout le monde a vu qu'elle avait seulement une natte qui pendait de sa tête, tressée et brillante et que la deuxième était posée par terre comme un pied qu'on a coupé. Tami a regardé la natte coupée de ses yeux bleus écarquillés, elle était très pâle et pas un son n'est sorti de sa bouche.

Nous l'avons entourée en retenant crainte et rire.

-Il est cinglé, celui qui a fait ça, cinglé, cinglé, avons-nous crié comme si quelqu'un nous avait mis dans la bouche un tambour automatique incapable de s'arrêter.

Lorsque l'agitation s'est calmée, Tami était encore assise sur le tas de couvertures et, autour d'elle, des rangées d'yeux regardaient dans l'attente de ce qui allait se passer.

-Celui qui a eu le courage de lui couper une natte doit assumer la responsabilité de lui couper l'autre aussi, j'ai dit, car parce que je n'ai pas été belle, j'ai toujours voulu avoir raison et, à cause de cela, personne ne m'a supporté. Tami a murmuré comme si elle allait s'évanouir :

-Ça m'est égal que ce soit Avinoam, a-t-elle dit en fermant les yeux.

-Avinoam, a ordonné Yohanan le professeur, prends mes ciseaux.

-Pourquoi moi précisément ? dit Avinoam. Qu'elle le fasse elle-même. Fais ce qu'on te dit, et tout de suite ! a crié Yohanan et il avait déjà levé un pied pour lui donner un coup de pied avec sa chaussure.

Avinoam a pris les ciseaux de Yohanan et, feignant l'indifférence, a coupé la deuxième natte à Tami, sans faire l'effort de respecter la même longueur. On pouvait entendre le son des ciseaux qui coupaient. Tami a fermé les yeux et ne les a pas ouverts même lorsqu'il a fini.

Le problème était d'expliquer, à la mère de Tami, qui lui avait fait ça. Elle ne croyait pas Tami, pas plus qu'aucune d'entre nous. À son mariage avec Avinoam, elle était déjà coiffée à la garçonne et, même comme ça, elle était très jolie.

LE JOUR DU TROISIÈME ANNIVERSAIRE

Bien que le temps fût magnifique, il n'était pas évident de savoir lequel d'entre eux viendrait cette année et comment ils se tiendraient. À vrai dire, cela m'était déjà bien égal. Lequel d'entre eux avait pris la peine de venir m'écouter jouer de la trompette avec Ami au café « À rebours » ? À part Papa, ils détestaient tous la trompette, depuis le début. Et Papa ne pouvait pas avaler que j'étais avec Ami, même si on m'avait accepté à l'armée, et tout. Il n'arrivait pas à sortir de la bouche le mot « homo », mais seulement à dire : « C'est toi, mon fils ? Le fils de Yaakov Levy ! Je ne le connais pas » et à m'observer avec ce regard, comme si vraiment il ne me connaissait pas et qu'il avait seulement peur de moi, ce regard que je connaissais déjà pour l'avoir vu à Maman lorsque j'étais revenu à la maison, la tête rasée et avec une boucle d'oreille. Elle m'avait aussi observé comme ça, mais après cela, elle avait sorti ma photo de lorsque j'avais trois ans, que j'avais des cheveux blonds jusqu'aux épaules et elle avait pleuré comme si, Dieu seul sait ce que je lui avais fait et, à la fin, elle s'était calmée. Malgré tout cela, j'espérais que quelqu'un, mon frère Alon en particulier, viendrait écouter comment j'improvisais avec Ami à « À rebours » et comment le public s'enthousiasmait, mais tous disaient qu'ils n'avaient pas le temps, qu'ils étaient occupés ou quelque chose du genre, Alon à la radio, Nili au studio, Néta à la clinique, et Papa à la boutique jusqu'au soir. Bon, Maman était venue, mais elle n'avait pas du tout écouté. Elle était toujours tellement occupée, surtout depuis qu'elle était montée en grade et qu'elle était devenue inspectrice des jardinières d'enfants, qu'elle ne pouvait encore dire « non » à personne, alors elle avait fixé un rendez-vous d'un quart d'heure là-bas à je ne sais quelle jeune fille, une de ses jardinières, et elle avait parlé avec elle tout le temps ; ensuite, elle s'était approchée de la scène et elle m'avait donné, devant tout le monde, une tablette de chocolat fourré, qu'autrefois j'aimais, comme si j'étais un enfant du jardin d'enfants. Une seule tablette, comme si Ami n'existait pas. Sur la représentation, elle ne m'avait pas dit un seul mot comme si elle ne s'était pas encore habituée à l'idée que je ne joue plus du piano.

Mais ici, ils viennent tous. À l'enterrement, ils étaient tous là, bien sûr, y compris Ami et personne ne lui a dit un mot désagréable même lorsqu'il s'est bouché les oreilles à cause des coups de fusil tirés pendant la cérémonie et de la prière pour les morts, *El malé rahamim,* Dieu de miséricorde, dite par le rabbin de l'armée. Cela m'a procuré une bonne sensation. Comme si j'étais de nouveau un petit enfant à qui l'on pardonne tout. Le jour du premier anniversaire, Papa et Maman étaient ici, encore ensemble et même Alon qui m'a paru un peu malade, et Nili avec Eytan, et Néta avec une boucle d'oreille en perle sur le nombril, alors que son ventre était déjà vraiment très gros, tout pour faire enrager, surtout Nili qui n'arrivait pas à être enceinte bien qu'elle fût l'aînée et bien installée avec un comptable et puis, Grand-mère qui n'était pas contente de ce qui était écrit sur la tombe : « C'est quoi Michaël Lévy, les dates, et c'est tout ? On pouvait au moins mettre le nom du père : quoi, il n'est pas le petit-fils du Rabbin Méir Lévy ? » Cela m'a un peu énervé, mais malgré tout, j'ai senti que j'avais vraiment besoin qu'ils viennent, que j'étais encore nostalgique, même pour des choses énervantes. La vérité, c'est que, depuis ce temps-là, cela a de moins en moins d'importance pour moi. De toute façon, il ne reste pas grand chose de moi qui s'en soucie. Mais eux n'ont pas renoncé et, même la deuxième année, ils sont venus ensemble alors que Papa et Maman étaient déjà séparés et que Papa était allé habiter sur la côte, et que Nili et Néta ne se parlaient pas, pas même au téléphone, et qu'Alon non plus n'habitait plus ici, mais avec Dinah en Galilée, et que Grand-père était décédé. C'était dur. Mais, ils n'ont pas renoncé. Ils ne se disaient pas un mot l'un à l'autre, ils ne s'occupaient que d'arroser et de nettoyer, chacun d'entre eux montrant à l'autre qu'il en savait plus. Et cette année, quoi ? J'ai attendu comme on attend sa ration de drogue. Je ne pouvais pas me passer d'eux et je savais qu'ils me faisaient du mal.

En fait, Maman était déjà là depuis une semaine, à respirer et souffler tout en jetant un coup d'œil à sa montre de temps en temps. Elle a frotté la tombe avec de l'eau de javel jusqu'à ce que disparaissent toutes les taches et la moisissure, arraché les cactus et les plants de romarin qui s'étaient desséchés dans les grands pots durant l'été, et elle a planté des lobélies bleues avec des fleurs qui retombaient par-dessus les côtés des pots. Elle a engagé deux ouvriers arabes pour l'aider à retirer du coffre à bagages un bloc de calcaire plein de trous pour le poser sur ma tombe et, dans les trous, elle a planté de petits bulbes de cyclamens dont une partie avait déjà commencé à fleurir. Tout cela, elle l'a effectué en douze minutes et, tout de suite après, elle est partie dans la Renault vers le dépôt de viande et le centre pédagogique tout en écoutant la Voix de la Musique. Papa aussi était là bien avant cela, en novembre, pour le jour anniversaire de sa grand-mère en profitant de ce qu'il avait déjà pris la Peugeot à cette occasion. Il s'est allongé sur la tombe, il l'a entourée entièrement, a embrassé les lettres de mon nom en criant : « Michaël ! Michaël ! Pardonne-moi », il s'est frappé le visage et a poussé des sanglots dont l'écho bizarre a résonné tout autour. Ensuite, il a posé sur la tombe des tas de petites pierres du même genre que celles qui étaient posées sur la tombe de sa grand-mère, et cela l'a un peu calmé. Néta et Nili aussi, et Alon également, et même Grand-mère ont posé des pierres sur moi parce qu'ils ont vu que Papa le faisait et qu'ils ne savaient pas quoi faire de leurs mains. Il n'y a que Maman que cette histoire de pierres énervait et elle n'en a pas posé, le résultat c'est qu'elle s'oppose à tout le monde, comme d'habitude. De mon côté, ils n'ont qu'à poser tout ce qu'ils veulent, pourvu qu'ils ne se disputent pas.

D'après le temps qu'il fait, il y a de bonnes chances pour que quelqu'un vienne, mais ce n'est pas évident de savoir qui viendra et, avec qui. Le jour de l'enterrement, il y a eu une pluie épouvantable, et Grand-père est donc parti du cimetière directement à la gare routière. Il a dit qu'au cimetière militaire le vent soufflait en rafales, qu'il était enrhumé et avait peur d'attraper une bronchite. Maintenant, il est enterré au cimetière de Holon, et là-bas c'est vraiment plus agréable en hiver.

C'est Grand-mère qui est arrivée en premier. Elle me disait toujours, les yeux brillants de fierté : « Je t'ai vu la première », car elle était venue la première, avant Papa, à l'hôpital, lorsque je suis né. Maman ne comptait pas. Elle avait fait un agrandissement de la photo de mon passeport et l'avait accroché dans un énorme cadre argenté sur le mur de sa chambre à la maison de retraite et elle avait maintenant apporté l'original avec elle pour le regarder et pleurer. Quand elle voyait Maman aussi, ses yeux s'emplissaient de larmes et elle disait : « Depuis que Michaël est tombé, l'univers s'est effondré sur moi ». Une fois, lorsqu'elle avait voulu avoir le dessus sur Grand-père au cours d'une discussion, elle avait dit : « J'ai grandi à Plonsk qui est la ville de Ben Gourion ». Maintenant, quand elle veut triompher de quelqu'un à la maison de retraite, elle dit : « Mon petit-fils est tombé dans la bande de Gaza ». Grand-mère a apporté un bouquet de fleurs violettes à tiges dures, du genre de celles qui durent longtemps et, tout de suite, elle s'est tournée pour observer les tombes voisines. Elle pensait que ce serait intéressant si Avishaï Yahalom avait été le petit-fils de Mordékhaï Yahalom du Fonds de Retraite, car sa femme était professeur de chant dans la même école où elle avait elle-même enseigné. Guitta Yahalom était une femme très peu sympathique qui se maquillait d'une façon outrancière, alors pourquoi, précisément sur la tombe de son petit-fils, la jardinière était aussi jolie ? Ce serait intéressant de savoir s'ils paient quelqu'un ici. Ce serait intéressant de savoir si, ici, on ne vole pas les pots de fleurs appartenant à quelqu'un d'autre. Quel toupet ! D'avoir dit : « quel toupet » l'a fait se sentir un peu mieux et elle est allée à la recherche du robinet pour arroser le bouquet de fleurs violettes. Devant elle, marchaient un monsieur très vieux et deux dames âgées qui se ressemblaient, apparemment deux sœurs, tous trois enlacés. La femme qui était au milieu avait la tête posée sur l'épaule de l'homme.

-Mon petit-fils est tombé dans la bande de Gaza, leur a dit Grand-mère, tout en marchant. Ils se sont arrêtés.

-Notre fils est tombé à la Guerre des Six Jours, a dit l'homme.

- Mon petit-fils était si doué ! a dit Grand-mère, il jouait de la trompette au café « À rebours ».

-C'est interdit d'oublier, a dit l'homme.

-Nous avons l'intention de publier un livre à la mémoire de Yaïr avec les lettres qu'il a écrites à son amie.

-Mon petit-fils jouait de la trompette, a dit Grand-mère, il avait un grand avenir. Il avait reçu une bourse du Fonds Sharett. Reinhold Friedrich l'a écouté ! a dit Grand-mère et, elle a regardé autour d'elle pour voir si, hormis ces trois personnes, il y avait quelqu'un d'autre pour l'entendre. La femme qui était sur le côté a hoché la tête avec tristesse et a dit :

-Nous ne les oublions pas.

À côté du robinet, Papa est apparu. Il est descendu de sa camionnette Peugeot, qui était pleine de boîtes de conserves d'olives et d'huile d'olive qu'il avait apparemment achetées en chemin pour sa nouvelle boutique. Il y avait aussi, posées en oblique, des poutres de construction destinées à des travaux de rénovation.

-À ce que je vois, il faut payer quelqu'un ici pour que la tombe ressemble à quelque chose, Yaakov, lui a dit Grand-mère sans le saluer, sans dire : comment vas-tu ? comme lorsqu'elle parle sans arrêt : qu'est ce que ça veut dire, personne ne vient ici toute l'année ? Comme on m'a abandonnée, on l'abandonne. Vous l'avez toujours abandonné, Yaakov. Quand il s'agit des enfants, il faut investir.

Papa l'a laissée à côté du robinet et a continué à marcher vers moi. Il n'était pas rasé et il avait déjà beaucoup de poils blancs. Papa portait le coupe-vent qu'il m'avait acheté pour mon anniversaire et, sur la tête, il avait une casquette qu'il avait apparemment reçue comme cadeau d'une de ses nouvelles amies. Lorsqu'il est arrivé à la tombe, il s'est allongé devant tout le monde sur la tombe froide, y a collé sa poitrine, il l'a entièrement entourée de telle sorte qu'il n'en restait rien pour personne, il a embrassé les lettres de mon nom et, sans se retenir, a éclaté en gros sanglots qui ont résonné dans tout le cimetière. Maintenant, je me suis souvenu que lorsque j'étais petit et qu'il revenait du travail, il s'allongeait sur le canapé, posait la tête sur mes genoux et, moi, je lui caressais la tête. Il faisait cela à des moments où il avait des problèmes avec la mairie ou toutes sortes d'achats et qu'il était sous pression. Il n'y avait qu'avec moi qu'il faisait ça, car j'étais le fils aîné et que Maman était trop occupée, même avant de monter en grade. Ce serait intéressant s'il y avait maintenant quelqu'un ou quelqu'une qui le caresse. Cela ne lui nuirait pas du tout. Il a dit à Grand-mère :

-J'ai dit à Orna que je venais ici à dix heures et je lui ai demandé de venir à une autre heure, mais elle a dit que je me trompais si je croyais qu'elle avait l'intention de venir avec Amnon et elle s'est mise à dire à quel point Michaël désirait que ce soit comme ça, qu'il désirait que nous soyons ensemble. C'est maintenant qu'elle se souvient qu'il est important de faire ce que Michaël voulait.

-Oui, après qu'il est mort, elle s'est rappelé qu'il fallait lui réparer tous ses habits, a dit Grand-mère et toi, après qu'il est mort, tu t'es souvenu de réparer son bureau et de le peindre comme il faut.

- Ce n'est pas la même chose, le bureau, on pouvait encore s'en servir, a dit Papa.

Maintenant, ma sœur Nili et son mari Eytan se sont approchés de la tombe. Nili avait sur elle un porte-bébé rose où était couché Tipex, le vieux chat angora qu'ils avaient élevé, et d'où, seule la tête dépassait et regardait avec une certaine curiosité. Elle portait un ensemble violet, elle avait des lunettes de soleil violettes et même son rouge à lèvres était violet. Nili et Eytan n'ont toujours pas d'enfants bien qu'ils soient déjà mariés depuis quelque six ans mais d'après la manière dont ils s'occupent de Tipex, c'est clair qu'ils pourraient être des parents merveilleux. Une fois, Tipex avait même gagné un concours de beauté pour chats. Mais maintenant, il refuse de rester seul à la maison et il lui est même difficile de se déplacer tellement il est vieux, alors ils l'emmènent avec eux partout dans un porte-bébé. Nili a apporté une plante avec une orchidée violette et elle l'a posée sur la tombe, exactement au milieu, sans enlever le papier cellophane et le ruban.

-Ça, ça ne va pas tenir le coup jusqu'à demain a dit Grand-mère.

-Et alors ? a dit Nili avec une insolence évidente.

-Tu as hérité de moi l'attirance pour le violet, a dit Grand-mère en changeant de ton et elle a regardé Eytan avec coquetterie.

Depuis qu'il était devenu évident pour Grand-mère que Nili ne serait pas actrice et qu'on n'écrirait pas sur elle dans les journaux, elle était devenue réservée envers elle mais essayait d'attirer l'affection d'Eytan qui serait peut-être un jour un architecte célèbre. Une fois, Maman m'a raconté que Grand-père avait l'intention de se marier avec la jeune sœur de Grand-mère, celle qui a disparu dans la Shoah, mais qu'en quelque sorte Grand-mère le lui avait pris. Lorsqu'on la regarde aujourd'hui, c'est un peu difficile à croire mais, elle-même, ne sent pas son âge. Elle a emporté son jeu de dominos à la maison de retraite et tout homme qui trouve grâce à ses yeux, elle l'invite à jouer avec elle.

Eytan a serré la main de Papa et lui a demandé comment il allait et Papa lui a dit sur un ton un peu déprimé : ma foi, bien. Eytan qui est la seule personne normale de notre famille, a demandé ce qu'il en était du *kaddish*[*] et Papa a immédiatement commencé à crier en direction du trio dont le fils est tombé à la Guerre des Six Jours et Eytan est allé chercher d'autres hommes. Entre temps, est arrivé mon frère Alon, venu du kibbouts avec sa femme Dinah qui avait l'air enceinte et avait les chaussures pleines de boue. Peu importe, Nili ne peut pas supporter Dinah, d'autant plus que, maintenant, elle est aussi enceinte et habillée sans goût, avec une jupe en velours de couleur moutarde et un chemisier noir, les épaules nues, alors il lui était vraiment difficile même de lui dire bonjour. Dinah se déplaçait entre les allées du cimetière avec des mouvements rêveurs, caressait de ses mains ses épaules nues et observait avec attention le déplacement des nuages. Alon a serré Papa dans ses bras, a embrassé Grand-mère sur la joue, a posé son bras sur la nuque de Nili et ses yeux marron sont devenus humides.

-Alon, tu as l'air pâle, a dit Grand-mère, j'ai crû qu'au kibbouts tu aurais au moins une meilleure santé.

-Qu'est-ce qu'on peut faire, Grand-mère, l'homme emporte avec lui sa tête et son ventre partout où il va.

Eytan est revenu avec un groupe de six hommes, quatre orthodoxes et deux qui portaient des *kippot* tricotées, et il a dit qu'avec l'homme de la Guerre des Six Jours, même s'il était loin, ça suffisait pour le *kaddish* mais, que cela valait la peine d'attendre un peu car Maman avait dit qu'elle viendrait et que Néta aussi avait téléphoné qu'elle viendrait. Lorsque Papa a entendu que Néta allait venir, il a accepté d'attendre.

L'un de ceux qui portait une kippa tricotée, pressé par le temps mais, ne voulant pas s'énerver, a commencé à faire un discours :

------

[*] *Kaddish :* Prière en araméen dite à la gloire de Dieu, autrefois après une étude de textes sacrés mais, à présent, intégrée dans la liturgie, et généralement récitée par un quorum de dix hommes.

-Celui dont le mort est placé devant lui, est dispensé des commandements, lui, tout comme le lépreux, et le marié, le jour de son mariage. Tout cela, pourquoi ? Car ils sont en dehors de la vie, ils appartiennent, pour ainsi dire, à un autre monde. Ils ne doivent rien à personne, ils ne sont même pas obligés de tendre la main pour saluer quelqu'un. Et sans obligations, sans rapports avec la société – que reste-t-il de la vie ? Et malgré cela, il y a entre eux une différence importante, le lépreux ne retournera jamais à la vie, le marié retournera à la vie immédiatement après son mariage, quant à l'endeuillé, nous membres de la communauté, sommes obligés de nous extirper à nouveau du monde de la mort vers le monde de la vie. Pas d'un seul coup, mais petit à petit, progressivement, le long de la première année de deuil. Et après une année – nous avons fini. Il est interdit de continuer à faire son deuil. Vous savez que la coutume du jour anniversaire n'existait pas au temps du Deuxième Temple ? Ils appliquaient les règles du deuil pendant une seule année et, après une année, on rassemblait les os : on ouvrait la tombe, on prenait les os du défunt et on les posait dans un sarcophage dans une grotte destinée à l'enterrement et c'est tout, point final. Toute cette histoire d'anniversaire du jour du décès est une influence chrétienne tardive, comme l'anniversaire du jour de la naissance. Les juifs célèbrent la bar-mitsva, pas le jour de la naissance. Il y a beaucoup de coutumes qui sont devenues, chez nous, des commandements.

Tous, à l'exception de Nili, ont respiré avec soulagement lorsqu'ils ont vu la crinière rousse bouclée de Néta approcher, celle-ci vêtue d'un poncho de couleur turquoise avec des nu-pieds en caoutchouc de couleur rouge, ses énormes seins se balançant pendant qu'elle marchait vite et poussait un landau. Néta, a d'abord serré longuement Papa dans ses bras et, lui, s'est remis à pleurer. Ensuite, elle a essayé d'embrasser Grand-mère mais Grand-mère ne lui a pas rendu son embrassade. À Hanouka, Grand-mère avait invité Néta à la maison de retraite et lui avait dit que si elle l'aidait à ranger ses armoires, elle lui donnerait de l'argent pour Hanouka, mais Néta n'est pas venue. Néta avait habitué Grand-mère à lui nettoyer la maison et à lui ranger les armoires et, comme elle ne l'a pas fait depuis déjà deux ans, Grand-mère a crû qu'elle réussirait à obtenir cela d'elle, en échange d'argent pour Hanouka. De la part de Nili, Grand-mère n'avait pas d'espoirs de ce genre. Néta a été la première à s'intéresser à Dinah et à son ventre. Elle lui a dit un : « Ouaou »plein d'admiration et elle lui a caressé la jupe en velours à l'endroit du ventre. Alon, elle l'a vraiment serré contre elle, et lui, en est sorti tout rougissant. Nili et Eytan, elle ne s'est pas approchée d'eux car elle était allergique aux chats. Le monsieur religieux qui avait fait un discours juste avant, regardait sa montre toutes les trente secondes et les autres se sont dispersés tout autour en observant les tombes.

Et ensuite, Maman est apparue. Dans son ensemble pantalon, elle paraissait plus mince et plus masculine qu'autrefois et ses grandes lunettes noires lui couvraient la moitié du visage. Elle avait à la main un sac avec un ordinateur portable et semblait occupée, comme d'habitude. Lorsque Papa l'a vue, il s'est mis à marcher en direction de sa Peugeot, mais il n'avait pas d'autre solution parce que l'allée était étroite. Maman a dit :

-Bonjour, Yaakov, je suis contente de te voir, et lui, n'a pas répondu.

- Pourquoi as-tu besoin de faire ça, a-t-elle dit, pourquoi faire tout ça ?

-Pourquoi faire ? Je ne sais pas. C'est une tradition, a-t-il répondu, et ensuite, il a ajouté : toutes ces plantes que tu as mises là - moi, ça me dérange pour m'allonger sur la tombe comme il faut.

-Yaakov, qui a besoin de tout cela ? a dit Maman. Pour Michaël, toutes ces coutumes ne sont pas nécessaires ; c'est pour nous, pour que nous soyons ensemble.

-Nous n'avons rien à voir ensemble, a-t-il répondu.

-C'est vrai, mais aujourd'hui faisons semblant.

-Je ne veux pas faire semblant.

-Alors non, a-t-elle résumé.

Papa l'a regardée avec haine.

-J'ai entendu que ça se passe très bien pour toi avec Amnon, après avoir détruit ma vie, espèce de putain.

-Yaakov, tu as été et tu es resté un allumeur mais tu as détruit ma vie et le moment est venu que tu détruises la vie d'autres personnes, a-t-elle dit.

Sa présence rendait toujours la tension entre Néta et Nili encore plus grande. Alon aussi le savait, alors, lorsque Maman est venue, il lui a dit tout de suite que l'ensemble la faisait paraître vraiment mince, il l'a embrassée et a dit :

-Je voudrais dire que nous n'avons pas besoin de nous sentir coupables de ce que Michaël n'est plus et aussi de ne pas nous mettre en colère contre quiconque. Je voudrais dire à Maman qu'elle est une bonne mère, qu'elle a été une bonne mère pour Michaël et pour nous. Je voudrais dire à Papa que Michaël, bien entendu, lui a déjà pardonné. À Néta et Nili je voudrais dire que je suis jaloux d'elles, car chacune d'entre elles a une sœur en vie. Je voudrais bien avoir un frère vivant.

À cet instant, il est arrivé quelque chose d'inattendu : Tipex a sauté directement du porte-bébé dans le landau. Les chats ont cette faculté de sentir de loin où se trouve un endroit douillet. Néta s'est précipitée vers le landau en criant, furieuse, a saisi Tipex et l'a jeté sur la tombe, pas avant qu'il ne lui ait griffé le visage et les mains. Tipex voulait s'installer sur la tombe qui avait chauffé au soleil mais Nili l'a tout de suite attrapé, l'a délicatement remis dans le porte-bébé et, avec des regards haineux, elle a hurlé vers Néta :

-Idiote !

Néta a tout de suite retiré un de ses nu-pieds rouges et, a violemment giflé Nili avec et, Nili l'a attrapée par les cheveux, les a tirés de toutes ses forces, tandis qu'elle continuait à la gifler de l'autre main sur ses joues pleines de taches de rousseur. Maman a crié :

-Arrêtez, vous êtes devenues folles ?

Papa a saisi Néta et grand-mère a saisi Nili, mais elles n'ont pas arrêté de hurler :

-Espèce de vache ! perverse ! frigide ! nazie !

Les juifs religieux ont regardé ce qui se passait comme s'ils regardaient la télévision. Alon s'est interposé entre elles et a veillé à ce qu'elles restent loin l'une de l'autre, l'une du côté de ma tête et l'autre du côté de mes pieds, c'est alors qu' il y a eu un peu de calme. Papa a demandé à Alon de réciter le *kaddish*, car lui-même n'en était pas capable, mais les juifs religieux ont dit que c'était à Papa de le réciter, alors il a commencé à le réciter mais, au milieu, sa voix s'est brisée, il s'est mis à trembler, à pleurer puis, il s'est efforcé de dominer ses pleurs, a continué à réciter et l'a dit en entier jusqu'à la fin, et moi, j'ai pensé que ça faisait déjà trois ans et qu'il me manquait beaucoup. Ensuite, ils ont lu les paragraphes du psaume qui commencent par les lettres de mon nom et aussi *El malé rahamim,* Dieu de miséricorde. Avant qu'ils repartent, Alon s'est couché, la poitrine sur ma tombe, et il a pleuré avec la voix de Papa, mais calmement. Cela a été tellement dur pour moi. Je voudrais qu'ils ne viennent pas l'année prochaine.

LE DERNIER REPAS

À première vue, il était évident que le bouquet de boutons d'or que nous avions apporté était de trop. À côté du porte-manteau, sur l'étagère placée sous le miroir, il y avait déjà une bouteille ouvragée avec un petit bouquet de violettes artificielles. Sur la table du salon, qui était dressée pour quatre personnes, il y avait une jatte où se dressait une jacinthe violette, avec sur les bords, des fleurs d'amandier et des branches de kiwis disposées dans le style japonais. L'odeur enivrante de la jacinthe était celle qui, apparemment, nous avait inondés dès notre entrée chez Yigal et Elka. Sur une autre table, il y avait un vase en céramique vitrifiée de couleur grise avec un énorme bouquet de fleurs, très joli, un mélange d'oiseaux du paradis orange foncé garnis de branches de papyrus qui brillaient avec des lys oranges et des roses oranges, enveloppé dans du papier cellophane qui n'avait pas encore été retiré. Sur le rebord de la fenêtre, il y avait une rangée de pots d'orchidées dont les fleurs, comme faites en cire, se reflétaient sur la vitre. C'est Elka qui nous a ouvert la porte parce que Yigal - à ne pas y croire – était occupé à la cuisine.

-Qui est cette bombe ? lui a dit Moshé mon mari, avec son affection courtoise, et en effet, il suffisait de voir son pantalon collant pour voir qu'elle avait perdu plusieurs kilos durant l'année où nous ne nous étions pas vus et, de plus, avec sa coupe de cheveux courte, on aurait dit qu'elle avait rajeuni de plusieurs années. Seules ses lèvres autrefois épaisses semblaient avoir disparu à l'intérieur de sa bouche, et au-dessus d'elles, ses yeux verts dorés, entourés d'une monture noire, brillaient d'un éclat bizarre.

-C'est l'anniversaire de quelqu'un ? ai-je demandé, inquiète, peut-être que j'ai oublié la date, multipliant excuses et commentaires du fait que nous n'étions pas venus chez eux depuis longtemps bien que, chaque fois, on se promettait, on décidait mais, avec la distance entre Jérusalem et la plaine côtière, et en plus un vendredi soir, quand on prend la route numéro six... D'accord, tout ça ce sont des prétextes mais c'est comme ça, il y a beaucoup de choses qu'on veut faire et on les repousse comme si on avait encore toute la vie devant soi et, pourtant, on n'est pas tellement occupés en ce moment, puisque moi et Moshé également, avons pris notre retraite et qu'on peut faire tout ce qu'on veut, qu'on n'a pas besoin de se lever le matin pour aller au travail et que le salaire arrive à la banque sans qu'on travaille ; c'est invraisemblable, chaque matin, de nouveau, j'ai peine à y croire. Vous, vous êtes encore jeunes mais votre tour viendra et vous verrez.

-Qui verra ? a dit Yigal et, soudain, j'ai vu que ses boucles avaient presque complètement blanchi au cours de l'année où nous ne nous étions pas vus.

-Vous deux, ai-je dit avec jubilation, vous verrez et vous ne croirez pas à quel point c'est agréable. Sachez que cela vaut la peine d'attendre.

Elka nous a souri avec beaucoup de gentillesse. Puis, elle a dit :

-Comment allons-nous nous asseoir ? Il m'a semblé que sa voix était plus épaisse que d'habitude, un peu dure en quelque sorte, un peu métallique même, et je me suis demandé, si cela ne faisait pas partie de l'effort qu'elle faisait pour paraître une bombe et être dans le vent.

-Asseyons-nous ici déjà, d'accord ? a dit Yigal, sans beaucoup attendre, et il s'est installé près de la table. Nous le connaissions et nous savions qu'il ne fallait pas s'attendre à beaucoup de manières de la part d'un homme qui travaille depuis des années à la Sécurité Générale. Son ventre, qui avait augmenté de volume encore plus que l'année dernière, témoignait d'un appétit sans limites. Il avait de l'appétit même dans d'autres domaines, j'en savais quelque chose. Et Elka aussi le savait. Une fois, il avait même abandonné le foyer pendant toute une année ; ensuite, il était revenu et avait dit à Elka qu'il n'y avait qu'avec elle qu'il éprouvait du plaisir au lit. Peut-être que ces fleurs célébraient un autre retour de ce genre ? Cette manière de s'adresser à Elka en coupant avec son « d'accord ? » était suspect à mes yeux. Il n'avait pas l'habitude de demander l'accord de quiconque et, sûrement pas d'Elka.

-Tout est prêt, a dit Yigal à Elka, tu as juste besoin de réchauffer quelques petites choses et de faire la salade, d'accord ?

- Voyez, voyez, comme j'ai la belle vie, a dit Elka, en riant comme une enfant qu'on a fait rire, presque aux larmes. Elle était debout, le dos tourné vers nous, près du marbre brillant de la cuisine et elle a commencé à retirer les papiers d'aluminium qui recouvraient les plats.

-Vous avez faim ? a demandé Yigal.

- Pas de problème. Nous pouvons attendre, a répondu mon mari.

-Non, parce que moi j'ai faim, nous a dit Yigal, à voix très basse, pour je ne sais quelle raison, comme si c'était un secret d'interdire à Elka d'entendre et, entre temps il a passé en revue mon visage et mon corps.

- Il fait trop beau, a dit mon mari Moshé, il serait temps qu'il pleuve un peu.

Nous avons commencé à parler des probabilités que ce soit une année de sécheresse, de l'état du lac de Tibériade, de la Mer Morte qui, d'une manière générale, va vers sa disparition. J'ai demandé à Yigal s'il continuait à chercher, à Jérusalem, des appartements privés pour les investigations de la Sécurité Générale car, une fois, il nous avait demandé s'il était possible qu'il se serve de notre appartement à cet effet, aux heures où nous n'étions pas présents et, nous avons commencé à parler de la situation sécuritaire, de la situation politique et des voyages à l'étranger. Yigal nous a dit qu'ils venaient de revenir d'un voyage au Brésil et qu'ils se préparaient maintenant à aller en Afrique du Sud.

-C'est sans rapport avec le travail, j'ai pris un congé spécial pour ça, a-t-il dit fièrement.

Il a arraché un morceau du pain tressé et s'est mis à mâcher avec impatience, nous a également présenté des morceaux de ce même pain, a débouché la bouteille de vin et a rempli les quatre coupes, il n'a cependant pas dit un mot à Elka qui s'occupait du repas mais participait avec intérêt à la conversation, au début, en nous tournant le dos et, ensuite face à nous, comme si elle avait complètement oublié l'objet du repas. Plus d'une demi-heure s'est écoulée comme ça et, nous aussi, avons commencé à avoir très faim.

-Qu'est-ce qui se passe, Elka ? a dit enfin Yigal, d'une voix apaisante, une voix qu'on ne lui connaissait pas.

-Mon Dieu, mon Dieu, voilà, je vais tout de suite servir, a dit Elka et, tandis qu'elle posait sur la table un grand bol fumant de soupe minestrone, marron-rouge, elle a dit avec simplicité et en souriant, comme quelqu'un qui raconte une anecdote amusante :

-En ce moment, le problème avec mon cancer, c'est que j'ai complètement perdu l'appétit. Yigal est constamment obligé de me demander ce que j'ai mangé au petit-déjeuner, ce que j'ai mangé à midi, car j'oublie complètement qu'il faut manger. Quoi ? Je ne vous l'avais pas dit ? Il y a longtemps que vous n'êtes pas venus chez nous. Je le dis à tout le monde sans ambages. En ce moment, je suis dans la première phase, relativement bonne, je n'ai pas de douleurs, je ressens seulement de la fatigue, on me donne uniquement du Moxipène et je fais tout le temps des contrôles. Le plus dur est encore devant moi. Par chance, je n'ai pas besoin de chimiothérapie, alors je n'ai pas de problèmes avec mes cheveux, il n'y a que l'appétit qui a complètement disparu.

Un silence pesant a régné dans la pièce.

-Elka est une vraie tigresse, a dit Yigal, et il l'a regardée avec les yeux d'un enfant amoureux de sa mère.

-Comment tu assumes ça ? a enfin dit mon mari Moshé, d'une voix caressante.

-Je m'organise, a dit Elka. Je m'occupe de tout ce qu'il faut - partage des affaires, albums de photos, testament, y compris la promesse à Yigal que je l'autorise à épouser une autre femme.

-Comme si j'avais besoin d'attendre sa permission, a dit Yigal, revenant soudain à son habituelle vulgarité machiste.

-Et ce qui est le plus dur : parler aux enfants, leur expliquer. Ils sont vraiment effondrés, a dit Elka. De leur point de vue, je dois maintenant essayer de faire tout ce que j'ai toujours eu envie de faire et que je n'ai pas pu faire jusqu'ici. J'ai dit que je voulais voir le monde, voyager pour mon plaisir, alors les enfants disent : oubliez l'héritage, voyagez et promenez-vous, peu importe ce que cela coûtera. Mais voilà que Yigal a déjà vu la moitié du monde, alors nous allons partout où il n'est pas encore allé, tant que les médicaments ne constituent pas une dépense exorbitante.

Deux mois plus tard, nous sommes allés Moshé et moi, rendre visite à Elka à l'hôpital. Elle était allongée sur le dos, les yeux fermés, très mince, chauve. Yigal était assis à côté d'elle. C'est à peine s'il nous a salués. Elle a ouvert les yeux vers nous et a dit :

-Comme c'est gentil que vous soyez venus, et elle a tout de suite fermé sa bouche sans lèvres. Lorsqu'elle a parlé, ses gencives sont apparues dépourvues de dents.

-Comment te sens-tu ? a demandé mon mari Moshé.

-Tout va bien, a-t-elle dit, puis elle s'est empressée de fermer la bouche et elle a également fermé les yeux. C'était clair qu'elle n'était pas capable de supporter une trop longue visite.

Lorsque nous sommes sortis dans le couloir, Yigal nous a vite suivis.

-Je n'en peux plus, a-t-il dit.

-Qu'est-ce qui se passe ? a demandé Moshé mon mari.

-C'est difficile pour moi de prendre une décision, a-t-il dit.

-En ce qui concerne quoi ? a dit Moshé mon mari.

- Vous êtes des amis et vous êtes objectifs, alors dites-moi ce que vous auriez fait. Ça s'apparente à un problème d'argent, mais ce n'est pas exactement qu'un problème d'argent. Elle veut des dentiers, elle ne veut pas rester comme ça, sans dents. Et c'est une dépense énorme, é-nor-me. L'année dernière, nous avons dépensé la moitié de notre compte en banque pour des voyages dans le monde. Elle a dépensé des milliers de *shékalim* en soins alternatifs, en yoga, yo-tsu et je ne sais quoi d'autre. Le mois dernier, elle a acheté pour des milliers de *shekalim*, trois paires de bottes en cuir et deux ensembles en suédine – elle m'a tout simplement mis devant le fait accompli- elle les a achetés et c'est tout, sans demander. Maintenant, des dentiers, ce qui veut dire des dizaines de milliers de *shekalim*, vous croyez que ça se justifie ? Vous croyez que c'est normal ? Je dois maintenant m'endetter à cause des dents alors qu'elle parviendra difficilement à les utiliser ? Je dois faire ça sur le compte des enfants, sur le compte de ce qui me reste à vivre ?

Sur la chemise qui recouvrait son ventre, il manquait un bouton exactement sur le nombril, et on pouvait voir à quel point son ventre tremblait, comment il essayait de se retenir et n'y parvenait pas. Moshé et moi nous avons échangé des regards incertains, essayant d'estimer comment chacun d'entre nous se serait conduit dans une telle situation.

-Yigal, a dit Moshé, personne ne peut décider à ta place dans ce genre de situation.

Pendant la semaine de deuil, nous n'avons pas osé demander à Yigal s'il avait fini par payer des dentiers à Elka ou non. À la maison, il y avait beaucoup d'amis et surtout des copines de Yigal, qui se démenaient, cuisinaient, servaient, montrant ostensiblement leurs talents de maîtresses de maison. La maison était pleine de bouquets de fleurs : des arums, des glaïeuls, des roses, des oiseaux du paradis.

Environ deux ans après, nous avons rencontré Yigal à l'aéroport Ben Gourion alors que nous partions passer un weekend à Paris pour fêter notre trentième anniversaire de mariage. Il portait un costume et, à la main, il avait une mallette à la James Bond. Il n'avait presque plus de ventre. Ses boucles étaient complètement blanches et coupées très court. Il avait les joues brillantes et soigneusement rasées. Ses yeux n'examinaient ni mon visage ni mon corps, ils étaient éteints et fuyants.

-Salut, Yigal, comment ça va, quoi de neuf ? lui a dit Moshé mon mari.

-Je ne sais pas, a dit Yigal.

-Que se passe-t-il ? a demandé Moshé.

-Rien, j'ai un déplacement pour le travail. Je travaille dur. Mais, pour quoi et pour qui, je n'en sais rien, a répondu Yigal.

-Que deviennent les enfants ?

-Les enfants vont très bien, a dit Yigal, ils viennent ; nous allons toutes les semaines sur la tombe d'Elka pour nous occuper des plantes. Nous avons même installé un arrosage automatique parce que, quand je suis en déplacement pour le travail, il n'y a personne pour arroser.

-Peut-être qu'une de tes copines pourrait le faire? J'ai ouvert la bouche pour dire ça.

-Laisse tomber ces histoires de copines, a dit Yigal. Aucune d'entre elles ne veut venir habiter avec moi dans une maison où tous les murs sont couverts de photos d'Elka.

-Qu'est ce que tu racontes ? ai-je dit.

- Même dans la chambre à coucher, a dit Yigal, et il a fini par me sourire faiblement.

-C'était quelqu'un, ai-je dit, pour dire quelque chose.

-C'était une tigresse, a dit Yigal, et il nous a tourné le dos pour que nous ne voyions pas ses yeux.

Après

Il était en train de rêver qu'il n'avait pas le choix et qu'il était obligé de tirer de son côté la main droite de Liat de toutes ses forces, car Nira, de son côté, lui tirait la main gauche de manière dangereuse et Liat était blanche et froide comme de la glace, elle était blanche, froide et dure comme du poisson gelé qui sort du congélateur et qui, même lorsqu'on tape avec un marteau sur le couteau, ne peut être coupé et, malgré cela, il tirait de toutes les forces qui lui restaient pour la délivrer de Nira et finalement le corps de Liat était entre ses mains, sans la tête, mais avec ses gros seins qui, maintenant commençaient à fondre dans l'évier et à tomber goutte à goutte, agréables au toucher comme le marbre de la statue des Jumeaux-de-Mengele, la statue qui lui avait valu l'attribution du premier prix et, il a déposé Liat qui devenait transparente, sur le marbre de la cuisine et, il a été obligé de la découper en tranches fines qui ont glissé dans la marmite en inox qui était dans l'évier et, Nira, debout là-bas, avait peur qu'il oublie de ne pas mettre trop de piment piquant dans la soupe de poissons qu'il avait appris à faire quand il était encore sur le bateau s'il voulait qu'elle en mange aussi et, il voulait l'engueuler en disant : « cesse de me casser les c….. » mais la luette, les lèvres et même les gencives étaient comme après une anesthésie chez un dentiste et il s'est alors réveillé et il a vu que Nira dormait à côté de lui et que sa bouche exhalait une odeur de tiges de fleurs trop longtemps restées dans un vase et il s'est souvenu qu'il avait permis à Nira de dormir dans le lit de son studio, contrairement à son habitude depuis qu'il avait commencé à dormir seul dans le studio, simplement pour se protéger, lui, ses nerfs et sa tension artérielle, de ses plaintes et de ses pleurs, et avant même qu'il n'ouvre les yeux, la lumière lui cognait déjà sur la tête comme un rocher qui dévale sur la chaussée en écrasant quiconque est en train de le dessiner et, ensuite, comme une scie qui lui découpait les os du thorax dans un mouvement de va-et-vient sans aucune anesthésie puis, il s'est alors rappelé comment Bella au visage marqué de taches de rousseur, qui habitait au deuxième étage et travaillait à la Caisse de maladie, était entrée chez eux la veille au soir, après l'enterrement et c'était, en fait, la première fois que cette femme inintéressante était entrée dans leur maison en leur laissant, à tous deux, une boîte de six comprimés somnifères pour les trois premiers jours, selon ses dires et « si après cela, vous aviez besoin de plus, dites-le moi », et on aurait dit qu'elle se demandait si elle allait les embrasser et elle avait décidé de ne pas le faire et lorsque Lucky a pleurniché en la regardant, elle a dit : « tu étais seule à la maison, Lucky, et comment as-tu pu lui permettre de faire ça et où étions-nous, nous tous » et quand la lumière s'est transformée en abîme sans fond, il a commencé à y sombrer les yeux grand ouverts.

Nira a également ouvert les yeux, devant lui et, pendant un moment, on aurait dit qu'elle ne le reconnaissait pas et ne savait pas ce qui était arrivé, et ses yeux exprimaient seulement la peur habituelle qu'il ne se tourne vers elle et ne lui montre qu'il ne faisait pas ce que tout le monde fait mais, précisément le contraire de ce que font les autres. Elle était obligée de se tenir pas vraiment à ses côtés mais à une certaine distance et regarder ce qu'il faisait précisément à l'opposé de tous, et de l'aimer justement pour ça et de comprendre qu'il était particulier et qu'il avait des règles particulières. Où allait-elle trouver la force pour ça ? Alors elle déposerait ses pleurs et ses misères sur les grandes épaules de Liat qui étaient trop grandes pour une fillette de quinze ans, dont la poitrine était également trop grande et, elle, elle lui dirait : « ma petite maman, tu n'as pas de misères, tu as des problèmes de voix qui, ces derniers temps, est devenue de plus en plus épaisse » et elle la regardera dans les yeux qui, ces dernières semaines se sont figés dans son crâne rasé et elle ira balayer la cuisine, et elle, elle dira : « ma Liat, je ne sais pas ce que j'aurais fait sans toi, si ce n'est que, malgré cela, tu as seulement besoin de faire du régime » et elle soupirera, et alors c'est comme si l'air qu'elle respirait était une charge explosive qui éclatait à l'intérieur d'elle-même, elle s'en souvenait, et que le mur de la façade de la maison jumelle s'effondrait sur le jardin, sur toutes les plantes et tous les escargots, en terrassant sa crainte constante de ce qui n'arriverait pas et elle a entendu une voix rauque et désagréable sortir de sa gorge sans prêter attention à quoi que ce soit, une voix qui était un cri ronflant et long comme s'il sortait du cou d'une vache qu'on est en train d'égorger et que son sang gicle devant ses yeux et, soudain, elle a senti à l'intérieur de son cri, son cri à lui aussi et, elle a compris qu'ils étaient en train de crier ensemble, à six heures et demie du matin, depuis les profondeurs du même lit et, sans attendre de permission, elle a tiré hâtivement vers elle son corps, tout son corps, et de même qu'on ne le demande pas à une armoire qui s'effondre ainsi sans permission, elle l'a saisi et elle a serré tous ses membres contre elle, l'un contre l'autre, comme un menuisier qui colle les différentes parties d'un meuble, tandis qu'en même temps, il contractait tous les muscles de son ventre et, elle s'est émerveillée qu'elle ait eu la force de le saisir et qu'il ne montre aucun signe d'opposition ou la volonté de faire autrement et elle a remarqué qu'il l'enlaçait et qu'ils ne criaient plus mais qu'ils sanglotaient et que, tout à fait au même moment, il est arrivé qu'ils ont tous deux cessé de crier et qu'ils s'étaient mis à sangloter, chacun de sa propre voix mais, tout à fait sur le même rythme et, elle s'est demandé quelle était cette chose qui se produisait ici, comme dans un rêve, et combien de temps cela durerait.

DÉSIRS

On disait que son père avait l'usine dont la pancarte était visible de la route et, en vérité, si on observait la représentation de la fillette sur la pancarte, on voyait que ce pouvait être Nimroda lorsqu'elle était petite. Apparemment, ses cheveux qui, à présent, sont en bien mauvais termes avec le coiffeur, étaient alors tressés en deux petites nattes mignonnes et, elle avait des joues rondes et lisses, sans les boutons qu'elle n'essaye même pas de dissimuler avec une crème quelconque, parce qu'alors elles auraient peut-être pu avoir quelque couleur. Mais nous avons dit, qu'avec l'argent de son père, il n'y avait pas de raison de s'en faire pour elle, et elle-même, n'est pas quelqu'un qui s'en fait. Aux excursions organisées par l'école, elle arrivait avec un billet de cent, parce que son père n'avait pas de billets plus petits. Elle racontait qu'il n'avait pas de portefeuille car aucun portefeuille n'était assez grand pour contenir les paquets de billets qui lui remplissaient les poches. Une partie de cet argent provenait des paris, c'est ce qu'elle racontait. Son père partait avec sa mère à l'étranger, et là-bas, ils faisaient des paris. Elle disait que sa mère avait dix ans de plus que son père. « Mon grand-père et ma grand-mère n'avaient cessé de lui proposer des partis mais, elle faisait un signe de tête pour dire non jusqu'à ce qu'elle rencontre mon père. Elle ne savait pas qu'il allait s'enrichir et cela lui était bien égal ». Lorsque nous lui demandions pourquoi elle ne s'épilait pas les sourcils, elle disait : « Car c'est ainsi que Dieu m'a faite », elle fermait la bouche et elle posait son regard, avec ses yeux couleur de bière, sur nos visages, lourdement, comme deux poids. Elle était abonnée aux concerts de l'Orchestre philharmonique et elle y allait toute seule ; peu lui importait qu'il y eût un contrôle le lendemain, ou un exercice de défense ou même une épreuve du bac. Avec ces mêmes mocassins noirs et ces socquettes blanches qu'elle portait pour venir à l'école, elle allait à ses concerts, à une époque où nous portions déjà des bas en nylon, ou alors, s'il pleuvait, elle portait des protections en plastique sur ses chaussures, imaginez-vous ça et, leur chauffeur la ramenait à la maison en tenant un parapluie au-dessus d'elle depuis la portière de la voiture jusqu'à la porte de la maison mais, elle courait au-devant de lui comme s'il n'était pas là. Nous l'invitions quelquefois à des soirées. Elle venait, restait adossée au mur, observait pendant une dizaine de minutes et, repartait sans dire un mot. Le lendemain, à l'école, elle ne faisait même pas l'effort de s'excuser et, lorsqu'on lui posait la question, elle disait : « Je me suis souvenue que je devais m'exercer au violoncelle ».

À l'armée, elle a fait son service dans le renseignement, ce qui lui convenait car, tandis que nous avions hésité pendant des semaines pour choisir le français ou l'arabe, elle, elle avait pris l'arabe sans dire un mot car, elle était également peu loquace.

Ensuite, nous avons perdu le contact avec elle, dans la même mesure où c'était déjà le cas autrefois, et lorsque nous l'avons rencontrée sur le campus de l'université, c'était vraiment difficile de la reconnaître ; avec le rouge à lèvres rouge-violet foncé et le fond de teint blanc, elle ressemblait à une actrice japonaise ; les vêtements aussi étaient dans le même style : des vêtements de soie qui froufroutaient sur son corps à chaque geste sans pour autant être moulants ou autre chose. Elle étudiait la philosophie et l'archéologie car, quel besoin avait-elle de littérature ou de psychologie ? Des soucis d'argent, elle n'en avait point. Elle pouvait se permettre d'enseigner l'hébreu à des étudiants nouveaux immigrants et la littérature dans un lycée arabe et, après cela, rendre visite à sa grand-mère à la maison de retraite et rester dormir chez elle, chaque semaine. Qu'elle ne mange presque rien, c'était sûrement une question de régime, pensions-nous. Elle portait toujours le même ensemble en soie blanche froissée avec des motifs noirs de style japonais et elle portait toujours, comme au lycée, des socquettes blanches. Nous ne pensions pas qu'elle avait informé ses parents, qu'après l'armée, elle ne leur demanderait pas d'argent et qu'il y avait eu à ce sujet une grande querelle, à la suite de quoi, ils lui avaient dit : tu reviendras en demander.

La deuxième année, alors qu'elle se rendait en autobus à un cours de logique, était assis, à ses côtés, un jeune homme aux grands yeux et au regard perdu qui somnolait et qui lui avait déclaré qu'en la regardant il avait compris qu'elle était la femme qu'il lui fallait. Il s'appelait Shimon et il ressemblait à son propre oncle qui portait un pantalon gris large, un grand chapeau et avait de grosses lèvres molles. On aurait dit un dessin avec les vêtements de la même couleur gris-bleuâtre d'un papier Canson de qualité. Il ne l'avait pas invitée à prendre un café. Il avait dit qu'ils se retrouveraient le soir dans son appartement à elle et qu'elle cuisinerait un bon repas ; rien qu'en la regardant, il avait compris qu'elle cuisinait bien.

Elle avait, pour la première fois de sa vie, préparé un bouillon de poulet et avait acheté une tarte aux pommes, ce qui, à ses yeux, représentait ce qu'il y avait de meilleur au monde. Shimon était arrivé en avance pendant qu'elle repassait encore les rubans de sa robe en soie rose ; elle portait une robe de chambre qu'elle avait acceptée de sa grand-mère pour ne pas l'offenser puisqu'elle n'était jamais d'accord pour recevoir de l'argent et, il ne lui avait pas laissé le temps de finir son repassage. Elle avait dit qu'elle ne prévoyait pas de tomber amoureuse avant d'avoir fini son doctorat, après quoi, elle voulait avoir douze enfants et, lui, avait dit qu'il étudiait à l'Académie de musique pour devenir chanteur d'opéra et, qu'un jour, tout le monde entendrait parler de lui. Elle avait alors dit que, pour mieux se connaître, ils avaient besoin de faire un voyage ensemble à l'étranger, ce qui montrerait qu'ils étaient capables de s'apprécier réciproquement et d'agir ensemble et il avait dit qu'il n'était jamais allé à Milan.

Au bout de trois mois, il s'est avéré qu'elle était enceinte. C'était la fête de *Pourim*, deux semaines avant le voyage à Milan alors, elle lui avait dit au téléphone : j'ai quelque chose d'important à te dire. Nous ne partons pas à Milan, car nous avons besoin de l'argent. Lorsque tu viendras, je te dirai pourquoi. Lorsqu'elle le lui a annoncé, il a dit :

-Si tu fais une fausse-couche, je ne me marierai pas avec toi.

Elle a interprété cela comme une proposition de mariage et elle était heureuse.

-De quoi allons-nous vivre ? a-t-elle demandé. Je veux douze enfants.

Il a dit qu'il venait d'une famille religieuse, ses parents habitaient le quartier de *Batei Ungarin* à Jérusalem. Là-bas tous les hommes étudient la Torah et ce sont les femmes qui travaillent.

-Tu penses que chanter à l'opéra est moins important que d'étudier la Torah ? lui a-t-il demandé avec un grand sérieux.

- Moi, ça me paraît plus important, a dit Nimroda qui appréciait la musique et les musiciens. Ça ne me pose aucun problème de travailler, je peux enseigner l'hébreu, la littérature, la musique. Mais si j'avais beaucoup d'enfants, ce serait difficile.

-J'ai un grand-père de quatre vingt dix-huit ans, a dit Shimon. Quand il quittera ce monde, j'hériterai de beaucoup d'argent. Il a trois maisons à Jérusalem et il m'a dit qu'il me léguerait l'une d'entre elles, car il raffole de liturgie et que, de son point de vue, l'opéra c'est comme de la liturgie. Toute la famille est au courant, ils sont en colère, mais ils ne peuvent rien faire.

Nimroda et Shimon se sont mariés et le père de Nimroda leur a acheté une maison. Mais, trois ans plus tard, il a été obligé de la vendre car tout son argent était parti en paris. Il avait même été obligé de vendre son usine et sa villa ainsi que les deux appartements qu'il avait achetés et donnés en location au sud de Tel Aviv. Les parents de Nimroda sont venus habiter dans l'appartement que Shimon et elle avaient loué à Ramat Aviv.

La même année, le grand-père de Shimon est décédé mais, dans son testament, il n'avait pas mentionné l'appartement qu'il lui avait promis. Shimon était stupéfait, choqué, rongé par la colère. Il a décidé de s'adresser aux instances juridiques pour exiger ce qui lui revenait. Tout l'argent qu'il avait gagné en enseignant le chant et grâce aux représentations, il l'a investi dans cette requête qui s'est terminée par un échec.

Dernièrement, j'ai rencontré Nimroda au centre communautaire du quartier où j'étais allée suivre un cours de gymnastique pour dames. Elle dirige là-bas l'enseignement de l'hébreu et elle a également des élèves qu'elle prend en cours particuliers pour leur enseigner comment écrire et comprendre ce que la maîtresse a dit en classe. Elle habite dans un petit appartement au sud de la ville et elle parvient difficilement à entretenir son mari et ses parents. Ses enfants ont déjà quitté la maison et cela facilite beaucoup les choses, c'est ce qu'elle m'a dit, en me regardant avec des yeux qui brillent encore comme de la bière sous des sourcils qu'elle n'épile pas.

PAPÈTERIE

Par une chaude matinée d'août, j'ai arrosé l'orchidée avec de l'eau distillée et j'ai dit à mon mari qu'aujourd'hui, après le travail, je commencerai à acheter aux enfants des cahiers et des fournitures au magasin de gros en prévision de la nouvelle année scolaire.

-Alors, je prends la voiture et ne m'attends pas pour midi, s'il te plaît.

Pas un muscle de son visage n'a bougé. Faisant preuve de noblesse, il s'est tu. Il n'a pas demandé s'il y avait de la nourriture au réfrigérateur, il n'a pas dit que c'était le jour où j'étais censée prendre l'autobus pour aller au travail afin de faire des économies d'essence. Je ne lui ai pas dit ce que je pensais de cet arrangement que j'avais moi-même proposé, à une époque où, à tout moment, une charge explosive pouvait éclater dans l'autobus. Moi aussi, j'ai ma propre noblesse. J'aime que tout soit beau, la laideur me rend malade. Je ne supporte pas les querelles et les gens obèses.

Sur la route du bureau au magasin, le volant de la voiture était brûlant et j'avais très faim. J'ai attendu que le vendeur du rayon de papèterie finisse de s'occuper de ses clients. Il avait l'air de quelqu'un qui avait dirigé pendant des dizaines d'années la coopérative d'une colonie agricole. Ses clients étaient un homme, une nonne et un enfant. L'homme avait, sur les joues, un collier noir, épais, dessiné avec précision et il regardait avec des yeux doux comme s'il prêtait l'oreille à une musique qu'il était le seul à entendre. Il s'est assis sur la chaise les bras croisés sur la poitrine ; sa chemise était d'un blanc éclatant. La nonne avait environ cinquante ans, elle portait une robe gris-clair bien repassée, ses joues rosâtres étaient enveloppées d'une coiffe blanche. L'enfant en chaussures de sport et chaussettes blanches en éponge à motifs rouges qui montaient jusqu'aux genoux, le dos étroit, pâle, musclé, n'arrêtait pas de bouger. Ils ont acheté à l'enfant un cartable et l'employé a cherché dans un dossier en carton le document avec la référence de l'article. À la fin, il a trouvé et il a inscrit le numéro dans la case qui convenait. Avant chaque chiffre, sa main faisait un tour en l'air avec le stylo comme quelqu'un qui est debout sur un plongeoir et s'apprête à sauter dans la piscine, et à la fin, elle s'est posée, en plongeant sur le papier et a noté : 3. Après cela, il a cherché dans un autre dossier en carton le prix du sac. L'enfant répétait à haute voix, en français, le chiffre que le vendeur écrivait avant même qu'il ait fini de l'inscrire. Il s'efforçait de prononcer d'une voix sourde et claire, afin de ne pas gêner le vendeur lorsque celui-ci était en train d'écrire, mais aussi afin d'accorder une attention complète à l'importance des chiffres. À la fin, on a demandé aux clients leur nom, leur adresse et leur numéro de téléphone et l'enfant a servi d'interprète.

-*Ma ha-shem* ? a demandé l'employé.

-Votre nom ? a dit l'enfant.

-Blanc, a dit l'homme.

-*Lavan*, l'enfant s'est empressé de traduire. L'employé n'était pas du genre à s'étonner. Il a écrit et a remis le sac à l'enfant. L'enfant a bondi, a embrassé l'homme sur la joue et il a ensuite embrassé la nonne sur la joue. La nonne s'est mise à rire et a dit en français à l'enfant :

-Tu as eu ce que tu voulais, n'est-ce-pas?

L'homme a posé sa main sur l'épaule de l'enfant, il a tourné la tête vers moi et a souri comme s'il voulait m'associer à quelque chose.

Lorsqu'ils sont partis, je voulais vraiment prendre leur place, mais sont alors apparus, sans qu'on sache réellement d'où, deux

arabes, l'un d'entre eux énorme avec une grosse bague en or au
petit doigt, et le second, petit de taille et maigre avec des dents
noires ; ils se sont adressés au vendeur en lui disant qu'ils avaient
besoin de cent chaises pour un café, et pendant ce temps, le grand
s'est mis à jouer avec la machine à couper le papier qu'on appelle
guillotine et il a également demandé son prix. Lorsqu'il a entendu,
il a dit « ia-bah » et j'ai décidé de ne pas discuter quant à ma place
dans la queue.

J'avais besoin de cahiers de genres différents dont chacun
avait une référence et un prix spécifique, mais aussi de crayons,
de gommes, de protège-cahiers, de carnets, de feuilles perforées.
Lorsque le vendeur a fini de tout marquer, il était trois heures et
demie et je mourais de faim. Le vendeur m'a dirigé vers le dépôt;
là-bas, le garçon trouverait tous mes articles, ensuite j'irais payer
à la caisse et, avec le reçu, je pourrais récupérer ce que j'avais
acheté. J'étais couverte de sueur et j'avais des gargouillis dans le
ventre. Sur le trajet qui menait au dépôt de papèterie, au rayon de
vêtements et de tissus, j'ai demandé au jeune homme d'attendre
un peu. Derrière le comptoir de blanc, se tenaient deux femmes,
l'une d'entre elles jeune et, l'autre plus âgée. La jeune portait
un pantalon de survêtement collant et un chemisier transparent
qui couvrait à peine ses seins. Elle mangeait un petit pain frais
dont dépassaient une grosse tranche de fromage blanc salé et un
cornichon et, à chaque bouchée, elle ouvrait grand la bouche pour
avaler le sandwich.

-Zelda, dit-elle, la bouche pleine, tu veux manger quelque
chose ?

-Non, dit la femme âgée, je suis en plein travail.

Elle était assise et remplissait des formulaires; elle avait des
cheveux fins et gris. Elle portait des lunettes tellement épaisses que
ses yeux paraissaient plus grands que tout son visage. Elle portait
un chemisier de coton blanc sans manches dans une imitation

de dentelle suisse, le style de ce qui se vendait au *Mashbir*[*] il y a quarante ans. Ce qui avait le plus attiré mes yeux, c'étaient ses biceps. Des petits sacs de peau flasque au-dessus des coudes trahissaient sa santé précaire et sa vieillesse, plus encore que ne le faisaient la pâleur de son visage et les verres de ses lunettes. J'ai pensé, qu'au dessus de cinquante ans, on n'est pas obligé de porter un chemisier sans manches. Les acheteuses de Zelda étaient des vendeuses des autres rayons qui lui demandaient conseil.

-Zelda, mon chou, qu'est-ce qu'il vaut mieux acheter ?

Et elle était honnête dans ses conseils. À l'une d'entre elles qui était d'un âge avancé et qui hésitait à acheter des culottes mini, elle a dit :

-Achète si tu penses que c'est ce qu'il te faut.

Un monsieur basané et moustachu passait et repassait devant moi en essayant de capter mon regard et lorsqu'il y est parvenu, a dit :

-Ça ce sont les nerfs, il faut éviter à tout prix, à tout prix.

Une femme blonde avec une fossette au menton s'est approchée de Zelda et voulait acheter un drap en couleurs.

-Le drap et la taie sont vendus ensemble, dit Zelda. C'est un tout.

-Mais moi j'ai acheté chez toi une taie comme celle-ci, séparément, la semaine dernière et, maintenant, je veux y ajouter le drap, dit la femme.

-Ça n'existe pas. Il faut acheter les deux, c'est un ensemble, dit Zelda.

-Mais c'est toi-même qui m'as vendu la taie toute seule ! a insisté la femme.

---

[*] *Mashbir* : grand magasin du genre Galeries Lafayette.

-Alors, je me suis trompée. Chez moi, on achète uniquement l'ensemble.

La discussion est devenue bruyante et la jeune vendeuse s'est interposée :

-Zelda, Zelda, tu es toujours tellement têtue. Vends-lui. Vends-lui ce qu'elle demande. Elle veut acheter, alors, vends lui, dit-elle.

Alors, l'homme basané et moustachu s'est approché de Zelda et a dit :

-Zelda, pourquoi tu ne veux pas vendre à ma cousine un drap tout seul ? C'est gentil ? Ce n'est pas gentil !

-Ta cousine, Saïd ? s'est écriée Zelda. Tu es sûr ?

-Si j'en suis sûr ? Plus sûr que je ne le suis du nom de ma mère, a répondu le basané moustachu.

-Bon, mais chez moi, on achète uniquement l'ensemble. C'est comme ça que je le vends. Si tu veux, tu peux appeler le directeur. Et lui, il décidera.

Saïd, ou comment on l'appelle, s'est approché derrière la chaise de Zelda, a croisé les bras autour de sa poitrine et, avec les paumes de ses mains, a saisi la chair flasque des deux biceps comme on saisit une pile de vêtements que l'on transporte vers la machine à laver, s'est penché sur elle et tandis qu'il regardait autour de lui en souriant, il a plaqué un gros et long baiser sur sa joue en sueur.

-Vends lui, lui a-t-il murmuré à l'oreille.

J'ai eu le vertige. Face à eux, j'ai fait la grimace comme si j'étais prise d'un mal de dents fulgurant. L'homme basané et moustachu qui tenait encore fermement les coudes de Zelda, m'a regardé droit dans les yeux et a dit :

-Qu'est-ce qu'il y a ?

-J'ai senti que j'étais sur le point de m'évanouir.

-Ce n'est pas joli, voilà les mots qui ont surgi de ma bouche.

-Qu'est-ce qui n'est pas joli ? a-t-il dit et il continuait à saisir Zelda, comme dans un spectacle. Regardez-la, a dit le basané moustachu, regardez : nous, on est comme ça, et il a ajouté une petite tape sur les biceps maigrichons, comme lorsqu'on tape sur la croupe d'une bête de somme.

-Alors, qu'est ce qui n'est pas joli ?

VRAIMENT SYMPA

Allo, lequel d'entre les deux. Je vous pose la question, *quel* professeur Israélis demandez-vous. À l'appareil, le professeur Miki Israélis qui se sert d'un Mackintosh performant et du logiciel « Très convivial ». Ah, ce n'est pas une question d'ordinateurs, alors de quoi s'agit-il ? Exact, vous avez la chance cette fois-ci que ce soit bien moi et pas le répondeur. Le problème c'est que nous sommes très très occupés, vous ne pouvez pas vous imaginer à quel point, le système académique vous avale et vous laisse anéanti. Ce n'est pas seulement l'enseignement et les heures de réception, la préparation des cours, mais aussi d'avoir à rencontrer par hasard quiconque en éprouve le besoin et de faire bonne figure lorsqu'il le faut. Vous savez, c'est une question d'investissement. Je ne veux pas dire, à Dieu ne plaise, qu'il faut coucher avec tout le monde, mais il faut donner à son prochain le sentiment de relation personnelle, et même laisser un peu voir ses genoux ou bien poser les mains ici et là, c'est une façon d'établir une relation, surtout si vous êtes très bien physiquement, n'est-ce pas, Guershon ? Vous ne voyez déjà pas si je suis passée du blond au roux ou si j'ai mis ma chemise de travers. Ici, il faut absolument s'habiller correctement, pas comme en Israël, surtout si vous allez à un rendez-vous important, disons avec le Recteur, car pour tout ce que vous voulez faire, il faut avoir un budget et quiconque paraît riche, alors on lui accorde ce qu'il veut, c'est comme ça que ça marche. Comment avez-vous su que j'étais professeur ? Oui, c'est assez nouveau. Qu'est-ce que ça veut dire professeur de quoi ? Ici, je suis responsable de la culture israélienne – langue, journalisme, cinéma, publicité, humour, politique – vraiment tout. La littérature, quelle question, la poésie aussi, bien sûr, quelle question, surtout féminine. Ah, je me souviens

qu'une fois j'ai même enseigné un de vos poèmes, quelque chose de
très court qui convenait exactement. C'était un cours sur le discours
de la femme israélienne en tant que perversion, et votre poème s'est
trouvé à l'endroit où j'en avais besoin. Aujourd'hui, vous ne pouvez
plus prévoir ici un programme d'études sans qu'on vous demande :
et qu'en est-il des femmes ? Les hommes vous disent cela, des
hommes qui se considèrent comme libéraux ! Avant, c'était
l'holocauste et les relations avec les Arabes, maintenant, c'est le
féminisme. Pourquoi est-ce que je serai contre ? Vous savez, les
libéraux règnent à l'université et décident de vous embaucher
comme de vous licencier, de toutes les promotions, des échelons et
aussi d'accepter un professorat dans cette université. Vous savez,
des gens célèbres supplient pour enseigner ici gratuitement, ce
n'est pas un secret. Il suffit que quelqu'un dise qu'il a étudié ici,
peu importe quoi, et automatiquement il a un bon poste. Mais ils
ne le regrettent pas, ils savent qu'ils ont fait une bonne acquisition.
Simplement, je savais ce que je vendais : ils ne sont pas habitués à
accepter la culture israélienne comme conception déconstruction-
niste, alors ils ont été impressionnés et ils ont accepté. Vous avez vu
mon livre sur les Arabes et la Shoah dans la littérature hébraïque ?
C'est ça, il vient de paraître. Il y a eu une critique dans le New York
Times, c'est le bon endroit. Ça, je l'ai appris de Guershon quand
nous avons commencé à être ensemble, vous vous en souvenez,
lorsque Donald a été tué dans un accident et que je vous ai demandé
de m'aider à rencontrer quelqu'un d'approprié et que vous aviez
organisé pour Mikha une soirée d'anniversaire pour ses cinquante
ans ? En vérité, j'étais dans un tel état de dépression que j'étais
prête à me marier avec le premier venu et, même à me convertir au
catholicisme ou à quitter Israël si c'était nécessaire. Et depuis, nous
sommes ensemble bien que nous ne soyons pas encore mariés, mais
j'espère que ça viendra, n'est-ce-pas, Guershon ? Nous avons
seulement le problème d'Esther qui refuse d'accorder le divorce.

Ce n'est pas tellement le problème des cinq enfants, ils sont déjà grands, mais plutôt le problème de sa famille, à elle, qui sont tous pratiquants sauf elle. Si bien que, pour lui, il est difficile de décider. Bon, l'Amérique, tantôt il aime, tantôt il n'aime pas. Et nous avons aussi le problème que j'enseigne à New York et que Guershon a trouvé du travail ici et cela signifie quatre heures de voyage en train et, tous les deux, nous voyageons tout le temps pour des congrès et, quand nous nous retrouvons, chacun d'entre nous fait sa crise intérieure et il est difficile à l'autre de le comprendre. N'est-ce pas, Guershon ? Mais, c'est étonnant comment il réussit à écrire et à combien de congrès il est invité dans le monde entier, moi je lui dis tout le temps : Guershon, je t'admire, ta prolixité, c'est quelque chose de phénoménal et il ne faut surtout pas que tu gâches ta vie. C'est tout, alors si vous voulez vraiment savoir ce qui est au top, achetez donc le New York Times le dimanche et, si vous voulez qu'on écrive sur vous, vous devez rester ici et tisser vos propres relations. Vous n'avez pas d'autre solution. Ne pas se laisser aller à la paresse, ne pas avoir honte et surtout ne pas se sentir offensé. Il y a eu bien des cas où je pouvais être offensée et je ne me suis pas sentie offensée. Cela m'a pris deux ans pour écrire le livre et pendant six mois j'ai travaillé sur la critique du New York Times. Je ne suis pas du genre à gâcher ma vie. Pendant six mois, j'ai vécu comme une acrobate sur une corde au milieu de la ville. Si je n'ai pas perdu la tête, c'est grâce à l'aérobic que je pratique tous les jours. C'est valable pour vous aussi. C'est ahurissant, cela résout tous les problèmes, croyez-moi. Je dis à mes étudiants que la Shoah n'aurait pas eu lieu si les Allemands avaient fait un peu d'aérobic. Toute la sagesse est une question de *timing*, c'est comme ça que ça marche. Mon fils me dit que je ne devrais pas écrire plus d'un livre par an et je suis une de ces mères très attentionnée. Très sensible. Est-ce que j'ai besoin d'avoir son suicide sur les bras ? Nous sommes toujours sous tension dans nos relations avec lui. Nous téléphonons de chaque congrès : nous avons téléphoné de Tokyo, de Prague, de Haïti, de Lisbonne, de Harrogate, ceci rien que le dernier semestre. Au fait, ça vaut la peine d'adhérer au programme «Plus on téléphone, plus on économise », vos conversations avec l'étranger seront à moitié prix, même le samedi et, ça vous reviendra la moitié de ce que vous payez maintenant. Voilà, c'est un jeune homme très talentueux ; en ce moment, il prépare le baccalauréat le plus prisé et il n'a même pas seize ans. Un jeune homme exceptionnel. Il s'intéresse à la poésie. En ce moment, il travaille sur un logiciel qui compose de la poésie moderne. Je lui conseille de passer au cinéma, ou dans le pire des cas, au théâtre. Bon, c'est son choix. Le problème c'est qu'ici je ne connais pas tellement les leaders parmi les poètes. Vous pourriez peut-être le mettre en contact avec eux. Vous vous occupez encore de poésie, non ? C'est vraiment sympa. Vous êtes ici pour une semaine seulement ? C'est la première fois que vous êtes aux Etats-Unis ? À votre âge ? Je ne savais pas qu'il y avait encore des gens comme ça en Israël. C'est vraiment sympa. Je vous aurais invitée à la maison mais, depuis que j'ai le Mackintosh perfectionné, je me suis imposé la décision de n'inviter personne à dîner. Au maximum, quiconque désire me rencontrer peut me téléphoner et me demander si je veux bien qu'on prenne le lunch ensemble ou qu'on prenne un café au club de la faculté et, moi, je regarde mon agenda et, si je suis libre, alors c'est parfait. Vous ne pouvez pas vous imaginer à quel point il m'est difficile de trouver un créneau libre dans mon emploi du temps. Trois semaines, au minimum. J'ai également une heure de réception le mardi entre deux et trois mais il faut auparavant s'adresser à la secrétaire. Ne me dites pas que vous n'êtes pas jalouse. Et encore de quelle manière ! Et de quel ordinateur vous vous servez ? Qu'est-ce que ça veut dire que vous n'avez pas besoin de quelque chose de plus perfectionné ? Votre ordinateur retarde d'au moins quatre générations, il ne peut pas du tout fonctionner avec le logiciel

« Très convivial », ça ne vous dérange pas ? Plus personne ne se sert plus de ce genre de dispositif dont on se souvient à peine du nom. Si vous voulez qu'ici on sache ce que vous écrivez, la première chose à faire c'est de changer d'ordinateur. C'est la première chose que j'ai apprise de Guershon lorsque nous étions encore en Israël. Il voyait toujours tout d'un œil européen, comme ceux qui sont revenus de la Shoah à un âge jeune et qui avaient une idée de ce qu'était la culture, de ce que sont des meubles anciens, de ce qu'est l'architecture, pas comme nous qui avons été trompés. Qu'est-ce que ça veut dire qu'ils nous ont trompés ? Ils nous disaient que ce qui est beau c'est seulement de parler l'hébreu mais, lorsqu'ils voulaient dire les choses les plus importantes, se disputer ou dire des secrets, c'était en yiddish ou en polonais. Ou bien ils disaient que l'essentiel c'est d'être ensemble et que la politesse c'est de l'hypocrisie. Il m'a appris à me libérer de cette étroitesse de vue qui n'engendre que des souffrances, de ce régionalisme, de cette dictature des membres du parti *Mapaï** qui étaient les seuls à tout savoir et qui regardaient tout le monde de haut. Guershon ? Tu pourrais pour une fois me répondre. À cause de cela, je ne peux plus vivre en Israël, je suis de ce genre-là, je sens tout de suite quand on ne m'accepte pas, qu'on m'exclut. Avec moi, c'est comme ça : il m'est impossible de vivre si on n'a pas de considération pour moi. C'est la colère que je traîne avec moi. La colère est une chose qu'il faut exprimer avec assurance, je dis cela même à mes étudiants. Qu'est-ce que ça veut dire qu'on m'exclut? Voici, par exemple, que je ne cesse d'envoyer des articles ou des réflexions destinés à une conférence pour des congrès et on me les renvoie. Ou alors, si je rends visite à mes parents, ils me disent directement que si Guershon et moi ne nous marions pas c'est, qu'apparemment, il y a un manque

---

*   *Mapaï* : parti socialiste sioniste fondé en 1930.

de sérieux du côté de l'un d'entre nous, et ils demandent pourquoi nous attendons, comme si, à cinquante ans et plus, nous étions en train de retarder quelque chose. Pourquoi dois-je sentir que je suis en train de retarder quelque chose ? Vous sentez que vous retardez quelque chose, vous ? Y a-t-il un bon film à la télévision en ce moment ? Je ne regarde pas de films à la télévision, je dois travailler sur un article. Bon, c'est vraiment sympa d'avoir appelé, vraiment sympa. Je vous aurais invitée chez nous mais je me suis vraiment imposé une décision, par principe. Nous pourrions peut-être nous rencontrer une fois pour le lunch, comme ça, ce n'est pas trop officiel. Téléphonez-moi.

JE DÉTESTE BOSTON

Je suis arrivée à Boston pour une journée afin de faire ce qu'on appelle communément la promotion de la vente de mon roman « La Cosmopolite » qui a enfin été traduit en anglais et publié, en fin de compte, par la maison d'édition « Nobel Press ». Le directeur de l'édition m'avait expliqué depuis longtemps que ce n'était pas le livre, sauf mon respect, mais ma présence physique à Boston, dans le cadre d'une série d'expositions, d'interviews et de conférences sur la situation politique en Israël, qui était la clef des portes du château en Suède où l'on remet le prix Nobel aux écrivains qui ne le méritent pas.

Aujourd'hui, c'est Boston, et non New York, qui est ce que Paris représentait au dix-neuvième siècle, m'a-t-il dit. C'est ici que se trouvent les gens déterminants. Vous êtes obligée de vous montrer au Théâtre Sanders. Ne vous en faîtes pas, c'est moi qui paye tout. Passez une nuit au Park Plaza Hotel, à côté de Copley Place, c'est vraiment au centre.

Mon nom complet en grands caractères latins, Ira Berliner, m'attendait à la sortie de l'aéroport Logan, agité au-dessus des têtes des gens, porté par un écriteau que brandissait un jeune chauffeur de taxi, âgé d'environ vingt ans, vêtu d'un costume gris et d'une cravate violette, rasé de près et fleurant l'après-rasage, qui m'a conduit au Park Plaza Hotel. L'espace d'un instant, a vacillé en moi l'image des chauffeurs de la compagnie israélienne « Nesher » à l'aéroport Ben Gourion qui attendaient mon retour : chevelus, malodorants à force de transpirer et de fumer des cigarettes, portant de grosses chaînes en or autour de leurs cous épais, hurlant d'une voix rauque l'un contre l'autre ou vers moi, se conduisant comme des sauvages, mais je fus aussitôt envahie par les splendeurs de Boston. Comme les rues étaient larges et propres, comme les maisons étaient hautes et étincelantes au soleil et comme j'étais nostalgique devant ce fleuve ! Je demandai au chauffeur, dans un anglais passablement correct, le nom de cette rue, puis il s'avéra qu'il s'appelait Nir. Il était d'origine israélienne, était né en Israël, avait servi dans l'ingénierie militaire et avait épousé une jeune américaine. Il était fraîchement divorcé, était provisoirement chauffeur de taxi, habitait en ce moment une chambre en location et passait ses fins de semaine avec des amis dans son yacht privé, ancré ici-même dans la marina de Charles River.

Dès l'instant où le yacht s'éloigne de cinq kilomètres sur l'océan, il n'y a plus ni police ni rien, on fait ce qui nous passe par la tête, a-t-il dit. Le weekend est long, alors on se partage la fille, et c'est la même chose à Pessah, vous savez, il y a un deuxième *séder** ici car c'est considéré comme la diaspora, a-t-il dit en riant. Je ne sais pas comment vous vous débrouillez en Israël avec un seul *séder*.

-On se débrouille pas mal du tout, lui ai-je dit, parce que je vois toujours l'autre côté des choses selon la personne à qui je parle et ça se termine toujours par une confrontation. Vous savez, j'ai habité en Russie, un pays riche où les gens vivent mal. Israël est un pays pauvre où les gens vivent bien.

-Bien ! Qui vit bien en Israël ? Sa voix était quelque peu larmoyante et le taxi a serpenté sur la chaussée. J'ai été obligée de reconnaître que quand, moi, j'ai divorcé et que j'ai déménagé à Jérusalem, je ne pouvais pas me permettre de passer le weekend sur un yacht.

Devant la façade du « Park Plaza Hotel », des portiers vêtus d'uniformes de style français ont accouru vers moi pour porter mes valises, puis ils m'ont conduite sur des tapis chinois vers

---

* *Seder* : repas traditionnel le soir de la Pâque juive.

un hall entièrement éclairé par la lumière de lustres en cristal, jusqu'au comptoir de la réception. Quelle élégance de couleurs ! Quel goût ! L'hôtel King David a encore beaucoup à apprendre. D'une voix douce, à peine audible, comme un employé se doit de parler, l'employé de la réception a recueilli les renseignements nécessaires, m'a remis une carte électronique pour ouvrir la porte de ma chambre au quatorzième étage et m'a suggéré de prendre l'ascenseur rapide. J'ai pensé : si ça continue, un lapin aux gants blancs va passer dans le hall. Je me sentais comme Alice au pays des merveilles.

C'était le matin. Je me suis souvenue de ce que m'avait raconté Misha Kobelman sur son voyage à Francfort. Lui et sa femme étaient employés dans une usine de Kiev, mais Misha écrivait des nouvelles. Un jour, sa femme lui a dit : prends une année de disponibilité de ton travail et écris. Je gagnerai l'argent nécessaire pour nous et notre fils. Misha s'est arrêté pendant un an et a écrit des nouvelles. Cette année-là, la station de radio russe à Francfort a annoncé le concours de la nouvelle russe la plus courte au monde. L'histoire gagnante serait diffusée à la radio, l'auteur serait invité à Francfort et recevrait mille dollars. Il était possible à l'époque d'acheter à Kiev une maison pour leur fils pour mille dollars. Pour le concours, Misha a envoyé sa nouvelle intitulée « Hitler », une histoire sur le sort tragique d'un chien qu'on appelait «Hitler» du temps de l'occupation nazie à Kiev. La nouvelle a gagné le premier prix. Par une soirée d'hiver, Misha est arrivé à l'hôtel à Francfort, est entré dans la chambre et a aperçu un bar avec des boissons et un poste de télévision. Il a ouvert le bar et a vu des bouteilles de whisky, de cognac, de vodka et de Sherry. Il a bu un peu de toutes les bouteilles, a allumé la télévision et s'est allongé sur le canapé tout habillé. La télévision diffusait un film porno. C'était intéressant pendant un moment, et ensuite, dégoûtant. Il a essayé de trouver une autre chaîne et n'a pas réussi. Il a fermé les yeux et s'est endormi. Au petit déjeuner, on lui a présenté une facture : deux cent vingt-trois marks pour cinq verres de boissons fortes et dix heures de télévision. Le soir, il s'est avéré qu'il aurait pu avoir, dans la rue en bas, la même chose que ce qu'il avait vu à la télévision pour beaucoup moins.

Mais, à Boston, c'était un matin printanier, j'avais une salle de bains entièrement en marbre marron, des accessoires de couleur dorée et des serviettes d'un blanc éclatant. J'ai vidé dans la baignoire un flacon de mousse, je l'ai remplie d'eau chaude et j'ai pris un bain comme j'avais vu dans les films. À la maison, je ne prends jamais de bain parce que je n'en ai pas la patience et aussi parce qu'il est impossible de comparer la blancheur qu'il y a ici à la couleur suspecte de ma baignoire et de mon rideau en plastique. Je suis restée dans la baignoire un bon moment, profitant de cette opportunité, de ce raffinement, de l'endroit adéquat où j'étais enfin arrivée.

Lorsque je suis sortie, j'ai senti que j'avais faim. À la maison, maintenant, c'était presque la nuit, et ici, il était midi. Après ma présentation au théâtre Sanders, j'étais invitée dans un petit restaurant avec le représentant des journalistes, mais jusqu'à ce moment-là, est-ce que j'étais censée mourir de faim ? Je savais que tout le voyage était payé par les hôtes, alors je n'avais pris avec moi que cinquante dollars que j'avais l'intention de dépenser en cadeaux et en sorties imprévues, alors pour l'instant je devais trouver un endroit pas cher pour manger. En Israël, dans un cas pareil, j'aurais cherché un stand de *falafel*, mais c'était clair qu'il n'existait rien de tel, ici ; il était certain que tout était cher. Je suis descendue dans le hall et j'ai essayé de demander, pas à l'employé qui était au comptoir, mais à l'un des portiers à la peau noire qui se tenaient sur le seuil. J'ai bien insisté : pas cher ! Il m'a indiqué de la main, à droite, à deux blocs d'ici. En moi-même, j'ai pensé : à côté d'un hôtel comme ça, il ne peut pas y avoir de restaurants à prix économique. Après

quelques minutes, j'ai vu, sur le trottoir, quelques personnes assises
à de petites tables, certaines d'entre elles en train de lire un journal
ou un livre et, en train de manger avec des couverts en plastique,
dans des assiettes en plastique. C'était bon signe. Derrière la lourde
porte en verre, on entendait la fin du concerto pour piano numéro
vingt et un de Mozart, intitulé Elvira Madigan, et pendant que je
cherchais encore un plateau, on entendait je ne sais quelle suite
pour violoncelle de Bach (je ne me souviens jamais du numéro).
Les gens qui étaient assis aux tables, à l'intérieur, ne paraissaient
pas particulièrement riches. J'ai pris une profonde respiration et
j'ai regardé ce qu'on proposait. Dans des récipients en métal, bien
fermés, il y avait six sortes de porridge pour le matin et, dans des
bols qui n'étaient pas couverts, des bananes, des pommes, des
framboises, des cerises, de l'ananas ; dans de petits récipients en
plastique transparent, des noix, des amandes, des pépins de courge
et de tournesol, des flocons d'avoine et du muesli ; derrière des
comptoirs en verre, différentes salades de légumes et de pousses et,
derrière la vitrine, différentes sortes de pains et de gâteaux. Pour
chaque produit, étaient inscrits en grosses lettres les ingrédients
qu'il contenait. Dans un coin, il y avait un genre d'ordinateur
sur lequel il était possible d'obtenir des informations en matière
d'alimentation et de santé. Des boîtes de café de différentes sortes,
des infusettes de thé de genres différents, du yoghourt et du lait aux
pourcentages de matières grasses différents, étaient posés sur une
étagère avec, à côté, tout ce qui était nécessaire pour se préparer
une boisson chaude. Tout était lacté, signe qu'on tenait compte de
la clientèle juive et peut-être arabe. À la maison, le matin, moi, je
mange des flocons d'avoine avec des fruits et je bois du café. Ici, j'ai
mis sur mon plateau de l'ananas, des cerises et des framboises, du
poisson mariné, une salade de pousses et de feuilles d'épinards, du
yoghourt, du pain frais, du café et un gâteau aux fruits. Je suis allée
à la caisse avec inquiétude mais l'écran m'indiquait douze dollars

et quelque. C'était tout à fait raisonnable. Je me suis trouvé une petite table et je me suis régalée avec cette abondante collation, non sans jouir de la musique, de la tenue discrète et des conversations à voix basse, non seulement des personnes attablées, mais aussi des employés de cet endroit qui s'efforçaient sans trêve de regarnir les étagères où manquait quelque chose. En face de moi, à une table voisine, était assis un homme robuste, d'une cinquantaine d'années, aux cheveux blonds foncés épais, coiffés avec soin, vêtu d'un costume gris clair, d'une chemise de couleur gris-vert et d'une cravate turquoise foncé qui lisait le « Times » anglais. Les verres de ses lunettes de lecture étaient en forme de demi-lune et au-dessus d'elles se profilaient d'épais sourcils et des yeux couleur turquoise. Il venait de terminer de boire un chocolat chaud. Il m'a jeté un regard furtif, d'homme d'affaires, puis s'est remis à lire son journal. Sans lever les yeux, il a ôté le papier d'un cure-dents et l'a mis dans la bouche.

J'ai terminé mon repas, j'ai jeté la vaisselle en plastique dans la poubelle qui était près de la porte, et je suis sortie. J'avais quelques heures devant moi. Ma conférence était prête, sur mon portable et dans ma tête. C'était le moment de voir Boston. Je n'avais aucune idée où il fallait que j'aille mais je savais que je me trouvais au centre de la ville et j'avais en main la carte électronique avec l'adresse de l'hôtel. Que pouvait-il se passer ? Je décidai d'errer un peu à pied.

Je me suis mise à marcher. Très vite, j'ai pu voir sur la place Copley le mélange, à couper le souffle, du reflet de la ville sur les vitres bleues d'un gratte-ciel et de l'église voisine qui s'y reflétait aussi, une église imposante dont toute ville européenne s'enorgueillirait mais, ici, veillait sur elle, du haut de toute la hauteur dominante du bâtiment, le verre bleu azur.

Sur la place, se tenaient des touristes qui prenaient des photos de la vue et, près d'eux, des pigeons au plumage gris-bleu sautillaient avec la dignité qui leur convenait.

J'ai poursuivi mon chemin et je suis tombée sur l'entrée du parc municipal. Nous aussi, nous avons le parc du Yarkon. Mais, il est honteux de l'évoquer à côté des lacs bordés de fleurs exotiques, des larges ponts de bois et des ornements métalliques qui les entourent, des arbres qui penchent leurs branches au-dessus de l'eau, des cygnes, des jolis écureuils qui sautent et grimpent à une vitesse époustouflante, de la statue en métal de George Washington sur laquelle ils se sont posés un instant, des jets d'eau avec, au centre, de jolies statues en métal dans des mouvements de danse ou d'envol, des chiens qui explosent de bonheur mais sont néanmoins fermement tenus en laisse par leurs maîtres, des bancs de pierre anciens sculptés dans des formes classiques- ô mon Dieu, que de beauté !

Je me suis assise sur un des bancs pour me reposer et voilà ! Je n'en croyais pas mes yeux, le même homme, qui était assis en face de moi au restaurant, était en train de marcher vers moi sur l'allée du parc puis, il s'est arrêté à côté de moi.

-Hello, me dit-il dans un anglais britannique, vous ne voyez pas d'inconvénient à ce que je me joigne à vous ? Je vous ai vue au restaurant, et j'ai pensé que ce serait agréable de faire connaissance.

-Vous m'avez suivie jusqu'ici ? ai-je demandé.

-Plus ou moins, dit-il. Sur la place Copley, je me suis arrêté pour prendre quelques photos, vous vous êtes également arrêtée là-bas. Ça ne vous gêne pas que je m'asseye à côté de vous ?

-Je vous en prie, ai-je dit, et j'ai bougé un peu pour lui faire de la place.

- Je m'appelle Scott, a-t-il dit, je suis venu à Boston pour un congrès.

- Un congrès de quoi ? ai-je dit avec intérêt.

- Officiellement, un congrès d'attachés économiques, a-t-il dit, et il n'a rien ajouté de plus. Boston est la ville la plus européenne des Etats-Unis, a-t-il dit, sur un ton admiratif d'expert, n'est-ce-pas ?

J'ai avoué que je ne connaissais pas encore Boston, pas plus que les Etats- Unis. Il s'est mis à faire l'éloge du théâtre et de la musique classique à Boston, du musée ; j'ai expliqué que je n'avais que quelques heures à passer ici et j'ai commencé à m'intéresser à lui sérieusement. Je lui ai expliqué dans quel but j'étais venue et il a promis d'assister à ma conférence, si elle était ouverte au public. J'ai promis de lui procurer une entrée libre. Il m'a dévisagée de ses yeux turquoise, pleins de petites lueurs dorées. Quelles chaussures brillantes, me suis-je dit intérieurement.

À sept heures, j'ai rencontré le directeur de la maison d'édition au Club de l'université d'Harvard. Les fleurs du vase qui se trouvait à l'entrée ressemblaient à une peinture à l'huile étalée sur toute la largeur d'un mur dans un musée, mais étaient des vraies. Nous avons bu du café dans des tasses en porcelaine fine et nous avons remué le sucre avec de petites cuillers dorées. Au cours de ma conférence, j'ai parlé du régionalisme décevant de la littérature israélienne, de la trahison du yiddish par l'hébreu et de l'écart qui sépare le sionisme du judaïsme véritable, puis du judaïsme de Franz Kafka, de Babel, et de Bashevis Singer. J'ai dit qu'Agnon était presque le dernier écrivain qui avait poursuivi la tradition magnifique de la véritable littérature juive et, à la question : pourquoi avais-je dit « presque » ? J'ai préféré ne pas répondre. J'ai été photographiée dans tous les sens. Les journalistes se sont surtout intéressés à mon histoire et aux traumatismes que j'avais traversés. Je leur ai dit que, dans notre famille, quiconque n'était pas capable de déclamer Shakespeare dans la traduction de Pasternak et de siffler des œuvres de Bach était déshérité. J'ai dit qu'en Israël on montait en épingle seulement les élèves nécessitant une sollicitude particulière. J'ai pris garde de ne pas dire « les orientaux ». L'éditeur m'a embrassée et m'a offert vingt exemplaires du livre. Après pour le repas, nous avons dîné au Club. Comme entrée, j'ai commandé une soupe de cerises viennoise et, comme plat, un steak d'espadon garni de purée d'artichauts. Le garçon qui était derrière moi ne cessait de remplir mon verre de vin. Le dessert consistait en de petits cubes d'une épaisse mousse au chocolat belge enveloppés de chocolat blanc en poudre. J'étais complètement ivre. Je ne me suis pas souvenue de vérifier si Scott était dans la salle. Je parvenais à peine à porter les vingt livres. Mes chaussures à talons hauts me faisaient mal.

Lui, était debout près des ascenseurs de l'hôtel et m'attendait.

Vous avez été merveilleuse, a-t-il dit, en m'embrassant la main. Mes genoux flageolaient. Il m'a prise par la taille en entrant avec moi dans l'ascenseur. J'ai été réveillée le matin par le ronronnement de son rasoir électrique et le temps que je me retourne dans le lit, j'ai entendu la porte claquer. Il ne m'a pas laissé de carte de visite, mais seulement un mot : « Très chère Ira. Vous avez été merveilleuse. S'il vous plaît, n'essayez pas de me retrouver. Sincèrement à vous, Scott ».

Le vol de Boston à Tel Aviv était prévu à onze heures et quart du matin. Je savais qu'on pouvait aller à l'aéroport par le métro et, de la gare, par autobus, gratuitement. J'avais l'intention de dépenser les dollars qui me restaient en cadeaux, et non pas en taxi de l'hôtel à l'aéroport. J'ai mis les livres dans la valise à roulettes et je me suis mise en route, en me balançant sur mes chaussures hautes qui me faisaient souffrir et en traînant, derrière moi, la lourde valise jusqu'à la station de métro, à environ un quart d'heure à pied. La solitude est tombée sur moi comme une énorme pierre.

Pour atteindre la station de métro, il fallait descendre de nombreuses marches. Je faisais rouler la lourde valise à grand bruit sur la série de marches lorsque j'ai soudain senti une main qui saisissait ma valise. J'ai regardé derrière moi, imaginant y voir Scott, mais la main était celle d'une femme vêtue d'un coupe-vent rouge.

-Pourquoi faites-vous ça ? ai-je protesté à haute voix. Je peux très bien le faire toute seule.

- Non, non, laissez-moi vous aider, m'a-t-elle répondu en souriant, et on voyait qu'aux gencives supérieures, elle n'avait pas de dents. Ses vêtements qui n'avaient pas été lavés dégageaient une forte odeur de sueur.

- Je me débrouille très bien toute seule, ai-je résisté.

-Non, a-t-elle répondu et, elle a continué à tenir. Vous m'avez l'air faible.

-Je ne suis pas faible, ai-je discuté, en colère, alors que suspicion et frayeur s'emparaient de moi. Mais la femme avait une main molle et elle a lâché prise alors que nous arrivions sur le quai puis, elle est restée debout à côté de moi, le visage souriant, satisfaite d'elle-même.

J'ai profité de l'occasion pour lui demander ce que je devais faire exactement pour arriver à l'aéroport.

-Vous devez prendre cette ligne, la verte, a-t-elle articulé comme les gens qui n'ont pas de dents, compter cinq stations, changer et, prendre la ligne bleue, compter quatre stations, et là, descendre pour prendre la navette qui mène à l'aéroport. Je voyage dans la même direction, je descends seulement une station après vous.

Maintenant, je suis restée très près d'elle, heureuse de pouvoir compter sur elle. Nous avons attendu le train ensemble. La peau de son visage était un peu basanée, entourée d'une touffe de cheveux blonds oxygénés et frisés. Son pantalon en jeans collait à ses grosses cuisses et, par-dessus, elle portait un fin coupe-vent à capuche, couleur framboise. Elle avait l'air d'avoir quarante ou tout au plus cinquante ans. Lorsque le train est arrivé, j'ai encore essayé de manœuvrer toute seule avec la valise, mais les roulettes se sont coincées dans l'espace entre le quai et le wagon du train et la femme m'a aidée à la dégager, vraiment une seconde avant que le train ne se mette en marche.

-Merci beaucoup, ai-je dit, en m'asseyant près d'elle.

- Pas de problème, avec plaisir, a-t-elle dit .

-Je prends l'avion pour rentrer chez moi, ai-je dit, me sentant obligée de m'exprimer amicalement.

-Où habitez-vous ? a-t-elle demandé.

-À Jérusalem, ai-je dit.

-Ah, Jérusalem ! J'ai toujours voulu aller à Jérusalem pour allumer une bougie au Saint Sépulcre, a-t-elle dit, je crois en Jésus. C'est Jésus qui m'aide à être bonne.

-Et vous, vous habitez à Boston ? ai-je continué.

-Oui, a-t-elle dit, mais je déteste Boston.

Je n'en croyais pas mes oreilles. Comment était-ce possible de détester Boston ?

-Pourquoi ? ai-je demandé, très étonnée.

-Boston est pleine d'escrocs, m'a-t-elle murmuré à l'oreille, croyez-moi, je sais de quoi je parle.

- Vraiment ? me suis-je étonnée.

-Oui, oui, à Boston, il y a tout le temps du banditisme, m'a-t-elle assuré. Vous ne les voyez pas dans la rue, parce que c'est interdit, ils se cachent.

Maintenant, je me souvenais que, du quatorzième étage de l'hôtel, j'entendais sans cesse des sirènes, jour et nuit, mais que je ne leur accordais aucune signification.

-Qu'est-ce que vous dites, je ne savais pas, ai-je dit.

-Oui, a-t-elle dit, j'ai l'intention de déménager très bientôt pour aller en Georgie. Là-bas, c'est moins cher. Si je ne pars pas en Georgie, ce sera ma fin. Ma fin.

-Vous habitez seule, ici ? ai-je demandé.

-Non, avec ma fille et ma petite-fille, a-t-elle dit.

-Une petite-fille ? me suis-je étonnée.

-Oui, ma fille a dix-huit ans et ma petite-fille en a quatre. Elle a fait des erreurs dans sa vie, ma fille, mais maintenant elle étudie à l'Université, pour devenir officier de probation. Elle est toute ma vie, elle réussira ! Oui, elle réussira. Elle va bien faire ! Elle

m'apporte tout le temps de bonnes notes. C'est pourquoi j'ai
besoin de croire en Dieu, qu'il fasse que je sois bonne et me donne
la force de montrer à ma petite-fille la différence entre le bien et
le mal. Ma fille et ma petite-fille - c'est toute ma vie mais, si je
déménage en Georgie, je ne pourrai pas les voir, parce que le voyage
est très coûteux, autant pour moi que pour ma fille. J'ai besoin de
croire en Dieu pour qu'il me montre ce que je dois faire. Il m'a
déjà rendue meilleure que je n'étais. Je buvais, je fumais, je faisais
encore beaucoup de mauvaises choses, a-t-elle dit, en souriant avec
sa mâchoire du haut édentée, son grand menton étalé sur la moitié
inférieure de son visage.

Lorsque le train s'est arrêté, je l'ai laissée prendre ma valise et la
monter sur la ligne bleue. Lorsque nous roulions sur la ligne bleue,
je l'ai photographiée et je lui ai remis ma carte de visite.

-Si, un jour, vous venez à Jérusalem, ai-je dit, vous pourrez
dormir chez moi ; dans mon bureau, il y a un lit double. Votre fille
et votre petite-fille aussi. Nous nous sommes prises dans les bras et
nous nous sommes embrassées avant que je ne descende du train.

J'ai senti, avant de me séparer d'elle, pendant ce cérémonial
de séparation, que c'était comme si Boston me tournait soudain
le dos, se courbait, soulevait sa robe d'apparat et me montrait ses
fesses. J'étais prête à les embrasser.